***Karine Lebert** a la passion de l'écriture. Biographe pour des particuliers, correspondante de presse pour* Paris Normandie *et journaliste pour* Maisons normandes, *elle a donné la mesure de son talent de romancière dès son premier livre,* Nina et ses sœurs. *Avec* Les Sortilèges du Tremblay, *elle signe son sixième roman aux éditions De Borée.*

Les Sortilèges du Tremblay

Du même auteur

Aux éditions De Borée

La Dame de Saïgon, Terres de femmes
Le Secret d'Emma
Les Mystères de Camille, prix de la ville d'Aumale 2011
Loin de Margaux
Nina et ses sœurs, prix de la ville d'Étretat 2009

www.toslog.com/karinelebert

KARINE LEBERT

LES SORTILÈGES DU TREMBLAY

De Borée

Aux lecteurs de Nina, Emma, Camille et Margaux…

À Patrick, comme toujours,
qui est le premier d'entre eux…

Et à vous qui lisez ces lignes…

Préface
par Yves Jacob

Jeune, elle avoue encore son âge, Karine Lebert a choisi une voie passionnante et en même temps semée d'embûches, celle de romancière dite « régionaliste ».

Terme réducteur, s'il en fut. Ignoré souvent par la presse parisienne et ceux qui, de près ou de loin, entendent gouverner notre façon de penser, l'écrivain régionaliste a pourtant de glorieux prédécesseurs. Jean Giono, Marcel Pagnol, Barbey d'Aurevilly, Guy de Maupassant, Jean de la Varende, pour ne citer qu'eux, évoquant leurs régions dans leurs œuvres, nous content l'universel.

Ils incarnaient leurs provinces – il faut bien un décor –, plaçaient l'Homme au centre de celui-ci et, parlant de lui, parlaient de nous, démontrant avec éclat que la fidélité à ses racines, loin de constituer un handicap à une carrière littéraire, peut au contraire lui donner tout son sens et devenir le gage le plus précieux d'immortalité.

Ainsi, le miracle opérait. Il opère encore en ce début de XXIe siècle, où égarés dans un monde qui grandit trop vite, où l'avenir s'habille de couleurs sombres, les lecteurs privilégient de plus en plus la recherche de leur identité, partant en quête d'un passé pas si lointain, grâce auquel, par la magie des mots, ils retrouvent des traces de leur enfance mais aussi celles de leurs parents et grands-parents, de plus lointains ancêtres, tous ces êtres chers, aux vies difficiles souvent, heureuses parfois. Comme nous, ils arpentaient la même terre, affrontaient de grands drames ou de menus bonheurs, pratiquaient des métiers quelquefois disparus. Plus que nous cependant, ils prenaient le temps d'exister, savourant le sourire d'une femme, d'un enfant ; la splendeur d'une promesse tenue ; la subtile fragilité d'un oiseau qui passe, d'un champ de blé ondoyant sous le souffle du vent.

Il en va ainsi de Karine Lebert. Grandie dans l'Orne au sein d'un cadre champêtre, auteur de plusieurs romans, elle confirme, avec Les Sortilèges du Tremblay, *d'incontestables qualités de conteuse que l'on avait déjà remarquées dans ses écrits précédents.*

Abandonnant la Normandie où se nourrissent plusieurs de ses ouvrages, elle choisit la Bretagne, Cancale et la région de Saint-Malo, pour nous conter une saga sur fond de sorcellerie et de secrets de famille qui nous entraîne de 1845, en Irlande, à 1980 sur les traces d'une famille à travers plusieurs générations.

Dairine O'Shea, dentellière, quitte l'Irlande où sévissent misère et famine pour venir s'installer comme ouvrière dans la superbe propriété du Tremblay, de Frédéric Le Guen, édifiée à deux pas de Cancale.

Défilent alors sous nos yeux les saisissants destins de Dairine, puis de Nicolette, Manon, Gwen, Morgane Clara et Chloé. Toutes possèdent, à des degrés divers, un fier tempérament et des dons de guérisseuses. Sorcellerie, amours contrariées et malédiction s'enchaînent alors dans un suspense captivant, nous déroutent sur d'étranges pistes jusqu'à la dernière ligne du livre !

S'ajoute à cette maîtrise de l'intrigue, chez Karine Lebert, une connaissance affinée des êtres et des âmes qui nous rappelle qu'en bonne littérature le blanc n'est jamais vraiment blanc et que le manichéisme primaire n'y est pas le bienvenu.

Préface

Bonne littérature, car c'est bien de cela qu'il s'agit, Les Sortilèges du Tremblay *confirment la naissance d'un écrivain dont on ne devrait pas manquer de reparler bientôt. Si toutefois son talent n'est pas escamoté au passage par une sombre malédiction jetée par une ombrageuse sorcière !*

Y. J.

Prologue

1845-1849

En Irlande

— NOUS SOMMES PERDUS...

Dairine releva la tête de son ouvrage avec un mouvement agacé. La remarque de son père, loin de l'abattre, la remplissait d'un sentiment d'injustice et d'orgueil. Certes, la situation était grave. Mais ici, en Irlande, dans ce pays conquis et humilié par les Anglais, rien n'avait jamais été facile. Si elle ne réagissait pas avec la même peur et le même désespoir que Braden O'Shea en sachant que le mildiou, il n'y avait plus aucun doute, se propageait à une vitesse effrayante sur les cultures. C'est que, sous le halo pâle de la chandelle, ses doigts en or restituaient à la dentelle sa splendeur d'antan. L'adolescente était en train de restaurer un col en dentelle orné de motifs floraux en fil de lin écru qui parerait le cou d'une des filles du château. Assurément, celle à qui était destinée cette œuvre d'art ne souffrirait pas de la faim comme la plupart des gens du village. Mais qu'on commandât ce travail d'orfèvre à Dairine ôtait en partie à la jeune fille de quinze ans le poids de la tragédie qui semblait peser sur les siens depuis des mois. Toute la journée, Dairine avait façonné son ouvrage au crochet, dehors malgré la fraîcheur de ce début d'avril, afin de s'assurer la lumière qui faisait défaut à l'intérieur de la masure des O'Shea. Elle le poursuivrait à la lueur tremblotante de la bougie jusqu'à sentir l'épuisement la gagner. Si Dairine prisait l'*irish crochet lace*, étudié à l'école de Cork fondée par Melinda Carter, elle ne savait pas encore, quand elle en apprenait les rudiments, que cela aiderait sa famille.

Tandis que son père se lamentait et que sa mère, Aghna, préparait une soupe maigre, faute d'argent pour acheter des aliments plus consistants, Dairine se concentrait sur ses gestes, au sein de l'unique pièce au sol en terre battue, le plus souvent boueux en raison du climat pluvieux et de l'absence d'écoulement des eaux, dans laquelle elle vivait avec ses parents, ses quatre frères et sœurs, et sa grand-mère maternelle.

Sa vue était presque trouble à force de l'user sur la dentelle. Parfois, elle avait peur de devenir aveugle en vieillissant. Elle entendit son père expliquer le malheur qui les frappait :

– Le champignon se complaît dans l'humidité, il a entièrement pourri les pommes de terre qui sont devenues immangeables.

Aghna tournait la soupe à l'aide d'une cuillère en bois. Avant même qu'une quelconque famine se profilât, elle avait l'air anémiée. Qu'en serait-il dans plusieurs mois ? Sa petite taille n'était pas un hasard, elle avait pour cause les carences alimentaires de ses jeunes années. Walter Scott n'avait-il pas décrit le monde paysan irlandais avec ces mots : *Leur pauvreté n'est pas exagérée, ils sont au bord de la misère humaine* ? Quant aux enfants, ils présentaient tous des visages pâles et émaciés, avec l'expression familière de ceux qui n'espèrent pas beaucoup de la vie malgré leur jeune âge. Seule Dairine avait encore l'air de croire que le sort pouvait se montrer sous un jour plus favorable depuis qu'elle occupait le poste envié de dentellière. Elle gagnait un argent providentiel et aimait cette tâche manuelle, presque artistique, bien qu'elle se fatiguât les yeux à la mener à bien.

– Les Hickey n'ont pas pu payer l'impôt. Pensez qu'ils ont déjà vu deux de leurs fils mourir par malnutrition… Au milieu du XIXe siècle, comment est-ce possible ? Ils ont été jetés à la rue. D'autres, comme les Gallagher, ont choisi d'émigrer avant que cela ne se produise. Ils ont pris à l'aube un cargo en direction de l'Amérique. Quitter ainsi le sol où ils sont nés, quelle misère ! Douglas Gallagher prétend qu'aux États-Unis sa famille possédera sa propre terre, que personne ne la lui volera. Il m'a assuré que, s'il réussit, il continuera à lutter à distance contre les Britanniques.

Intéressée, Dairine dressa la tête et tenta une remarque :

– C'est une bonne idée.

– Qu'en sais-tu, toi ? répliqua Braden avec une pointe d'agressivité.

Par soumission, la jeune fille ne répondit pas mais elle ressentait au plus profond d'elle-même du mépris envers ce père qui refusait de lutter. Elle se doutait qu'il entrerait dans une grande colère si elle lui résistait, et ses imprécations l'ennuyaient d'avance. De plus, elle ne voulait pas contrarier Aghna qui lui lançait déjà un regard d'avertissement.

Une respiration rauque venait d'un coin de la pièce. La mère d'Aghna dormait, du moins c'est ce que croyait Dairine, quand elle perçut soudain son filet de voix :

– Des milliers d'Irlandais vont s'exiler et tu en feras partie, ma Dairine…

Un lourd silence enveloppa les lieux comme à chaque fois que la vieille femme se livrait à une prédiction. La peur qui hantait Braden se transforma en terreur. Aghna avait suspendu son geste de remuer la soupe et fixait sa mère d'un œil égaré. Les enfants continuaient à jouer, indifférents au drame qui se tramait. Quant à Dairine, elle contemplait sa grand-mère avec stupéfaction, excitation et angoisse mêlées. Nul n'ignorait dans la famille et aux alentours que Molly McCabe possédait le don de lire l'avenir. Ses prophéties étaient rares mais toujours justes.

– Qu'est-ce que ça signifie ? demanda Dairine en cessant son activité, pendue aux lèvres de sa grand-mère.

Avant que celle-ci parlât, un souffle de vent s'introduisit dans la pièce, par un des multiples interstices que comptait la chaumière mal isolée, et attisa les flammes dans la cheminée, le début du printemps restant frais en Irlande. On aurait dit que le vent voulait répondre à la place de Molly. 7 heures sonnèrent à l'église du village alors que la voix de l'octogénaire s'élevait dans la pièce :

– C'est la vérité. Nous allons vivre une terrible famine et une partie de la population va être décimée. L'autre survivra comme elle pourra et quelques-uns auront le courage de partir… Dairine fera ce choix, cependant je ne me trompe pas en affirmant qu'elle se tournera vers un autre pays que l'Amérique. Oui, ma petite-fille se sacrifiera pour nous sauver. Quand je dis nous, je ne parle pas de moi car mon heure est proche mais de vous, les O'Shea.

Elle retomba, épuisée, sur sa paillasse.

Les présages de sa grand-mère avaient ressuscité l'espérance en Dairine. L'idée d'émigrer ne l'effrayait pas, bien au contraire. Elle estimait que la vie en Irlande ne pouvait être que tragique. Les Anglais avaient fait main basse sur le pays, ils empêchaient ses habitants de connaître un meilleur sort. Concevoir de l'espoir sur cette terre relevait de l'utopie. Pour réussir quelque chose – et Dairine pensait, bien entendu, à sa dentelle –, il fallait nécessairement fuir cette contrée asservie et martyrisée.

– Pourquoi Dairine ? s'enquit Aghna d'un ton presque implorant. Que va-t-il lui arriver ?

Nul ne remettait en cause les présages de la vieille femme qui, par le passé, ne s'était jamais trompée. Même le père était figé, sans envie de protester ou de nier une réalité qui le dépassait. Lui, si susceptible quand sa fille le contredisait, vouait du respect à sa belle-mère dont il connaissait les pouvoirs.

Comme à chaque fois qu'elle se prononçait ainsi, il était inutile d'essayer d'en savoir davantage lorsqu'elle s'était tue. Toute force l'avait abandonnée, elle avait même sombré dans le sommeil. Aghna le comprit et se tourna vers son mari :

– Qu'en penses-tu ?

Au lieu de répondre, Braden observa sa fille. Elle possédait les yeux verts et les cheveux roux des sorcières, mais cette apparence était si courante en Irlande qu'il n'y avait jamais prêté attention. La rondeur de la bouche, de la poitrine qui se dessinait sous le chemisier, le teint sans défaut, les formes semblables à celles d'une femme, tout cela le mit mal à l'aise. Afin de couper court à sa gêne, il songea qu'il était temps de la marier. Ce serait aussi un bon moyen pour contrer ses projets si elle avait l'intention de traverser les mers. Molly avait peut-être tenté de les prévenir afin qu'ils s'opposent à sa décision. « Mais elle a prétendu que Dairine allait nous sauver », réfléchit-il, décontenancé. Que faire ?

– Mangeons, déclara Braden avec un regard éloquent vers sa femme.

Elle réalisa qu'il ne désirait pas poursuivre cette conversation devant Dairine. Ni son père ni sa mère ne l'avaient interrogée sur son état d'esprit, comme si elle n'existait pas. La jeune fille s'en moquait car elle n'aurait su quoi leur objecter : loin d'elle, pour le moment, l'idée de s'exiler, mais, si sa grand-mère avait affirmé qu'elle le ferait, c'est qu'elle en était capable.

Courbaturée par sa trop longue position assise, Dairine se massa les reins et le cou après avoir rangé son ouvrage dans un tiroir, par crainte qu'un de ses frères et sœurs le salît. Puis elle aida sa mère à dresser la table et à servir le repas frugal qui était leur ordinaire.

Tandis que les O'Shea lapaient la soupe en silence, après avoir récité le bénédicité, Dairine s'abandonna à la griserie qu'avaient fait naître les paroles de sa grand-mère. Sa famille était pauvre, à la limite de la misère, et leur situation ne pouvait qu'empirer avec le mildiou qui s'attaquait à leur nourriture de base, la pomme de terre. Molly avait évoqué une famine à grande échelle, des morts, des milliers d'exilés... Déjà, les Britanniques cherchaient à profiter de cette disette afin de s'approprier les terres des indigents et agrandir leur domaine. Dairine se sentait bien impuissante à modifier le cours des choses ; puisque sa grand-mère avait prophétisé le contraire, elle était persuadée de personnifier celle qui sauverait les O'Shea. Elle se démarquait par sa beauté et son don pour le travail de la dentelle. Assez avisée, elle n'avait pas envie de se servir de ses charmes pour sortir du dénuement : la vue des prostituées de Cork l'avait suffisamment édifiée pour qu'elle refusât de se livrer à un tel marchandage. En revanche, elle ne trouvait rien de répréhensible à faire commerce de son art à l'étranger. De quelle manière, elle l'ignorait, le destin trouverait l'issue pour elle puisque tout était inscrit et que sa grand-mère s'était exprimée sur le sujet.

Ses parents vivaient de la terre, des terres qui ne leur appartenaient pas puisqu'elles étaient en la possession de ces maudits Anglais auxquels ils devaient verser un loyer. En plus d'être de pauvres Irlandais, les O'Shea pratiquaient la religion catholique et devaient allégeance à un *landlord* protestant. Ce n'était pas le plus mauvais des patrons, toutefois il ne faisait guère de sentiments et les O'Shea jusqu'aux derniers le haïssaient. Tous avaient à l'esprit la révolte des catholiques irlandais, en 1649, qui s'était soldée par un échec, et la mise en place d'une série de mesures ayant force de brimades. Ainsi, les terres, qui étaient transmises au fils aîné, furent désormais divisées entre tous les garçons d'un même clan. Les exploitations en souffrirent et leur taille se réduisit. La conséquence désastreuse de tout cela fut une culture intensive de la pomme de terre qui s'épanouissait sur peu d'espace, cette pomme de terre à présent malade alors qu'elle nourrissait tout un peuple.

Et Braden avait cinq enfants au ventre à moitié vide : Dairine, l'aînée, puis les deux filles, Noreen et Shauna, et enfin une bénédiction, des enfants mâles, Seamus et Ronan. Dairine adorait ses frères et sœurs, cependant elle ne se laissait pas dominer par ses émotions et priait pour que ses parents s'en tiennent là. La religion qu'ils pratiquaient avec ferveur, en particulier Aghna, interdisait les moyens de contraception. Dairine n'était pas sûre qu'elle eût le courage de passer outre les semonces du curé.

Peu à peu, la jeune fille s'était détachée de la culture de terres qui n'étaient même plus au nom des O'Shea. Elle aurait pu fréquenter un fils de paysan, beaucoup étaient d'ailleurs de ses amis, et s'unir avec lui quand elle en aurait l'âge. Néanmoins, subir le même sort que ses parents l'indignait. Elle avait appris la couture par sa mère et s'en était entichée, sans pour autant envisager d'en faire son métier. Jusqu'au jour où une école de crochet s'était ouverte à Cork, la ville voisine, sous l'impulsion d'une Anglaise philanthrope, Melinda Carter, qui désirait aider les jeunes filles et les femmes démunies. Le cœur chamboulé, certaine d'être éconduite, Dairine se présenta aux cours. Sa beauté, masquée par l'impécuniosité et une certaine rudesse caractéristique du milieu paysan, plut à la directrice qui n'en laissa rien deviner jusqu'à ce que la jeune fille s'emparât d'un fil et d'une aiguille. Son talent fit le reste, même si elle devait beaucoup progresser. De plus, elle savait lire et écrire.

Tout d'abord réfractaires à ce qu'ils jugeaient une insubordination de la part de leur fille, ses parents se laissèrent convaincre par l'Anglaise quand elle leur fit miroiter le profit qu'ils pourraient tirer plus tard du travail de Dairine. De plus, l'apprentissage était gratuit. Braden et Aghna ne regrettaient pas aujourd'hui leur décision car Dairine faisait partie des meilleures dentellières des environs. Elle était très demandée, si bien que leurs revenus avaient grossi grâce à ce don improbable.

On ne parlait plus d'une situation grave ; c'était une catastrophe nationale. En 1846, la récolte de pommes de terre fut détruite dans sa totalité. Comme à l'accoutumée, les Irlandais les plus pauvres devinrent les premières victimes de la famine qui frappa le pays, et en particulier l'ouest de l'île où vivaient les O'Shea. Jusqu'en 1849, un million et demi de personnes allaient périr de faim ou de maladie, tandis qu'un autre million opteraient pour l'exil. Le gouvernement semblait impuissant, incapable de faire face à une telle crise dont il ne mesurait pas l'ampleur et de prendre des mesures pour y remédier. Le maïs américain ne suffisait pas à enrayer la disette. L'exil avait lieu en direction des États-Unis, certes, mais aussi de l'Angleterre, du Canada et de l'Australie. Alors que sa grand-mère était morte peu après avoir prédit le départ de Dairine, cette dernière n'avait toujours pas quitté les siens en 1847, année durant laquelle Ronan et Shauna contractèrent le choléra et s'éteignirent à quelques jours d'intervalle. Ce furent ces deux décès qui la décidèrent à fuir un pays qui tuait ses enfants. Cette fin de vie dans d'intolérables souffrances la mettait en rage. Le désespoir, teinté de fatalisme, de ses parents lui semblait participer à cette horreur qui sévissait sur une terre à laquelle elle ne voulait plus appartenir. Pendant qu'Aghna et Braden continuaient à entretenir ce sol ingrat et à nourrir comme ils pouvaient un troupeau de vaches faméliques, Dairine contribuait sans le savoir à la reconstruction économique de l'Irlande en transformant le fil de lin, dont la culture était importante sur l'île, en ouvrages de dentelle que se disputaient les nantis. La guipure d'Irlande au crochet connaissait une vogue dont elle profitait. Dairine confectionnait surtout des manchettes et des cols aux dessins raffinés, aisés à nettoyer et moins chers que les autres dentelles. Chaque ouvrière possédait sa spécialité : feuilles, fleurs ou fond. Melinda Carter avait poussé Dairine, qu'elle jugeait plus qualifiée que les autres élèves, à ne pas se contenter d'une seule branche, à être polyvalente afin de pouvoir faire face à n'importe quelle tâche dans la tradition dentellière.

L'Irlande se fit une réputation, réussit à s'exporter dans le reste de l'Europe et même en Amérique. Dairine adorait travailler sous la férule de Melinda, bien qu'elle fût anglaise. La jeune fille avait changé. Aux rondeurs sensuelles de l'adolescence s'était substitué un corps maigre, presque décharné ; aux joues roses, un teint blafard ; aux cheveux brillants, une chevelure ternie. Cette métamorphose portait un nom : malnutrition. Aghna s'étiolait, était souvent prise de faiblesse, avait déjà perdu une partie de sa dentition... Quand deux de ses enfants se révélèrent trop faibles pour lutter contre le choléra, Dairine crut que sa mère allait se laisser mourir à son tour. Il lui restait sa fille aînée et deux autres bambins en bas âge. Elle lutta contre le désespoir, son mari s'enfonça dans la dépression. Il semblait à Dairine que sur elle seule désormais pesait la responsabilité d'un renouveau. Les prédictions de sa grand-mère lui serraient le cœur d'anxiété et soulevaient en même temps un espoir devenu plus mince avec le temps : comment pourrait-elle sauver sa famille, ainsi que l'avait déclaré Molly ?

Contre toute attente, la solution vint de Melinda : Dairine n'était pas loin de la considérer comme son ange gardien, bien qu'elle relevât de la race honnie qui avait asservi sa patrie. En dépit de la misère qui sévissait autour d'elle, Melinda restait une femme riche, frondeuse et libre que le défi de sortir sa protégée de sa condition stimulait. La jeune fille n'avait rien à attendre de l'Irlande, il fallait qu'elle osât s'exiler, mais elle avait entendu dire que les États-Unis, le Canada ou l'Australie étaient loin, trop loin... Restait l'Angleterre, toutefois Melinda ne s'illusionnait pas sur l'accueil qui serait fait à une Irlandaise sur sa terre natale.

Alors, elle avait songé à la France où une de ses amies d'enfance s'était installée après son mariage avec un Français, Frédéric Le Guen. Elle entretenait avec elle des échanges épistolaires, savait qu'elle vivait dans une jolie demeure en Bretagne, pourvue d'une domesticité nombreuse. Accepterait-elle d'y adjoindre une jeune Irlandaise talentueuse qui saurait lui confectionner des atours de qualité, elle qui avait quitté Londres pour la campagne et se plaignait de la rusticité du milieu rural dans lequel son union l'avait précipitée ? Même si elle revenait souvent en Angleterre, ne serait-elle pas heureuse de parler sa langue maternelle avec une jeune fille qui était à peine moins âgée qu'elle puisque Abigail entrait seulement dans sa vingt et unième année et que Dairine avait déjà seize ans ? Melinda n'était pas sûre de convaincre les parents de Dairine qui, venant de perdre deux enfants coup sur coup, ne voudraient peut-être pas d'une autre séparation, même temporaire. Il serait nécessaire de leur expliquer combien c'était une chance pour leur fille et de leur verser une compensation financière sur le salaire de cette dernière. Ces honoraires devraient leur ouvrir les yeux sur l'opportunité offerte par Melinda, toutefois les O'Shea avaient beaucoup souffert. La jeune femme doutait qu'ils soient encore capables de raisonner avec logique après la famine, la misère et les deuils qui les avaient foudroyés. Il faudrait expliquer, argumenter, menacer peut-être ces gens qui n'étaient après tout que des paysans sans le sou, incultes, arriérés et catholiques de surcroît !...

Quand Melinda reçut une réponse positive de son amie, elle réfléchit à la meilleure façon de convaincre la principale intéressée. Surmontant son naturel autoritaire qui ne souffrait pas la contestation, elle fit venir Dairine dans son bureau où elle l'entreprit à propos de son idée. Elle lui expliqua longuement, avec force détails, en quoi celle-ci consistait et surtout combien l'occasion était inespérée. Ce qui emporta en premier la décision de la jeune fille fut le souvenir des prophéties de son aïeule : il lui était impossible de refuser, son sort était scellé. Le second point qui la persuada d'accepter fut d'entendre Melinda insinuer que, si Dairine choisissait de rester en Irlande, elle enverrait la petite Renny en France à sa place. Dairine ne pouvait supporter que cette empotée de Renny, moins douée qu'elle dans le travail de la dentelle, la supplantât ainsi.

La douceur du printemps qui s'annonçait lui faisait voir ce projet sous un jour encore plus riant. Elle allait vivre dans un pays qui ne connaissait pas la famine, au sein d'une agréable demeure, chez des gens recommandables, sous un ciel plus clément à tout point de vue que celui de l'Irlande. La barrière de la langue lui poserait, certes, des problèmes, mais Abigail Le Guen parlait anglais, et elle ferait en sorte de lui donner des cours de français, avait assuré Melinda. Dairine reverserait une partie de son substantiel salaire à sa famille. Quitter les siens, en particulier son frère et sa sœur, la chargeait d'une lourde tristesse, néanmoins elle accomplissait son destin, tel que l'avait vu sa grand-mère voilà plus d'un an. Quand des temps meilleurs viendraient en Irlande, elle pourrait alors retourner sur sa terre natale. Rien n'était définitif. De plus, Melinda avait promis de traverser la mer Celtique à ses côtés et de la présenter en personne aux Le Guen. Elle en profiterait pour séjourner quelques semaines chez son amie, dont elle ne connaissait pas le mari, et pour visiter la Bretagne aux paysages, disait Abigail, assez semblables à ceux de l'Angleterre.

Ce fut plus facile que Melinda ne l'imaginait : les parents de Dairine se laissèrent vite persuader que tout valait mieux pour leur fille aînée que la vie en Irlande, en ces années funestes. Melinda triomphait à nouveau : ses manœuvres étaient couronnées de succès. En fait, elle se trompait. Les raisons qui avaient poussé les O'Shea à répondre favorablement à son initiative étaient en partie les mêmes que celles qui avaient déterminé Dairine à choisir l'exil : parce que Molly avait prédit qu'il en serait ainsi. Dès lors, chercher à contrecarrer la destinée de Dairine et à mécontenter une défunte relevait de l'inconscience. Évidemment, l'offre de Mme Carter était sérieuse, ce qui avait joué dans leur décision finale. Mais ils savaient que, si elle avait été hasardeuse, les obligeant à la refuser, Dairine aurait quand même fini par quitter son île par un moyen ou un autre, pour la France ou ailleurs, parce que sa grand-mère l'avait auguré. Dès lors, à quoi bon résister, sinon à se mettre en danger ? Tout le monde avait oublié que Molly avait parlé de « sacrifice » au sujet de sa petite-fille. Ou du moins les O'Shea, y compris Dairine, avaient fait un amalgame entre ce terme et l'exil puisque la jeune fille se dévouait pour que les siens connaissent un avenir meilleur, même si elle espérait que le sien aussi s'améliorerait en Bretagne.

Son départ fut fixé à quatre semaines plus tard. Melinda tint sa promesse de l'accompagner. Elle la laissa voyager en troisième classe, elle-même ne quittant jamais le pont des premières, et Dairine la vit peu durant la traversée. Melinda aurait préféré que la jeune fille fût à ses côtés. Cependant, son caractère fruste, son absence de manières, d'éducation, et jusqu'à son apparence d'animal blessé, un bel animal sauvage, l'auraient mise trop mal à l'aise au sein du milieu dans lequel elle avait l'habitude d'évoluer. Elle n'avait pas eu le temps de la policer et redoutait d'ailleurs un peu la réaction d'Abigail, qui s'attendait peut-être à une compagnie plus digne d'elle.

Heureusement, le trajet ne durait pas longtemps car Dairine fut si incommodée par l'attitude parfois grossière des hommes qui hantaient les sous-sols du bateau qu'elle fut bien aise d'être malade et de rester seule sur sa couche, ce qui la dispensait de repousser les avances malhonnêtes. L'odeur qui se dégageait d'elle décourageait les plus familiers et elle songea que son estomac fragile l'avait probablement sauvée d'un viol. De ce fait, elle en conçut un vif ressentiment à l'égard de Melinda qui avait affirmé veiller sur elle jusqu'au domaine des Le Guen. Elle l'avait ni plus ni moins abandonnée à la malédiction des Irlandais pauvres, qui la poursuivait sur ce navire bravant les flots. Dairine était si déçue qu'elle songea un instant à utiliser contre sa trompeuse protectrice un des sorts que lui avait appris sa grand-mère avant de mourir, puis elle y renonça, réalisant combien elle avait besoin de Melinda à présent qu'elle abordait un pays inconnu. Elle puisait une grande consolation dans le fait que les Français pratiquaient la même religion qu'elle sans être inquiétés.

Alors que le cargo approchait des côtes, un sentiment de malaise s'empara de la jeune fille. De multiples criques, de longues plages, des falaises escarpées s'invitaient à son regard. Ce paysage familier, au lieu de la rassurer, recelait quelque chose d'étrange. Elle eut la prémonition qu'on lui avait menti et qu'elle ne renouerait pas, en ce lieu qui ressemblait trop à l'Irlande, avec l'apaisement auquel elle aspirait. Il pleuvait, ce qui ne la changeait guère de son île à la campagne verdoyante, venteuse et humide. La différence résidait dans l'absence apparente de relief en Bretagne, sa terre natale abondant en montagnes entrecoupées de tourbières. Le village de pêcheurs vers lequel le bateau s'avançait semblait le reflet de celui où avaient vécu les O'Shea.

– Il paraît que la région est moins sauvage que l'Irlande, souligna Melinda en scrutant le quai à la recherche d'une silhouette familière.

Elle avait enfin consenti à ce que Dairine la rejoignît sur le pont des première classe à présent qu'elles arrivaient à destination. Les voyageurs se disaient au revoir avec distraction. L'aspect de la nouvelle venue ne risquait pas d'attirer l'attention dans le désordre et la confusion de l'accostage.

Une heure plus tard, Melinda serrait contre elle une femme maigre au teint rose, « typiquement anglaise », songea Dairine, tandis qu'Abigail pensait au même moment que sa nouvelle domestique présentait toutes les caractéristiques des Irlandais, jusqu'à un air sournois presque inquiétant. Melinda, quant à elle, n'avait pas changé durant ces deux années de séparation, elle offrait toujours dans ses gestes et sa façon de parler la garantie d'une femme qui possédait du caractère et ne souffrait pas d'être contrariée : Abigail ne s'étonna pas qu'elle ne fût pas encore en puissance d'époux.

– Montons vite dans la calèche, proposa la jeune femme tandis qu'un homme à forte carrure empoignait leurs bagages.

La plupart appartenaient à Melinda, les maigres possessions de Dairine tenant dans un sac.

À l'abri de la pluie qui tombait avec fracas sur la capote, la conversation reprit alors que le cheval s'efforçait de se frayer un passage parmi la foule. Les deux amies évoquaient des souvenirs communs qui n'intéressaient pas Dairine, elle préférait regarder vers l'extérieur, pas du tout déroutée par ce qu'elle entrevoyait, une imitation de l'Irlande, les lacs et les montagnes en moins. Elle s'efforça au calme tandis que la calèche ralentissait et s'engageait dans une longue et étroite allée. La maison où vivaient les Le Guen n'était donc qu'à quelques kilomètres de ce village dont Dairine avait lu le nom sur un panneau : Cancale.

– Bienvenue au Tremblay, entendit-elle déclarer, avec un peu d'emphase, une Abigail visiblement fière de son effet de surprise.

De fait, la stupéfaction arrêta les paroles sur les lèvres de Melinda. Quant à Dairine, elle était sur le point de crier au cocher de rebrousser chemin. Quelque chose n'allait pas, elle ne savait quoi. L'agréable demeure qu'on lui avait promise s'apparentait à un château qui n'avait rien d'accueillant dans la tombée du jour : en vérité, il lui paraissait aussi sinistre que des ruines. Elle ne comprit pas l'exclamation de Melinda qui avait retrouvé l'usage de sa langue :

– Quelle merveille ! Tu nous avais caché ça…

La calèche stoppa face au perron sur lequel un membre du personnel brandissait une torche dont la flamme pliait sous le vent. Dairine avait envie de s'enfuir, de se cacher quelque part où personne ne la retrouverait jamais. La porte s'ouvrait, les deux femmes descendaient, et il lui fallait suivre… Déjà, Melinda s'impatientait de sa lenteur. Se pouvait-il qu'elle fût seule à percevoir le péril qu'il y avait à vivre en un tel lieu ?…

Manon

1903-1914

De la dentelle

Sophie Le Guen sourit à la jeune fille submergée par l'émotion qui se présentait ce matin-là pour la première fois à son ouvroir. Elle tenait à accueillir en personne les nouvelles venues afin de les jauger dès les premières heures et se faire vite une opinion sur leur travail, et être sûre aussi que tout avait été réuni pour qu'elles se sentent à l'aise parmi les autres dentellières. Sœur Eugénie était compétente, mais son manque de douceur faisait peur aux plus jeunes et à celles qui découvraient les lieux. Aussi Sophie attachait-elle une grande importance à sa présence lorsqu'une ouvrière novice frappait à sa porte. Son mari trouvait d'ailleurs qu'elle prenait trop à cœur le sort de ces enfants de pêcheurs qui avaient connu la crise sardinière et seraient morts de faim sans l'aide humanitaire venue de toute la France, relayée par la presse régionale puis nationale. Très sensible, « trop » prétendait son époux, Sophie avait voulu contribuer à l'élan de solidarité en fondant un ouvroir de dentelle dans une dépendance du domaine. Ses activités de femme de notable ne lui permettaient pas de lui consacrer tout son temps, elle avait donc fait appel à sœur Eugénie qui connaissait le point d'Irlande alors à la mode.

L'ouvroir comptait dix ouvrières et la onzième, Manon Kerrien, venait d'y pénétrer à l'aube de ce jour de juin. Sophie avait frissonné en découvrant pour la première fois la jeune fille rousse aux yeux pers qui la contemplait d'un air innocent, étonnée de faire l'objet d'une telle attention. Puis elle s'était ressaisie : qu'importait l'aspect de cette gamine, du moment qu'elle était douée ! Au fil de la journée, Sophie se rendit compte combien le talent de Manon n'était pas usurpé. On lui avait parlé de ses doigts d'or, de son égalité d'humeur, même si elle se réfugiait volontiers dans ses rêves. La jeune femme avait souhaité la rencontrer afin de l'intégrer à son groupe de dentellières, d'autant plus que les siens vivaient chichement depuis que le père avait dû abandonner la pêche suite à la pénurie de sardines en Bretagne.

Jusqu'à l'année dernière, la famille de la jeune fille n'avait pas eu à endurer les affres de la pauvreté. À l'opposé de la majorité des Bretonnes, la mère, Nicolette, née Guyader – nom prédestiné puisqu'il signifiait « tisserand » en breton –, n'avait mis au monde que deux enfants, Manon et Loïc. L'industrie sardinière connaissait une vogue sans précédent et le père, Roger, ramenait à la maison un salaire plus qu'honorable qui faisait des Kerrien non pas des nantis, mais des gens regardant l'avenir avec confiance, soucieux de leurs dépenses sans excès, travaillant dur mais récompensés avec justesse. La complète disparition des sardines sur tout le littoral avait entraîné leur chute.

Quand Roger revint bredouille de sa campagne de pêche, tout d'abord, il ne s'inquiéta pas outre mesure ; ce poisson manifestait un goût certain pour la fuite et la précédente carence dont il avait fait l'objet avait duré sept ans, de 1881 à 1887. Cependant, les temps n'étaient plus les mêmes. À l'époque, les pêcheurs diversifiaient leurs activités ; ils se révélèrent donc moins dépendants quand survint la désertification des côtes par le poisson argenté. Depuis 1887, on ne comptait plus les hommes, les ports, les bateaux, les conserveries qui vivaient presque uniquement de la production de sardines. Ils furent touchés de plein fouet par la crise. Cette fois-ci, la catastrophe économique menaçait. Roger en prit vite conscience mais il ne savait comment sortir du marasme, d'autant plus que l'hiver approchait.

Quand les journaux s'emparèrent de l'affaire, avertis par les municipalités bretonnes affolées, titrant « Au pays de la misère » pour émouvoir les Français, les dons affluèrent sur la province affligée tandis que le gouvernement votait un crédit exceptionnel de cinq cent mille francs afin de porter secours aux sinistrés. Si les besoins étaient certes réels, le flot de denrées qui arriva jusqu'en Bretagne, où les populations infortunées étaient quand même minoritaires, se révéla disproportionné. La famine fut donc vite endiguée. Quelques voix s'élevèrent même pour dénoncer certains Bretons à la panse plus remplie que bien d'autres provinciaux. Cependant, la moisson de sardines s'amenuisant encore l'année suivante, en plus de plusieurs hivers rigoureux, tout le commerce du port en pâtit, des marchands de filets aux boulangers. Il devint évident que l'heure de crier victoire n'était pas encore venue. À partir de cette situation aléatoire, de bonnes œuvres se constituèrent afin de procurer une source supplémentaire de revenus aux familles : les ateliers de dentelle étaient nés. Celle en vogue, l'Irlande, avait même la faveur des grands couturiers parisiens. Sa réalisation assez aisée lui autorisait un prix de vente à la portée de bien des bourses.

Manon avait fait son apprentissage auprès de sa mère. La jeune fille savait lire et les cahiers de modèle n'avaient plus de secret pour elle. À la fois pleine d'énergie, ce qui lui valait d'accomplir ses points avec rapidité, et dotée d'une patience bien au-dessus de son âge, elle possédait les qualités spécifiques à ce métier, la virtuosité en plus, comme put le constater Sophie Le Guen dès ses premières heures de présence.

En plein âge d'or de l'Irlande, l'ouvrage ne manquait pas. Dans sa maison de pêcheur, Manon avait longtemps travaillé au moyen d'un substitut de crochet constitué d'une branche de bois au bout de laquelle elle avait fiché un fil de métal raide, recourbé et étiré. Dans l'atelier du domaine, elle usa d'un crochet d'acier dont la fabrication était allemande, comme le lui expliqua sa patronne. Il était malaisé à manier et susceptible de lui blesser la main, mais elle s'en accommoda. Dans un silence studieux, la jeune fille s'abîma dans sa tâche durant plusieurs heures avant que sœur Eugénie n'accordât une pause à l'assemblée. Les membres s'étirèrent, les corps raidis par l'immobilité se levèrent et se mirent à avancer de cette démarche chancelante que prêtait une trop longue position assise. Tout le monde se rendit à l'extérieur du bâtiment et se retrouva dans la vaste cour pour se dégourdir en marchant, bavarder et rire, en attendant de renouer avec le labeur jusqu'au déjeuner.

La nouvelle venue était l'objet de la curiosité générale et les ouvrières ne tardèrent pas à la harceler de questions. Elle s'efforça d'y répondre avec naturel tout en surveillant ses paroles, de peur de trop en dire. Elle était née à Cancale, dans une petite maison du village semblable à toutes les autres. Son père était pêcheur, sa mère dentellière. Elle avait un frère plus jeune, Loïc. Outre sa beauté singulière qui séduisait et troublait à la fois, en raison sans doute de la teinte cuivrée de ses cheveux qui ne laissait personne insensible et à l'étrange couleur de ses yeux, elle faisait preuve d'une maîtrise de la dentelle qui risquait d'attirer sur elle la jalousie.

Ses jeunes collègues avaient fini de l'interroger et s'éparpillaient par groupes suivant les affinités. Manon demeura seule, ce qui était loin de lui déplaire. Elle se demanda si l'on pouvait échapper à son destin… La joie d'avoir intégré l'atelier éclipsait cependant la menace que représentait le domaine du Tremblay. Elle s'efforçait de ne pas trop songer à ces superstitions d'une autre époque, mais maintes preuves de leur survivance l'avaient bouleversée depuis qu'elle avait atteint l'âge de raison. Même si elle choisissait de les ignorer, elles se rappelleraient à elle d'une façon ou d'une autre. Il serait vain d'espérer s'en débarrasser en refusant de leur accorder de l'importance.

Engourdie, la jeune fille imita ses compagnes et entreprit de profiter de cette pause pour bannir la tension de ses muscles. Le parc du château semblait conçu pour la promenade et la découverte, surtout pour quelqu'un comme Manon qui vivait dans un lieu sombre, aux proportions très modestes. L'été avait fleuri les imposants massifs d'hortensias bleus et roses, emblèmes de la Bretagne. Le jardin était bien entretenu et y vagabonder sans contrainte paraissait une liberté qui valait bien de s'imposer quelque dix heures de crochet quotidiennes.

Indifférente à son teint qui accusait déjà les marques du soleil et arborait quelques taches de rousseur, Manon marchait avec lenteur sous le soleil à son apogée. Elle aperçut soudain sa bienfaitrice, cette Sophie Le Guen, qui se dirigeait vers elle sous son ombrelle, les mains gantées. Ayant à cœur de l'éviter, Manon accéléra le pas et entra sous le couvert d'un petit bois où la lumière aveuglante ne pénétrait pas. Il y faisait frais, presque froid, et un clair-obscur régnait dans cette partie du parc. Manon regretta de devoir fuir la lumière à cause d'une présence inopportune. Toute sa vie, elle avait cherché à échapper à autrui. Certes, il lui était arrivé aussi de chercher la protection de certaines personnes, et Sophie aurait pu être l'une d'elles si elle n'avait pas été la propriétaire du domaine.

Des appels la tirèrent de sa rêverie. Déjà la pause s'achevait, sœur Eugénie rassemblait ses ouailles. La jeune fille sortit du bois et le soleil l'éblouit, si bien qu'elle ne discerna pas la silhouette toute proche. Elle entendit seulement la voix qui lui permit d'identifier Sophie Le Guen :

– En te voyant de loin, j'ai craint un instant que tu te perdes. Le parc est si vaste qu'il est même possible que je n'en connaisse pas tous les recoins.

« Se perdre ? Chez elle... »

– Il recèle en effet bien des secrets.

Pourquoi avait-elle énoncé cette phrase sibylline ? Toutefois, Sophie ne parut pas en percevoir la singularité. Elle sembla au contraire contente que son élève appréciât son univers et sourit avec une sorte d'innocence qui, l'espace d'une seconde, émut Manon.

– Je vois que tu n'es pas insensible à la beauté du Tremblay... Sache que c'est le murmure des trembles, lorsque le vent pénètre entre leurs branches, qui lui a donné son nom... Mais sœur Eugénie s'impatiente, dépêchons-nous !

Le déjeuner eut lieu dans une autre dépendance du château. Chaque jeune fille avait apporté sa ration. Sophie Le Guen leur offrait aussi un peu de nourriture qui compensait, pour quelques-unes, le maigre apport calorique que comportait leur gamelle. Ainsi, les différences s'émoussaient, l'équité demeurait. Manon, qui avait un petit appétit, aurait aimé manger rapidement et retourner se promener au sein du parc mais, constatant que ses compagnes s'attardaient à table, elle renonça à se démarquer dès le premier jour.

Tout l'après-midi, elles œuvrèrent à leur dentelle, s'accordant une seule pause qui permit à Manon de découvrir un autre aspect des jardins en empruntant une allée menant à la roseraie. Hélas, sœur Eugénie la surveillait et, à son retour, lui fit comprendre d'un ton sec que le parc n'était pas un terrain d'exploration pour les ouvrières et que Mme Sophie était déjà bien bonne de leur permettre de s'y aérer. À Manon et aux autres de ne pas franchir certaines limites, ces termes s'entendant au sens propre comme au figuré. Mortifiée et déçue, la jeune fille s'excusa et se jura de trouver un moyen pour visiter les lieux dans leur totalité.

Le soir, les dentellières réunirent leurs affaires pour rentrer chez elles. Sophie Le Guen retint Manon. Elle l'invita à la suivre dans son bureau, attenant à l'atelier, afin de se mettre hors de portée d'oreille de sœur Eugénie, ce dont la jeune fille lui sut gré : elle avait tout de suite détesté la religieuse.

La modestie du mobilier la frappa. L'ostentation devait être réservée au château. Elle s'assit sur une chaise paillée face à sa patronne. Celle-ci exprima tout de suite son contentement :

– Il n'y a pas de doute, tu es douée, la plus douée de mes élèves. D'ordinaire, je réserve mes compliments mais il est vrai que, depuis deux ans que l'ouvroir existe, c'est la première fois que j'y accueille une ouvrière possédant un talent si évident. Félicitations ! Ta mère est-elle aussi compétente que toi ?

Manon sentit un étau serrer sa poitrine, l'air se raréfier dans ses poumons : elle avait déjà fait l'objet d'une multitude de questions... Cet intérêt, même dépourvu de malveillance, allait-il finir un jour ? Pour décourager Sophie Le Guen, elle choisit de ne livrer que le minimum :

– Merci, madame. Oui, ma mère est très compétente.

– C'est donc elle qui t'a tout appris ?

– Oui.

– Et ta grand-mère, que savait-elle ?

Manon avala sa salive. Difficile là de répondre par « oui » ou « non ».

– Elle était aussi compétente que ma mère et moi.

Sophie Le Guen ne fut pas longue à comprendre que son interrogatoire gênait la jeune fille, qui était timide et sans doute fatiguée. Elle abdiqua à regret : il y avait quelque chose d'intéressant et troublant à la fois chez Manon Kerrien. Sa beauté, un brin provocante, n'était pas pour rien dans l'émotion qu'elle faisait naître. Au Moyen Âge, elle lui aurait attiré les foudres de l'Église. Sa rousseur, signe distinctif du diable, aurait pu l'amener au bûcher si d'autres soupçons avaient pesé sur elle.

Sophie Le Guen devint toute rouge à la grande surprise de la jeune fille. Ses divagations au sujet de Manon l'avaient remplie de honte. Elle offrit à sa protégée de prendre congé en ayant le sentiment d'avoir failli : Manon gardait tout son mystère. « Quel mystère ? » se demanda-t-elle en rangeant des papiers avant de regagner le château. La chaleur de l'été devait décidément lui tourner la tête.

La Manon qui rentrait chez ses parents était bien différente de celle qui avait travaillé la dentelle toute la journée à l'atelier de Sophie Le Guen. Parce qu'elle avait retenu la jeune fille plus tard que prévu, cette dernière avait proposé qu'un garçon de ferme la reconduisît sur une charrette jusqu'à Cancale, mais Manon avait refusé, arguant que la marche lui ferait du bien, même si la raison était autre. Elle ne voulait pas que quelqu'un du Tremblay, fût-il un domestique, vît où elle habitait et rencontrât sa famille. La chaleur avait diminué avec la tombée du jour et, sans l'interrogatoire final dont elle avait été victime, Manon se serait sentie légère, malgré la fatigue, car elle estimait avoir passé l'épreuve de cette première journée avec succès. Et puis, cette heure, entre chien et loup, était la sienne.

Pour retourner à Cancale, elle n'empruntait pas la route principale ; elle la contournait par des chemins qui serpentaient dans la forêt jusqu'aux premières habitations. Elle n'avait jamais peur dans la profondeur sombre des arbres, alors qu'une certaine appréhension avait accompagné ses pas au domaine. Ici, elle risquait moins de croiser un inconnu, pire, une connaissance. Par instants, elle longeait une mare, un étang, une pâture avec des animaux qui semblaient passer leur vie à brouter, une masure abandonnée. La mer était toute proche et si lointaine à la fois. Très vite, la campagne imposait ses champs cultivés où le blé attendait d'être coupé, et ses prés où les animaux profitaient de l'herbe drue après un long hiver enfermés. À mesure que la jeune fille se rapprochait du village, le vent se levait, l'air se faisait plus vif, une odeur de marée chatouillait ses narines. Des chardons agitaient leurs formes tourmentées vers le ciel. Les cheveux roux de Manon semblaient électrisés, comme s'ils percevaient quelque chose. Elle avait envie de se recroqueviller sur elle-même et de disparaître. La proximité de l'océan lui faisait toujours cet effet-là, en particulier quand elle revenait des terres.

La maison de pêcheur en granit brun arborait un toit en ardoises et très peu de fenêtres en raison de l'impôt qui perdurerait jusqu'en 1926. Des ouvertures larges et multiples étaient en effet considérées comme un témoignage de fortune qui valait d'être taxé. Si bien que les pauvres vivaient dans une sorte de clair-obscur qui, dans cette région au climat plutôt morose, engendrait la mélancolie. Sa façade principale était orientée vers le sud-est, les autres n'offraient aucune ouverture afin de contrer aussi les vents dominants. En dehors de la porte, il n'existait que deux fenêtres et le même nombre de chiens-assis pour le grenier où l'on accédait par un escalier extérieur en pierre nommé le *degré*.

Quand Manon poussa la porte, elle tomba sur sa mère en train de préparer le dîner. Nicolette Kerrien possédait le don de guérir. Comme elle était capable d'autres sortilèges, en plus de celui de soigner, elle craignait toujours que la vindicte populaire s'en prît à elle et à ses pouvoirs, comme au temps où l'on brûlait les sorcières. C'était une femme qui avait été jolie, vieillie prématurément par ses heures à vendre le poisson rapporté par son mari, en plus de son activité de dentellière.

Petite, maigre et pâle, ses cheveux étaient de la même teinte rousse que ceux de sa fille, ternis par les années et les conditions climatiques de la Bretagne. L'air humide en faisait une masse qui semblait posséder sa propre entité et qu'elle ramenait en un chignon sage duquel quelques mèches réussissaient toujours à s'échapper. Dans son visage à la peau abîmée par l'air marin, ses yeux d'un vert soutenu, au-dessus de cernes noirs, étaient les restes de sa beauté envolée. Elle était toujours habillée du costume traditionnel breton, avec sa coiffe, son châle et son tablier. Manon ne s'en séparait jamais non plus mais, chez elle, le port du costume s'accompagnait d'une remise en question. Elle enviait les jeunes filles riches qui allaient élégamment parées, tout en acceptant son sort avec fatalisme.

Les mains de Nicolette, crevassées par les travaux ménagers, s'activaient autour du chaudron. Manon posa son sac et s'empressa de l'aider, tout en lui racontant sa journée. Son père devait encore être au bistrot avec ses amis. Quant à son frère, il avait la tête penchée sur un devoir à rendre pour le lendemain et son air dubitatif en disait long sur les difficultés qu'il rencontrait. Il se contenta de murmurer un « bonsoir » plein d'ennui. Le jeune garçon, âgé de douze ans, n'avait qu'une envie : abandonner l'école afin de devenir mousse et voyager. Il lui restait un an de scolarité avant de pouvoir réaliser son rêve. Comme les autres membres de la famille, ses yeux étaient verts mais sa chevelure tenait plus du blond vénitien que du roux, ce qui lui épargnait les moqueries. Il avait cependant fait couper sa toison afin de ne pas avoir l'air d'une fille, car elle retombait en boucles.

– Repose-toi un peu, m'man, proposa Manon. Je te remplace.

Nicolette acquiesça, pas fâchée de rester quelques minutes inactive. Manon s'assit sur le banc-coffre qui permettait de monter sur le lit clos, dans lequel dormaient ses parents, et s'empara de la cuillère en bois pour remuer la soupe au sein du chaudron. Tous les soirs, été comme hiver, les Kerrien se nourrissaient de soupe. Ce plat donnait l'impression d'avoir l'estomac bien rempli à moindre coût. La maison était petite, si bien que la pièce principale servait à la fois de cuisine, de salle à manger et de chambre pour les parents. Manon et son frère se partageaient une autre pièce. Les Kerrien ne possédaient pas d'animaux d'élevage, sans quoi ils auraient été contraints de vivre avec eux comme beaucoup de paysans le faisaient encore. Certains ne séparaient l'espace dévolu aux porcs, chevaux, bovins ou volailles et le leur que par une cloison de bois ; ils considéraient qu'hommes et bêtes pouvaient cohabiter en toute harmonie, s'apportant mutuellement chaleur et réconfort. Terre battue au sol, murs blanchis à la chaux, ce foyer comportait pourtant l'essentiel : une grande cheminée, des niches dans lesquelles on conservait cruches et pots de lait, de la vannerie et de la charcuterie, jambon, lard, saucisses, herbes séchées pendant du plafond, un lit clos en châtaignier, des armoires, des vaisseliers, une horloge à balancier, une longue table entourée de bancs, etc. Les tiroirs de cette dernière renfermaient le beurre et le pain, ainsi que tous les aliments qui devaient être protégés des souris, nombreuses malgré la présence de la chatte tigrée de la maison.

À peine la jeune fille se fut-elle assise que Cannelle sautait sur ses genoux et faisait ses griffes sur sa jupe avant de s'y lover en boule. Manon ne la repoussa pas même si elle lui tenait chaud alors que l'air était déjà irrespirable. Elle songea avec nostalgie à la fraîcheur qui régnait dans l'atelier du domaine. Cannelle était cependant pour elle bien davantage qu'un animal de compagnie, et elle la caressa avec douceur, souriant en entendant les ronronnements qui s'élevaient.

– C'est trop difficile, je laisse tomber ! s'écria soudain Loïc en assenant un coup de poing rageur sur son cahier.

– Tu abandonnes trop vite, lui reprocha Manon.

– Et toi, tu peux m'aider ? demanda-t-il avec provocation.

La jeune fille soupira.

– Non, hélas, mais je t'assure que j'aurais bien aimé. Je n'étais pas douée pour étudier. Heureusement, j'ai ma dentelle.

– Et moi, j'aurai bientôt un bateau sur lequel naviguer pour voir du pays. De toute façon, tu n'as rien à regretter, tu n'es qu'une fille.

Manon s'apprêtait à répliquer assez vertement quand des pas retentirent sur le perron. La porte s'ouvrit avec brutalité, dévoilant la silhouette d'un homme grand, mal assuré sur ses longues jambes. L'oisiveté ne réussissait pas à Roger Kerrien qui buvait pour oublier qu'il n'y avait plus de sardines à pêcher. Il était le seul à arborer des cheveux bruns, un peu dégarnis, et le teint buriné de l'homme qui vit dehors. Ses yeux marron, et non pas verts comme tous ceux de sa famille, se posèrent sur le chaudron avec une expression incertaine d'ivrogne. Nicolette se hâta vers lui afin de l'aider à prendre place à table sans vaciller ou, pire, tomber. Il allait encore offrir un spectacle lamentable à ses enfants. Pas étonnant que Manon se réfugiât dans sa dentelle et que son frère fût obsédé par l'idée de partir au loin.

Manon mit la table, assistée par sa mère. Loïc s'était isolé dans la chambre, sous prétexte de terminer son devoir au calme. Il revint quand la soupe fut sur le point d'être servie et prétendit avoir achevé le problème complexe de calcul. Manon ne protesta pas en présence de son père afin d'éviter une taloche à son frère. Roger Kerrien lapa le liquide avec bruit, gênant la jeune fille comme à chaque fois. Malgré sa naissance modeste et leurs conditions de vie devenues difficiles, elle s'efforçait toujours de demeurer propre et digne, à l'exemple de Nicolette. En revanche, son père se montrait de plus en plus négligent envers lui-même.

Quelque chose sonnait faux dans ce repas familial. À présent que l'on mangeait le sempiternel poisson, le lourd silence n'était rompu que par les claquements de fourchette et le craquement du pain coupé en deux. Si Loïc s'ennuyait, Roger avait le vin silencieux et léthargique, ce qui leur épargnait des scènes, mais rendait l'ambiance sinistre. Quant à Nicolette et Manon, elles n'avaient qu'une hâte : en finir avec ce souper pour se retrouver seules toutes les deux et pouvoir discuter hors de portée d'oreille des hommes. Loïc demanda la permission de rejoindre ses amis au port, ce qui lui fut accordé en ce mois de juin aux nuits courtes, tandis que Roger, sans se laver et se changer, montait dans le lit clos où des ronflements ne tardèrent pas à les renseigner : elles pouvaient discuter sans crainte d'être épiées.

– Alors ? demanda Nicolette.

Nul besoin d'être plus explicite, Manon savait très bien ce qu'elle cherchait à savoir.

– J'ai ressenti quelque chose, une curieuse impression de déjà-vu.

Nicolette aspira avec force, comme si elle avait retenu sa respiration dans l'attente de la réponse.

– C'est bien.

– Il ne fallait pas que je me fasse remarquer dès le premier jour, j'ai donc été prudente. Cependant, j'ai réussi à m'aventurer un peu dans le parc.

– As-tu vu la croix ?

– Non, pas encore. Je tâcherai de la trouver demain.

La mine grave de Manon se fendit d'un sourire.

– Sophie Le Guen est très gentille. Elle m'a complimentée pour mon travail. Elle estime que je suis…

– Manon !

Sa mère avait crié et leurs deux visages se tournèrent aussitôt vers la couche où rien ne semblait toutefois être en mesure d'interrompre le sommeil du pêcheur.

– Manon, répéta Nicolette d'une voix plus modérée, tu ne dois pas t'attacher à cette femme.

– Tu as raison, convint la jeune fille en rougissant. Je voulais dire que j'ai réussi à gagner sa confiance.

Ce qui n'était pas l'exacte vérité.

– D'accord, dit la mère. Il est important que tu lui plaises pour la réussite de notre plan.

Les vaches avaient un comportement bizarre.

Quand il faisait beau, après dîner, Sophie Le Guen aimait parcourir son parc, seule ou en compagnie de son mari. Ce soir-là, Bertrand s'était excusé : il avait des comptes à finir et ne pouvait l'accompagner dans sa promenade devenue quotidienne en cet été brûlant, à l'heure où la chaleur retombait. Sophie n'avait pas protesté, elle connaissait l'importance d'une bonne gestion du patrimoine familial. C'était d'autant plus essentiel qu'elle attendait un enfant pour décembre, son premier. Aussi avait-elle appelé Florentine, la chienne bâtarde, qui avait accouru, attentive à ne pas rater cette balade avec sa maîtresse. Puis elle avait emprunté une allée, tandis que la chienne s'efforçait de s'adapter à l'allure traînante de la jeune femme. Au bout de quelques minutes, comme toujours, l'animal disparut dans les fourrés sur la piste d'un lièvre. Sophie n'était pas inquiète, la truffe de Florentine réapparaissant de temps à autre comme pour la rassurer sur son sort. Elle n'avait jamais fugué, c'était une chienne fidèle.

Protégée des derniers rayons du soleil par une ombrelle, Sophie marchait avec lenteur, humant les senteurs du jardin de roses. L'astre allait bientôt se coucher, la jeune femme replia son ombrelle dont elle regrettait de s'être encombrée. Afin d'avoir les mains libres, elle la déposa contre un tronc d'arbre. Si à l'ouest le ciel s'embrasait, l'ombre jetait sur la roseraie comme une lueur maléfique. Une impression confuse, un sentiment de malaise s'emparèrent de la promeneuse. Soudain, le paysage prenait des allures de décor de théâtre pour une pièce dont elle serait la malheureuse héroïne. Son regard rencontra les silhouettes du troupeau de vaches qui restaient au pré, même la nuit en cette saison. Elles étaient la proie d'une agitation anormale pour ces bêtes plutôt placides. Leurs formes remuantes se détachaient avec précision sur l'horizon. Peut-être un prédateur les menaçait-il ? Quel animal s'attaquerait à un bovin ? Il n'y avait plus de loups depuis longtemps dans la région… Un chien sauvage ? Ou un rôdeur, un voleur ? Sophie se sentit en danger, cependant elle ne pouvait appeler personne sans alerter l'inconnu qui s'apprêtait peut-être à commettre un forfait. La jeune femme réfléchit qu'ils devaient être plusieurs pour parvenir à attraper une telle masse. Il était encore tôt, cette idée paraissait tout à coup peu probable. Toutefois, il se passait bien quelque chose.

Sophie se mit à avancer, le cœur battant la chamade. Les vaches semblaient prises de folie à présent. Elles couraient dans tous les sens et cherchaient à sauter hors de la pâture, se blessant contre les barbelés. Elle n'avait jamais assisté à pareil spectacle. Ou alors… Saisie, elle s'arrêta et, comme par enchantement, les bêtes se calmèrent un peu. Sa présence était-elle responsable de ce chahut ? En quoi pouvait-elle effrayer à ce point les vaches qui, d'ailleurs, la connaissaient ? Elle en appelait quelques-unes par leur prénom, bien que Bertrand se moquât d'elle. Non, il devait bien y avoir, caché quelque part, un animal qui les jetait dans l'épouvante. Sophie espérait que son arrivée le dissuaderait d'attaquer et même le ferait fuir. Certes, elle avait écouté quelques récits d'anciens relatant des sortilèges lancés à des animaux qui, soudain, se montraient très agités et agressifs. Les vieux avaient été jusqu'à évoquer à mots couverts les agissements d'un sorcier, mais Sophie s'était vite désintéressée de l'histoire qui n'avait pour elle aucun sens. Elle ne croyait pas en ces superstitions encore bien vivaces en Bretagne dans les milieux pauvres.

Parcourant les alentours du regard, sifflant Florentine sans succès, la jeune femme posa la main sur son ventre et hésita à poursuivre son chemin. Ne risquait-elle pas de mettre en péril la vie de son bébé ? Il était sans doute plus prudent de retourner au château afin de prévenir son mari. N'hésitant plus, elle revint sur ses pas sans même jeter un œil en arrière. Florentine n'avait pas reparu depuis un moment et cela ajoutait à son inquiétude car elle pouvait avoir été chargée par la bête qui s'en était prise aux vaches. À l'approche du tronc d'arbre contre lequel elle avait posé son ombrelle, Sophie ralentit le pas. Elle fut stupéfaite de découvrir que l'objet avait disparu. Cette succession de faits étranges commençait à lui peser et elle ne fut pas mécontente de parvenir aux marches du domaine. Tant pis si elle interrompait Bertrand dans sa comptabilité, la situation était trop bizarre pour l'ignorer. Elle ne pourrait fermer l'œil de la nuit si elle devait se coucher sans aviser quelqu'un.

Avant qu'elle pût entrer dans le vestibule, une forme se dressa près d'elle. Tout à ses pensées, la jeune femme n'y avait pas prêté attention et elle poussa un cri de frayeur qui se mua en rire un peu gêné en reconnaissant une fermière qui travaillait sur leurs terres.

– Désolée de vous déranger à c't'heure, m'dame, mais…

– Parle, répondit Sophie d'une voix douce.

L'aveu semblait difficile. La paysanne baissait la tête comme si elle était trop chargée de désarroi.

– Des lapins ont disparu.

– Que veux-tu dire ?

– Soit les cages ont été mal refermées, soit quelqu'un les a volés.

Sophie se sentit soulagée par la nouvelle : ainsi, il s'agissait bien d'un malfaiteur et non pas de quelque sortilège, comme certains l'auraient peut-être prétendu. Non qu'elle y attachât de l'importance puisqu'elle n'y croyait pas, mais... tout de même... c'était plus rassurant de savoir que l'œuvre humaine était à l'origine de ces actes plutôt que celle du démon, tel que la mémoire populaire le véhiculait depuis des siècles quand quelque chose d'inexplicable survenait.

– Ils sont en train d'essayer d'attraper les vaches, dit-elle très vite en montant les marches à toute vitesse. Nous allons les confondre. Envoie quelqu'un à la maréchaussée !

En définitive, ni les employés ni les gendarmes ne démasquèrent les auteurs du forfait, qui avaient dû s'échapper en devinant la présence de Sophie. Cette dernière témoigna et tout le monde se coucha fort tard. La jeune femme était très émue. Bertrand Le Guen s'efforça de l'apaiser :

– Ce n'est pas la première fois que cela arrive et ce ne sera pas la dernière.

– Sans doute. Mais si tu avais vu les vaches... Leur affolement avait quelque chose d'excessif.

– Tu as certainement surpris le voleur qui avait déjà commencé à leur courir après.

– Et Florentine qui n'est pas encore de retour ! soupira-t-elle.

Son époux convint que cette disparition était plus inquiétante. Il avait appelé la chienne dans la nuit sans succès. Si elle n'était pas réapparue le lendemain matin, il la rechercherait sur les terres du domaine pendant des heures car, comme sa femme, il avait beaucoup d'affection pour elle.

Médecine d'antan

– Ma mère a été mordue par un chien enragé, elle va mourir si vous ne la soignez pas.

Dépassé par la gravité des événements, Gregor Jourdan, le jeune paysan, exprimait une émotion qui toucha Nicolette, bien qu'elle regrettât, une fois encore, qu'on fît appel à ses dons. Les gens jasaient, la traitaient tout bas de sorcière, mais ils n'hésitaient pas à frapper à sa porte quand ils avaient besoin d'elle, oubliant alors combien ils avaient contribué à malmener sa réputation. Si la situation n'avait pas été aussi grave, Nicolette aurait répondu à Gregor par un rire amer. Il ne craignait plus de la côtoyer à présent qu'un de ses proches risquait de périr. Elle éprouvait soudain l'impression grisante de pouvoir agir sur la destinée des gens, même si ses pouvoirs possédaient leurs limites. C'était bien là aussi le problème : si elle ne parvenait pas à sauver la mère Jourdan, de quoi l'accuserait-on ? Et si elle réussissait à endiguer le mal, on pouvait encore la juger pour agissement impie. Quoi qu'elle fît, elle serait coupable, alors autant tenter d'abréger les souffrances de la pauvre femme. Elle rassembla ses potions et ses plantes médicinales, les déposa dans un panier en osier qu'elle tint à bout de bras et suivit le paysan.

Il était fréquent que des personnes soient mordues par une bête atteinte de la rage, souvent un chien. Les souffrances liées à cette infection comptaient parmi les plus atroces. Des larmes roulaient sur les joues cramoisies du jeune homme. Il n'en voulait pas à sa mère d'avoir oublié la clé de saint Tujenn dont il fallait se munir pour se déplacer afin de chasser les animaux atteints par la rage. Elle était pressée de se rendre aux champs pour servir la collation de 11 heures et elle avait omis cette précaution. Le chien, rencontré sur le chemin, l'avait mutilée à la cuisse avant d'être abattu par un voisin avec son fusil de chasse.

Quand ils parvinrent sur le lieu de l'accident, Gregor eut du mal à reconnaître sa mère dans la femme hystérique qui se dressait face à quiconque cherchait à l'aider. Il songea vaguement que, pour la sécurité de sa famille et en raison du risque de contagion, il serait peut-être souhaitable de l'éliminer comme on le faisait avec discrétion dans les chaumières, en étouffant les malades dangereux ou qui souffraient trop entre deux matelas ; pas avant que Nicolette Kerrien l'eût examinée et eût livré son savoir qui avait fait ses preuves, quand la médecine traditionnelle se révélait impuissante.

Peu désireuse qu'on l'observât pendant qu'elle auscultait puis soignait la mère Jourdan, Nicolette demanda aux badauds de s'éloigner. La malade était assise sur le bord de la route, la cuisse ensanglantée, la bave aux lèvres, hurlant des imprécations. Toutefois, quand Nicolette s'approcha d'elle, elle retrouva aussitôt ses esprits et se laissa toucher sans réagir. La blessure n'était pas belle à voir… Au moins, le chien avait été tué avant de pouvoir s'attaquer au reste du corps. Nicolette aperçut son cadavre tout près et elle reconnut Florentine, la chienne des Le Guen. Sans s'appesantir sur ce hasard, elle sortit de son panier le sachet de végétaux destinés à guérir de la rage. Son pouvoir n'était pas infaillible et Nicolette savait qu'elle pouvait échouer malgré tous ses efforts. Elle entreprit de masser la lésion avec la pommade qu'elle avait fabriquée le matin même, dans une sorte d'état second, comme si elle savait ce qui allait arriver. Le produit possédait un effet cicatrisant, cela ne suffisait pourtant pas : la guérisseuse commença à tracer des figures géométriques sur la blessure. Elle termina par une croix tout en chuchotant des formules magiques. Ses mains à la chaleur communicative se posèrent longuement sur la morsure et ses yeux rencontrèrent ceux de la victime : ils brûlaient d'un éclat sauvage.

Nicolette semblait une autre personne. D'ailleurs, les spectateurs n'avaient pas hésité à obéir à l'injonction de la femme Kerrien : ses pratiques relevaient de la sorcellerie et nul ne souhaitait s'y trouver mêlé.

Avec soin, elle rangea ses potions et ses plantes dans le panier. Les paupières de sa patiente papillonnaient, mais un peu de couleur revenait à ses joues.

– Vous allez être très lasse, c'est normal. Reposez-vous. Je viendrai aux nouvelles demain matin.

Nicolette aussi se sentait fatiguée parce que presque toute son énergie avait servi à secourir la blessée. Elle se releva avec peine et jeta un œil sur l'attroupement silencieux à quelques mètres. Savaient-ils à quel point ils pouvaient lui faire du mal s'ils décidaient de confier au curé l'angoisse qu'elle leur inspirait ? Ce dernier n'était pas un mauvais homme, mais si à son tour il était contaminé par la peur et en référait plus haut, Nicolette et toute sa famille seraient en danger.

Elle aperçut alors la silhouette de sa fille sur le chemin. Manon n'était pas seule et, quand Nicolette reconnut celui qui l'accompagnait, le péril lui apparut encore bien plus grand qu'elle ne l'imaginait l'instant auparavant.

– Mon épouse se félicite de votre présence. Vous êtes sa meilleure élève. Avez-vous l'intention de continuer dans cette voie ?

Manon rougit de plaisir. Avoir une place de prédilection à l'atelier de Sophie Le Guen était certes inespéré par rapport à ses projets. Il entrait autre chose dans son trouble : tout simplement, elle éprouvait de la joie à être reconnue pour ses talents de dentellière et, plus surprenant, à être congratulée par Bertrand Le Guen. Cela la remplissait de fierté. À vrai dire, depuis qu'elle connaissait le propriétaire du domaine, elle pensait bien trop à lui pour que ses sentiments restent honnêtes. Elle en était consciente mais elle ne parvenait pas à réfréner ses émotions et à raisonner son cœur. Manon ne savait plus trop où elle en était, entre l'émoi qui la tenaillait à chaque fois qu'elle croisait Bertrand et l'idée fixe qu'elle poursuivait et qui incluait la perte de l'homme qui l'avait éveillée à l'amour.

Quand elle avait rencontré Bertrand Le Guen, la séduction qu'il exerçait sur les femmes l'avait surtout embarrassée car elle était tout entière habitée par un esprit de vengeance. Nul élément perturbateur n'était prévu dans le dessein que sa mère et elle ourdissaient. Or, voilà qu'elle succombait pour la première fois de son existence au charme masculin. Ce n'était pas là le résultat d'une naïveté de jeune fille : Nicolette ne lui avait presque rien caché des pratiques qui existaient entre un homme et une femme. La nature, avec l'accouplement des animaux, s'était chargée de lui divulguer le complément. Face aux garçons, jamais elle n'avait éprouvé une quelconque attirance. La plupart lui semblaient bien rustres et benêts. Aucun ne lui avait paru susceptible de personnifier un futur époux. Elle ne se sentait pas pour autant sevrée d'amour, le sexe était bien éloigné de ses pensées. De plus, elle souhaitait demeurer vierge jusqu'à son mariage comme toute jeune fille qui se respecte.

À présent, ses certitudes se trouvaient ébranlées à cause du prestige de Bertrand Le Guen. Elle n'avait jamais eu l'occasion de s'entretenir avec ce genre d'homme aisé, cultivé, brillant, renommé dans la région, un notable. Certes, certains d'entre eux s'étaient adressés à Nicolette quand ils souffraient, mais ils étaient alors en si piètre posture que plus rien de leur aura légendaire ne subsistait. Manon avait même songé combien la maladie et la menace de la mort rendaient aux hommes l'égalité qui leur faisait défaut dans la vie quotidienne. Elle avait vu des pauvres se montrer d'une dignité exemplaire face à leur déclin et des riches gémir comme des bébés en voyant leur fin approcher.

Il régnait une touffeur écrasante. La sueur perlait sur le front de Manon et au-dessus de sa lèvre supérieure. Le moindre geste coûtait un effort, en particulier aux plus âgés, mais Manon et Bertrand marchaient d'un pas alerte. Elle était très jeune et lui devait avoisiner les trente ans. Ils soulevaient une fine poussière sur le chemin qui menait au domaine. De chaque côté, les bêtes au pré s'étaient réfugiées à l'ombre des arbres ou des abris dont les toits en tôle emmagasinaient pourtant encore plus de chaleur. L'herbe était déjà bien desséchée, le niveau des rivières et des mares avait trop baissé depuis plusieurs semaines que durait la canicule. Les abeilles bourdonnaient autour des fleurs dont les tiges restaient ployées, vaincues par l'absence d'eau.

Manon se protégeait grâce à sa coiffe tandis que son compagnon arborait un panama. Il tenait les rênes de son cheval qui boitait légèrement. Par prudence, il avait préféré faire le trajet à pied, de peur de lui imposer son poids en plus de la blessure dont il souffrait. Un valet de ferme le soignerait au domaine. Pour l'instant, l'équidé était harcelé par les mouches et, par conséquent, les deux promeneurs en étaient aussi les victimes. Manon ne cessait de faire des gestes dans l'air pour les chasser, mais elles revenaient toujours.

Après avoir écouté les compliments de Bertrand Le Guen au sujet de son travail, elle attendit que sa rougeur se dissipât avant de répondre :

– La dentelle, c'est ma passion. Je suis peut-être douée mais je compte bien m'améliorer grâce à l'atelier de votre épouse.

Bertrand la contempla avec respect : quel que fût leur milieu, il aimait les gens qui allaient au bout de ce qu'ils avaient entrepris. Cette jeune fille semblait intelligente et volontaire. Comme d'ordinaire, Sophie ne se trompait pas et il partageait à présent ses vues.

Le soleil auréolait la chevelure rousse de Manon d'un diadème poudré d'or qui la transformait en une créature fantasmagorique. Pas plus que la jeune fille il n'avait remarqué l'attroupement à plusieurs centaines de mètres, ni la silhouette sombre et désapprobatrice de Nicolette tournée vers eux.

Ils arrivaient au Tremblay. Le manoir aux murs de granit et au toit d'ardoises se dressait au bout d'une allée de platanes comme c'était la tradition en Bretagne et dans maintes régions de France. Une partie de la demeure datait du Moyen Âge et présentait des fortifications à demi détruites, l'argent manquant pour les restaurer. Un noble du nom de Basile de Jaouen l'occupait à l'époque et en tirait des revenus agricoles. Il faisait alors fonction de logis mais aussi de lieu où l'on travaillait et engrangeait des bénéfices grâce aux terres qui s'étendaient alentour. C'était aussi le symbole du pouvoir du propriétaire. Une nombreuse domesticité habitait au sein des dépendances dont la moitié avait depuis disparu, anéantie par les guerres ou érodée peu à peu par l'absence d'entretien. Les éléments de défense, telles les douves, étaient alors essentiels afin de se protéger à la fois d'une éventuelle invasion et des malfaiteurs qui grouillaient en ces périodes incertaines, d'où l'aspect militaire et souvent peu esthétique de la demeure. Un colombier avoisinait l'édifice, orné d'un côté d'une tour qui apportait de la grandeur à son architecture un peu austère. Basile de Jaouen fut fait prisonnier et guillotiné lors de la Révolution. Au XIXe siècle, un armateur s'efforça de redonner son lustre au domaine : il s'appelait Étienne Le Guen, très lointain ancêtre de ce Bertrand dont Manon goûtait aujourd'hui la compagnie.

Il n'y avait aucun bruit alentour hormis le son insistant de l'outil d'un ouvrier qui travaillait sur le domaine. Même les oiseaux n'avaient plus la force de chanter par cette chaleur. Pas une feuille ne bruissait dans les arbres, et les rosiers qui bordaient la pierre du manoir, ainsi que les énormes massifs d'hortensias, avaient l'air de naufragés.

Manon n'avait pas répondu à la question du mari de Sophie sur son avenir parce qu'elle ne savait pas encore à quel destin la dentelle la vouait. Tendue vers l'élaboration du plan mûri avec sa mère, elle ne s'était pas encore préoccupée du futur au-delà de la réussite de cette vengeance qui hantait Nicolette. Comme le couple allait se séparer, Manon se préparant à commencer sa journée à l'atelier alors que Bertrand devait faire soigner la patte de son cheval, une charrette déboula dans la cour, semblable au grondement du tonnerre dans le ciel d'un été en son déclin. Manon sursauta. Le cadavre d'un chien se trouvait à l'arrière. L'employé qui maniait les rênes stoppa face à Bertrand Le Guen et s'exclama :

– Hélas, monsieur, je vous ramène votre chienne morte ! Elle a été mordue par un animal enragé et s'est attaquée à quelqu'un du village. Un homme a dû l'abattre avant qu'elle ne s'en prenne à tout le monde.

– Mon Dieu ! La victime est-elle gravement blessée ?

– Je ne sais pas, monsieur. La mère de mademoiselle s'occupe d'elle, ajouta-t-il en indiquant Manon.

– Votre mère ? répéta le propriétaire du domaine, surpris. Mais en quoi…

– Ma mère est un peu guérisseuse, le coupa Manon, furieuse que le don de Nicolette fût déjà parvenu aux oreilles de son interlocuteur.

De plus, il était regrettable que les Le Guen aient perdu leur bête en ces circonstances. Le regard insistant du domestique la gênait aussi. Il devait avoir hérité de cette méfiance innée que les Kerrien faisaient naître, et il avait trouvé là un moyen de la manifester en espérant porter préjudice à leur fille en présence du maître. Ce dernier était dans l'ignorance des pratiques scabreuses auxquelles se livrait cette famille. Il n'en demeurait pas moins que les Cancalais avaient couru chercher Nicolette. Pourquoi pas, à la place, le docteur Carois ? Certes, les médecins inspiraient moins confiance que les guérisseuses mais nul n'aurait osé jeter l'opprobre sur leur science alors que celle de Nicolette était la plupart du temps condamnée, même si on y avait recours en secret.

L'embarras de la jeune fille fut dissipé par l'arrivée de Sophie Le Guen dans un grand envol de ses jupes colorées, elle qui marchait d'une façon plutôt majestueuse d'ordinaire. Elle sembla très éprouvée par la mort de Florentine. Son expression reflétait un mélange d'angoisse et de tristesse. Depuis la veille, les choses allaient de mal en pis et nulle explication n'était capable d'apaiser la maîtresse du domaine, sensible à la bizarrerie des faits qui frappaient leurs animaux. Tout d'abord les vaches qui continuaient à se montrer très agitées, si bien qu'il avait été impossible de les traire ce matin. Puis d'autres lapins qui avaient disparu alors que des verrous avaient été installés sur leurs cages : aucune effraction mais plus de lapins ! Sophie sentait sur elle le regard plein de questions, presque critique, de ses employés. Elle connaissait leur nature superstitieuse, vite influençable, vulnérable aux croyances d'un autre âge dès qu'un événement étrange survenait.

Et maintenant, on ramenait au domaine le corps de Florentine qui avait fait preuve d'une rare agressivité envers une femme du village… Certes, comme le lui expliquait Bertrand, la raison venait des symptômes de la rage, mais Sophie trouvait qu'il existait trop de coïncidences désastreuses liées aux bêtes depuis hier. Pour écarter ce pressentiment, elle prit les mesures qui s'imposaient : enterrer Florentine dans le parc, près des tombes des autres animaux domestiques, appeler le vétérinaire au sujet du comportement des vaches, surveiller d'encore plus près les clapiers, vérifier les enclos, faire des rondes au besoin la nuit, enfin diriger son essaim de dentellières à l'atelier et oublier ses tracas.

C'était jour de foire à Cancale et le village entier bruissait d'une inhabituelle agitation. Malgré la sécheresse qui persistait et faisait se lamenter les paysans, il y avait foule. Tout le monde avait à cœur de s'amuser. Depuis plusieurs semaines, les préparatifs avaient commencé. La veille, les aubergistes avaient fait le plein grâce à une clientèle qui venait de loin, certains même de Normandie pour vendre des draps de Caen, de Falaise ou de Rouen. Le tapage régnait partout et déjà couvait un début de désordre que la maréchaussée surveillait. L'ivrognerie en était responsable. Nombreux étaient les hommes qui buvaient trop pour se donner du courage, chasser leur ennui, parce que c'était une pratique courante aussi que seuls les médecins tentaient de réfréner sans grand succès. Dès qu'il s'agissait de prendre du plaisir à la fête, les Bretons s'abandonnaient vite à une sorte d'ivresse contagieuse qui les transformait en individus fantasques, bavards, rieurs, alors même que le reste de l'année ils savaient se montrer sérieux et même souvent austères.

Il y avait cependant des exceptions et Manon en faisait partie. Si elle aimait se promener parmi les étals de la foire et contempler le spectacle chatoyant, elle participait à contrecœur à la liesse générale.

Sa mère la tança :

– Nous ne devons pas nous démarquer une fois de plus. C'est enfin l'occasion d'être comme les autres, et peut-être finiront-ils par réviser leur jugement à notre sujet.

– Il faudrait que je boive une bouteille de cidre pour y arriver ! rétorqua la jeune fille.

Nicolette haussa les épaules.

– Je vais te donner une potion qui te fera oublier ta réserve, sans pour autant perdre la tête.

Nicolette vaqua à ses petites affaires au-dessus de la grande marmite de fonte d'où s'élevait une odeur peu ragoûtante.

– Tiens, dit-elle à sa fille en lui tendant une louche. Prends-en un peu, pas trop, cela te griserait.

Elle laissa Manon seule car elle devait se préparer pour vendre son poisson lors de la foire. La jeune fille avala le breuvage en grimaçant. Malgré l'avertissement de sa mère, elle se servit plusieurs fois, lasse de ne pas avoir d'amie pour partager sa sortie. Ce liquide, aussi immonde fût-il, l'aiderait sans doute à mieux accepter la solitude. Et dire qu'il existait des gens pour aller de foire en foire, d'un bout de la région à l'autre, sans jamais cependant quitter la Bretagne comme si le fait de mettre un pied hors de leur terre natale allait les transformer en menhirs ! Manon s'y sentait parfois comme une étrangère, bien qu'elle adorât la Bretagne. Son besoin d'isolement, son caractère réservé, qu'on prétendait ombrageux, l'avaient desservie auprès de sa propre communauté. Et le don de sa mère, qu'elle lui avait légué, n'avait pas arrangé les rapports qu'elle entretenait avec autrui. Sa beauté singulière lui attirait aussi la jalousie.

En compagnie de sa mère qui était prête et après avoir vérifié son apparence dans l'eau du puits, Manon sortit du jardinet devant la longère afin de rejoindre l'épicentre de la foire. Pour une fois, elle se sentait gaie, prête à succomber aux réjouissances. Le produit avait agi dans ce sens. Un sentiment d'assurance et de joie l'envahissait à mesure qu'elle approchait de la grande place du village. Les rues grouillaient de monde, la cacophonie régnait partout : bêtes et gens se mêlaient et y contribuaient. Chevaux, vaches, génisses, bœufs, porcs, veaux, volailles traduisaient leur affolement par des bruits divers tandis que les commères apostrophaient le promeneur afin de lui proposer leurs produits : beurre, œufs, fromages, fruits, légumes, quincaillerie, miel, fils, blé... La marchandise semblait inépuisable et les paniers se remplissaient avec célérité. Manon ignorait que des files de charrettes, chars à bancs, cavaliers et piétons affluaient vers Cancale. Plus loin, les palabres s'éternisaient entre marchands de bestiaux et acheteurs potentiels, chacun campant sur ses positions afin de faire durer le plaisir. Puis un échange de poignées de main scellait l'accord, aucun papier ne le validant car un Breton ne trahissait jamais sa parole. L'eau-de-vie avait déjà été suffisamment consommée par le plus grand nombre pour provoquer quelques bagarres, vite réprimées par les gendarmes. Près du port, des couples dansaient au son d'un accordéon et des chants en patois s'élevaient çà et là. L'ambiance restait bon enfant malgré les dires de certains moralisateurs qui désapprouvaient les témoignages d'allégresse trop exubérants, selon eux responsables de bien des maux.

D'un pas lent pour contempler les étals, Nicolette et Manon avançaient vers le secteur réservé à la vente du poisson dont l'odeur se mêlait à celle des animaux, de la sueur humaine, des denrées que l'on cuisait déjà malgré l'heure matinale, ces miasmes encore amplifiés par la chaleur. À la question de Manon, Nicolette répondit qu'elle n'avait pas besoin de son aide, que sa fille profitât donc de la foire pour une fois qu'elle n'avait pas à se rendre à l'atelier de dentelle. Sa mère n'avait pas remarqué qu'elle avait perdu sa sauvagerie. Elle commença à servir ses clientes sans prêter attention à la gracieuse silhouette qui s'éloignait, suivie par un regard fébrile.

Cela faisait des semaines que Bertrand Le Guen pensait à la jeune fille sans parvenir à se l'ôter de l'esprit. La mâchoire contractée, les yeux pleins de fièvre, il comptait profiter de ce jour de liesse pour l'accoster et se rapprocher d'elle d'une façon plus intime. Rien de mieux que la multitude pour parvenir à son but. Comme il était très connu au village, il devait saluer beaucoup de gens et bavarder avec certains d'entre eux. L'échange avec Manon passerait ainsi inaperçu. Bertrand se sentait en rupture avec lui-même, il se savait dans une situation délicate, mais il ne pouvait agir autrement : il « voulait » Manon. C'était plus fort que lui, il la lui fallait. Il n'y avait rien qui lui parût plus stupide et périlleux pour sa réputation quand il y réfléchissait, mais il se trouvait dans un tel état de dépendance vis-à-vis de son désir qu'il ne raisonnait plus avec discernement. Son amour s'apparentait à un virus qu'il aurait attrapé, qu'aucun remède ne serait en mesure de détruire et qui annihilerait peu à peu son corps et son cerveau. Il ne comprenait pas ce qui lui arrivait car il avait toujours été fidèle à Sophie. D'ailleurs, il se devinait homme peu passionné, plus enclin à entretenir ses terres qu'à culbuter sa femme et encore moins une autre. Alors, que se passait-il avec Manon ? La jeune dentellière était belle mais d'autres l'égalaient en joliesse sans pour autant l'attirer comme elle, le rendre fou même. Et pourtant, il n'avait plus l'âge d'un égarement… Aussi avait-il fini par se persuader qu'une fois sa faim assouvie, la paix reviendrait en lui. Manon ne devait pas être bien farouche. Son père subissait la crise sardinière, une belle somme d'argent suffirait sans doute à la faire plier. Elle n'était même plus vierge d'après la rumeur… mais Bertrand se méfiait des on-dit, et l'idée qu'un garçon eût déjà souillé le corps de celle qu'il convoitait lui était insupportable.

Il fit mine de s'arrêter afin d'écouter un chanteur devant lequel se tenait la jeune fille qui n'avait pas encore remarqué sa présence.

« *E pardon Spezed e oan bet* (bis)
Ur plac'h yaouank am boa kavet (bis)
Tra la la la le no, tra la la la leno, tra la la la, la la le no[1]. »

Les paroles de la rengaine lui parurent de bon augure ; on y évoquait ensuite l'hôpital, la vérole et même la queue du malade, ce qui ne manqua pas de faire rougir Manon : peut-être était-elle plus innocente que la calomnie le prétendait ?

Elle ne l'avait toujours pas repéré. Il décida de ne pas la quitter des yeux durant la journée et de profiter d'un moment où elle serait seule dans un lieu isolé pour tenter sa chance, modifiant son plan initial qui consistait à l'aborder devant témoins. Il ne savait même plus ce qu'il faisait, un désir presque douloureux guidait ses actes.

Après avoir déambulé parmi les stands et bavardé avec quelques connaissances, Manon acheta une crêpe à un marchand et décida de trouver un endroit calme pour la déguster. On aurait dit que quelque chose en elle obéissait sans le savoir à Bertrand et décidait de son destin. Elle sortit du village et prit un sentier qui sinuait entre des champs dans lesquels les bêtes se protégeaient sous les arbres de l'ardent soleil de midi. La jeune fille aussi cherchait l'ombre. Elle la trouva sous un frêne contre le tronc duquel elle s'assit, les mains déjà poisseuses de sucre. Le murmure de la fête parvenait jusqu'à elle. La fatigue la gagnait et elle savait qu'elle ferait une courte sieste avant de retrouver sa mère et de l'aider à remballer ses victuailles. Manon n'avait pas besoin de beaucoup de calories pour se sentir repue. La crêpe lui suffisait, pas bien épaisse comme son nom l'indiquait. En effet, la différence entre crêpe et galette tenait alors à la quantité de pâte et non à celle entre blé noir et froment, cette distinction devant apparaître bien plus tard.

1. *Au pardon de Spézet je suis allé*
Une jeune fille j'ai rencontrée...

Son déjeuner terminé et l'effet de la potion de Nicolette s'estompant, Manon entreprit de se coucher sur l'herbe pendant quelques minutes. Avant qu'elle pût sombrer dans le sommeil, la sensation d'une présence la tira de sa léthargie à cause du bruissement de pas sur le sol et surtout d'un long corps penché sur elle. Elle ouvrit les yeux d'un coup et reconnut Bertrand Le Guen. La peur reflua. Elle avait songé à un vagabond, un colporteur ou même un garnement du village. L'appréhension fit place à un sentiment de gêne face à son expression avide, dénuée de la douceur et de l'intérêt bienveillant qu'elle y décelait toujours d'ordinaire. Son cœur s'emballa. Le béguin qu'elle éprouvait pour le propriétaire du domaine lui fit monter le sang aux joues. Ils étaient seuls. Personne aux alentours pour les surveiller, les épier. Prise d'un malaise, elle avait du mal à trouver la force de le saluer et un timide sourire effleura ses lèvres tandis qu'elle s'efforçait de se redresser.

– Restez où vous êtes !

Le ton de Bertrand Le Guen exprimait un ordre. Ravalant sa surprise, Manon obtempéra. L'anxiété commençait à se frayer un chemin en elle : que lui voulait cet homme ? L'avait-il suivie pour se retrouver là au moment même où elle s'apprêtait à s'abandonner à une sieste ? Certes, elle était tombée amoureuse de lui, pas au point de se déshonorer néanmoins. Elle était trop fine pour ne pas comprendre qu'il la laisserait tomber une fois son désir assouvi. Le respect dû au patron et au notable l'obligeait à ne pas protester ; elle était bien décidée à se défendre s'il se permettait des privautés. Le regard illuminé et les gestes fébriles du mari de Sophie augmentaient son anxiété. Elle réalisait qu'il avait l'intention de s'attaquer à elle de la manière la plus lâche et la plus abjecte. Consciente de sa vulnérabilité, elle inspecta vite les environs dans l'espoir d'y découvrir une silhouette susceptible de se porter à son secours ; elle avait choisi avec trop de clairvoyance le lieu de son déjeuner : seules les vaches contemplaient la scène.

– Monsieur Le Guen ? dit-elle d'un ton hésitant, moitié question, moitié imploration.

– Manon, si tu savais...

C'était la première fois qu'il la tutoyait.

– Si je savais quoi ? demanda-t-elle, espérant gagner du temps.

– Veux-tu être ma femme, Manon ?

– Mais vous êtes déjà marié ! s'exclama-t-elle.

Presque aussitôt, elle retrouva assez de vigueur et de jugement pour se lever d'un bond et tenter de fuir. La main de l'homme s'empara alors de son poignet, lui arrachant un cri de douleur.

– Je t'ai dit de rester ici !

– Que me voulez-vous ? s'écria-t-elle en se débattant, sans réussir à lui échapper.

Elle avait toujours peur, la colère n'en perçait pas moins dans sa voix. Il n'avait pas le droit de se conduire ainsi et elle ne se laisserait pas abuser sans lutte. Les forces étaient inégales, toutefois rien ne l'empêcherait d'user de ses pouvoirs pour contrer son offensive.

– Je t'aime, Manon, laisse-toi faire...

– Votre épouse est ma patronne, vous le savez bien.

– Je n'ai jamais aimé cette femme. J'en ai eu la révélation quand je t'ai rencontrée.

– Et alors ? persifla la jeune fille qui espérait que la situation tournerait à son avantage en discutant.

Déjà, l'homme avait desserré son emprise. Il ne s'attendait peut-être pas à une joute verbale. Dressés l'un devant l'autre, ils se contemplaient. Les yeux de Bertrand la suppliaient de ne pas résister car il l'aurait voulue consentante et même répondant à ses avances. Ceux de Manon le défiaient d'oser la forcer, elle, la fille de Nicolette Kerrien, née Guyader. Il se rapprocha pour appuyer son autorité et, dans le geste qu'elle fit pour reculer, elle trébucha. La main de Bertrand quitta son poignet pour s'accrocher à son épaule, et le corps de Manon se plaqua contre celui de son agresseur dont elle sentit l'odeur de sueur, de tabac et de musc mêlés. Au lieu d'en éprouver du dégoût, elle céda à une sorte d'enivrement auquel l'action de la drogue maternelle n'était pas étrangère. Elle n'ignorait pas que cet homme l'attirait ; elle devait dominer ses sens et son cœur car une aventure avec le descendant de Frédéric Le Guen serait un désastre. Son poing libre se serrait en un geste convulsif et elle refusait à présent de rencontrer le regard de son maître, de peur qu'il y lût un aveu qui allait la perdre.

– Si vous m'obligez à coucher avec vous, vous me vouez à une fin certaine.

Il secoua la tête, abasourdi.

– Ce serait donc une telle horreur pour toi que tu irais te tuer après ?

À voir son expression soucieuse, elle comprit que le bon sens revenait peu à peu dans son cerveau.

Vraisemblablement, il se souvenait des ragots qui circulaient à propos de Manon. La peur le gagnait. Ceux qui affirmaient ne pas prendre au sérieux les superstitions et croyances bretonnes changeaient parfois d'attitude quand survenait un fait de l'ordre de l'irrationnel. Bertrand Le Guen devait être en train de songer aux périls auxquels il s'exposait en profanant cette jeune fille. Son visage avait perdu toute couleur. Son attirance envers Manon l'avait tout à coup déserté : il la considérait même d'un œil énigmatique, comme s'il cherchait ce qui avait bien pu lui faire perdre la tête. Elle réalisa que, bientôt, il se sentirait offensé, sa dignité mise à mal, alors même qu'il en était le premier fautif. Mortifié, il risquait de faire retomber sa rage sur elle.

Profitant qu'il lissait ses vêtements d'un mouvement mécontent, elle se mit à courir sur le chemin sans se retourner. Le propriétaire du domaine du Tremblay ne pousserait pas le ridicule jusqu'à tenter de la rattraper, mais ce ne fut qu'aux abords de Cancale, quand elle aperçut les premières maisons, qu'elle ralentit le pas. Elle savait qu'il lui faudrait être plus prudente à présent. Si Sophie n'avait rien soupçonné à son sujet, son époux se méfierait désormais de ses agissements, même si la vérité était bien loin de lui apparaître. Sans doute, davantage de temps serait nécessaire pour mener à bien sa vengeance. Elle devrait en parler avec sa mère, tout en minimisant le danger que représentait Bertrand. Alarmée, Nicolette pouvait refuser de poursuivre le châtiment, ou bien au contraire organiser des représailles qui la mèneraient tout droit à l'échafaud.

Le bruit assourdissant de la foire étourdit Manon. Très lasse, elle se demanda si elle connaîtrait la paix dans cette vie-là. Nicolette lui objecterait que tel serait le cas quand l'esprit de Dairine n'errerait plus en vain pour réclamer réparation mais Manon ne partageait pas cette conviction : parfois, elle avait la certitude qu'elle ne serait jamais celle qui permettrait à l'âme de Dairine de s'envoler vers le paradis, enfin apaisée.

Une enfant non désirée

ÉTOUFFANT UN CRI DE DOULEUR, Manon arqua tout son corps dans l'espoir d'éjecter enfin ce maudit bébé, les mains accrochées au drap qu'elle serrait jusqu'à le déchirer. Ses efforts lui paraissaient si vains... La voisine, aussi sage-femme, appelée en renfort, commençait à afficher un air soucieux. Cela faisait cinq heures que la pauvre petite suait, souffrait et tentait sans succès d'accoucher. Ne voulant pas avouer son impuissance, Thérèse Fallet allait et venait dans la pièce, lavait les linges souillés, rafraîchissait le front ruisselant de sa patiente, s'efforçait d'être utile à quelque chose puisqu'on avait quémandé son aide. Connaissant les usages, elle se rendait souvent au chevet des jeunes femmes enceintes. La plupart du temps, cela se passait bien mais il arrivait que l'acte se compliquât : dans ce cas, Thérèse préférait laisser la place à quelqu'un de plus compétent. Elle se demandait s'il fallait se résigner à cet épilogue aujourd'hui. La jeune fille au visage enfantin, en train de se trémousser de douleurs sur la couche trempée, allait mettre au monde un enfant né de père inconnu, une tache infamante sur le nom des Guyader et des Kerrien. Voilà pourquoi Nicolette s'était élevée contre l'idée de prévenir le médecin : on aurait dit, songea Thérèse, qu'elle voulait que le nourrisson ne survécût pas, vu l'opprobre dont sa fille faisait l'objet depuis que son état avait été découvert.

Thérèse se demanda si Nicolette connaissait l'identité du géniteur. À Cancale, on l'ignorait, ce qui favorisait encore plus les commérages. En dépit du harcèlement dont elle avait été victime de la part des bonnes âmes, Manon s'était toujours refusée à livrer le nom de son séducteur. Certains prétendaient donc qu'elle l'ignorait en raison de ses amants trop nombreux. Thérèse, qui la connaissait bien, savait que c'étaient là pures méchancetés : en dépit de sa mauvaise réputation, Manon n'était pas une fille facile, bien au contraire elle se révélait plutôt farouche.

La voisine était seule avec elle, Nicolette et Roger ayant éloigné son frère et s'étant réfugiés dans le potager pour oublier combien le sort s'acharnait sur leur famille. Thérèse jeta un dernier regard sur le ventre de Manon. Elle faillit hurler de soulagement quand elle aperçut la forme ronde d'une tête de bébé. Enfin, la délivrance était proche.

Après tant d'attente, le nourrisson se laissa glisser le long du corps de sa mère comme s'il n'avait jamais aspiré qu'à découvrir le monde réel. Thérèse constata qu'il s'agissait d'une fille. Elle coupa le cordon ombilical et s'empressa de masser le front de la fillette afin de lui remodeler la boîte crânienne. Les cris du bébé ne tardèrent pas à se faire entendre. Les parents de Manon les perçurent, cependant ils ne se hâtèrent pas pour faire connaissance avec leur premier petit-enfant : il y avait trop de rancœur et de colère en eux pour qu'ils savourent cet instant.

Satisfaite, Thérèse présenta le bébé à Manon. Celle-ci détourna le visage et eut un geste de dénégation.

– Comment vas-tu l'appeler ? demanda la voisine, croyant que Manon était trop fatiguée pour s'occuper de sa fille.

– Je ne sais pas, je m'en moque, répliqua-t-elle tandis que les larmes coulaient sur ses joues.

Choquée, Thérèse mit un moment à répondre :

– Écoute, Manon, c'est une situation difficile, je m'en doute, mais ce nourrisson n'y est pour rien, alors tu dois l'aimer comme s'il avait un père.

– J'aurais pu m'en débarrasser, pourquoi ne l'ai-je pas fait ?

– Chut, tes parents arrivent...

Nicolette entra la première dans la pièce. Thérèse exhiba le bébé, espérant que les sentiments des Kerrien changeraient en remarquant combien elle était mignonne avec son essaim de cheveux roux ; elle fut très vite déçue par la moue dédaigneuse de la mère de Manon.

– Une fille, c'est une fille... (Elle tourna vers Manon un visage rempli de mépris.) Une fille qui ne nous apportera que honte et désillusions !...

La jeune accouchée était trop épuisée pour trouver une réplique. De plus, son raisonnement valait celui de sa mère, elle aurait préféré avoir un garçon. Peu importait en réalité, cet enfant lui faisait horreur.

Quant à Thérèse, elle ne souhaitait pas se mêler à cet esclandre privé, même si elle était bouleversée pour la petite.

– Comment allez-vous l'appeler ? demanda-t-elle aux grands-parents, espérant ainsi les intéresser au sort du nouveau-né.

– Marie, bougonna Nicolette, choisissant un prénom si commun que cela prouvait son désintérêt.

Bizarrement, Manon ne fut pas d'accord.

– Pas question ! C'est trop difficile à porter pour une enfant née dans ces conditions... Ce sera Gwen.

Nicolette haussa les épaules mais Thérèse sourit.

– C'est un très joli prénom. Quand le baptême doit-il avoir lieu ?

– Demain, répondit Nicolette. Mieux vaut que cette enfant du péché appartienne très vite à notre Église avant d'être transformée en oiseau.

Elle faisait référence aux enfants morts sans baptême qui étaient privés de paradis, dont les âmes erraient dans les limbes et pouvaient même se transformer en oiseaux selon certaines croyances.

Manon ricana.

– Je crois surtout qu'elle viendrait nous harceler !

Thérèse en avait assez entendu. Démotivée, elle posa Gwen près de sa patiente avec un regard de défi : elle devait regagner son logis, mais que Manon ne s'avisât pas de faire du mal à cette enfant ! La jeune fille contempla le bébé d'un œil morne. Puis quelque chose s'éveilla dans son cœur et elle y céda. Thérèse la vit s'en emparer et la serrer contre sa poitrine.

– Ça ira, affirma-t-elle.

– À demain, à l'église, répondit Thérèse en rassemblant ses affaires avant de partir.

– Merci pour tout, murmura quand même Nicolette en raccompagnant sa voisine dans la rue.

La cérémonie de baptême fut brève et réunit peu de monde. Outre les grands-parents, il y avait l'accoucheuse qui tenait Gwen dans un châle blanc en sa qualité de marraine, Loïc choisi comme parrain, et le prêtre qui avait consenti sans chaleur à administrer le sacrement et à chanter un *Te Deum* d'une voix de fausset. On signa les registres à la sortie. À l'exception de Thérèse, tous arboraient une mine funèbre comme s'il s'agissait d'un enterrement, y compris Loïc qui souffrait des commentaires cruels que l'attitude de sa sœur lui valait. Les cloches ne résonnèrent pas parce que Gwen était une enfant naturelle. Aucune dragée lancée à la sortie de l'église à la jeunesse du village car Nicolette avait renoncé aux sucreries, sachant qu'il n'y aurait personne pour les déguster. Et, en effet, la place était vide.

Thérèse entreprit de coiffer Gwen d'un bonnet brodé, ainsi que le voulait la coutume. En l'absence de repas pour clore cette journée, elle n'eut d'autre recours que de rentrer chez elle. Sitôt dans sa longère, tandis que Roger s'en retournait travailler au port et que Manon était plongée dans un profond sommeil, Nicolette emmaillota sa petite-fille dans des langes et des bandelettes afin de lui éviter bien des maux telle la boiterie. Tout en se sentant très meurtrie, elle ne pouvait s'empêcher d'examiner Gwen et de lui trouver une ressemblance avec Manon. Dieu merci, rien ne permettait de croire que son père était Bertrand Le Guen !... Tant que sa fille demeurait muette à ce sujet, il restait une chance de faire payer à cette famille le mal qu'elle leur avait fait.

Quand Manon lui avait annoncé son état d'une voix blanche, elle savait déjà que le propriétaire du Tremblay n'avait pas la moindre intention de réparer ses torts. Certes, Manon l'avait ensorcelé mais pas au point qu'il quittât son épouse pour sa maîtresse, jetant ainsi le discrédit sur son nom. Si Manon aussi était amoureuse, elle avait cru pouvoir braver sa condition de femme grâce à des moyens contraceptifs secrets qui avaient failli au bout de six mois d'une liaison passionnée. Cependant, Bertrand ne l'avait pas abandonnée pour autant : il avait promis de lui verser de l'argent afin que leur enfant reçût une bonne éducation. Il désirait surtout poursuivre l'aventure avec elle car, une fois qu'elle aurait accouché, elle retrouverait sa grâce d'antan dont il ne pouvait plus se passer.

Horrifiée par la nouvelle, Manon avait voulu avorter par elle-même. Elle avait peur de mourir si elle faisait appel à une « faiseuse d'anges ». Aussi se résigna-t-elle à parler à sa mère afin qu'elle lui préparât le breuvage qui tuerait le fœtus, sans faire succomber la mère. Elle commit l'erreur de révéler le nom du père. Face à la réaction de Nicolette, elle comprit qu'elle aurait dû mentir en se prétendant la proie d'un garçon de passage à Cancale. Cela faisait des mois qu'elle ne pensait plus à sa vengeance et Nicolette voyait soudain clair dans le jeu de sa fille : elle y avait renoncé par amour pour Bertrand Le Guen.

– Pauvre idiote ! Tu ne saisis donc pas que tu es tombée dans le piège ?

– Bertrand m'aime, m'man, il ne me laissera pas tomber.

– Et quand bien même ? Ce Le Guen aussi est victime de la malédiction. Nous le savons toutes les deux.

Oui, Manon le savait. Mais elle avait refusé de l'admettre le jour où le destin l'avait mise en rapport avec Bertrand Le Guen parce qu'elle espérait vaincre la fatalité. Lorsqu'elle l'expliqua à sa mère, celle-ci la traita par le mépris :

– Ma pauvre fille, comme si tu étais capable de briser l'anathème…

– Pourquoi pas ?

– C'est comme si tu voulais t'opposer à Dieu, répliqua Nicolette, avant d'exploser de colère. Comment as-tu pu nous faire ça ?

En définitive, Manon avait décidé de garder l'enfant. Bertrand, fou de joie, avait juré qu'il s'en occuperait, sans pour autant révéler à quiconque qu'il en était le géniteur. Un héritier la souderait encore davantage à son amant puisque Sophie avait perdu le premier enfant qu'elle attendait de lui. Quand Manon songeait à cette dernière, à sa gentillesse à son égard, elle se sentait coupable, puis elle oubliait vite ce sentiment dans les bras de Bertrand.

Le berceau, celui de Loïc et de Manon, attendait l'arrivée du bébé. Nicolette voulut l'y coucher, toutefois Gwen avait faim. Elle manifesta son besoin par des pleurs et des cris perçants qui réveillèrent Manon. Cette dernière entreprit aussitôt de la nourrir. Ses seins étaient gonflés et lui faisaient mal. Elle avait autant hâte d'alimenter le nourrisson que de retrouver un tour de taille qui plût à Bertrand. L'enfant ne serait sevrée que dans un an et elle s'épouvantait à l'idée de devenir, aux yeux de son amant, une sorte de matrone à la place de l'accorte maîtresse qu'il avait connue. Tout en l'allaitant, Manon examina Gwen : teint pâle, yeux verts, duvet roux, elle était son portrait et celui de sa grand-mère, une consolation pour elles trois. Diverses expressions passaient sur le visage attentif de Manon que Nicolette contemplait avec ressentiment, tout en convenant que Gwen était bien jolie pour un nouveau-né : de l'étonnement à l'amertume, de la tristesse à l'affection. La contradiction s'y lisait sans détour : elle regrettait son statut de fille-mère tout en éprouvant de la tendresse pour son enfant.

Quand elle releva la tête de Gwen, Manon surprit le regard de sa mère braqué sur elle comme une arme, une arme chargée. Ce fut d'une telle violence qu'elle se demanda pour la première fois de son existence si, à force de ne penser qu'à cette revanche sur le passé, Nicolette n'était pas devenue inhumaine. D'une façon instinctive, elle étreignit son bébé comme pour le protéger et assena :

– Ne t'attacheras-tu donc jamais à elle ?

Les cernes bleuis de Manon lui octroyaient une fragilité qui la rendait encore plus attirante, et Nicolette se dit que sa fille était trop belle… comme Dairine en son temps. Elle capitula :

– Sans doute que si.

Elle laissa libre court à ses pensées, vaincue.

– Nous avons échoué. J'ai trop attendu de toi et me voici punie aujourd'hui.

Manon rougit : jamais, autant qu'en cet instant, elle ne sentait le poids des responsabilités qu'avait fait peser Nicolette sur ses épaules. Elle avait déçu sa mère, trouvé l'amour et conçu ce merveilleux bébé. Elle ferait en sorte de l'élever dignement malgré son mauvais départ dans la vie. Après tout, elle était loin d'être la seule à avoir fauté dans le village, il en existait bien d'autres dont la jeunesse n'avait pas été chaste et qui, à présent, vivaient paisiblement, intégrées, souvent mariées et ayant fondé une famille.

– Oublions le passé, proposa-t-elle.

Nicolette soupira.

– J'y consens pour un temps… chuchota-t-elle en caressant la joue rebondie de sa petite-fille. Ce passé nous laissera-t-il en paix jusqu'à ce que Gwen soit adulte ?

– Sache que je ne peux plus te suivre sur ce chemin, pas avec Gwen dont le père est l'homme que tu souhaites anéantir.

– Je le sais bien.

– Sois confiante, déclara la jeune fille d'un ton qu'elle voulait rassurant.

Sans répondre, Nicolette trempa ses mains dans l'eau du bénitier. Elle aspergea le visage de Gwen de quelques gouttes tout en prononçant des incantations que Manon ne comprit pas mais dont elle devina la puissance protectrice. Puis elle lâcha, laconique :

– Nous verrons bien…

Et Manon ne put s'empêcher de frissonner.

Très éveillée, Gwen devint vite incapable de supporter son immobilité dans le berceau et les linges qui comprimaient ses membres telle une camisole de force. Manon avait repris son travail quelques jours après sa naissance, laissant tout d'abord le bébé à la garde de sa grand-mère, jusqu'à ce que Sophie Le Guen proposât que son employée l'amenât avec elle, du moment qu'elle fût sage. Hélas, ce n'était pas un trait de caractère de Gwen.

Tous les matins, au début, Manon tirait son lait afin que Nicolette l'utilisât dans un biberon pour Gwen. Puis, quand elle la prit avec elle sur l'insistance de Sophie, elle entrecoupa ses journées de pauses afin de pouvoir l'allaiter. Ses collègues ne lui épargnaient pas les regards désapprobateurs et l'une d'entre elles démissionna. Mais toutes se taisaient, ayant compris qu'elle avait l'adhésion de la maîtresse du domaine. Néanmoins, face au caractère impétueux de Gwen qui se manifestait par des pleurs et des cris de protestation, Sophie abdiqua et le nourrisson réintégra la maison de pêcheur à Cancale. En dépit du surcroît de travail, Nicolette en conçut du soulagement car elle ne supportait pas l'idée de sa petite-fille sous la protection de la femme de son propre père : quelle situation scandaleuse !

La jeune accouchée avait fait l'impasse sur la séance de purification, en présence du curé qui donnait sa bénédiction pour la naissance et les relevailles prochaines de la mère. Cette enfant naturelle la stigmatisait. On la fuyait encore davantage qu'avant. Surtout que la maturité de Gwen stupéfiait ceux qui la rencontraient. Elle cherchait déjà à se débarrasser de ses bandelettes, si bien que Manon l'y aida en la sevrant à trois mois. Quelle ne fut pas sa surprise de voir sa fille, à neuf mois, manœuvrer ses petites jambes afin de marcher. Elle s'étonnait d'avoir engendré un tel échantillon de précocité qu'elle expliquait par le sang qui coulait dans les veines de son père. Roger, qui avait aussi fini par succomber au charme de sa petite-fille, fabriqua un chariot à glissières qui permettait à l'enfant de marcher, tout en étant maintenue à l'intérieur d'un périmètre de sécurité. Ce dernier était censé s'agrandir à mesure que la bambine acquérait de l'autonomie mais, à la vitesse où Gwen apprit à se débrouiller seule, il ne servit pas longtemps et fut vite relégué au grenier.

Jusqu'à ses six ans, la fillette porta une robe brodée à franges dont Manon défaisait l'ourlet à mesure qu'elle grandissait. Un tablier lui permettait de ne pas salir ses atours, complété par des collerettes et un bonnet à quartiers. Plusieurs problèmes se posèrent ; d'abord, la taille de Gwen ne cessait de s'élever au point que sa mère s'effrayait de la voir devenir une géante. Tout le monde savait que les filles trop grandes avaient du mal à trouver un époux ; ce dernier n'aimait pas être surpassé, ne serait-ce que par la stature. Et puis il n'existait rien de plus laid qu'une longue fille maigre et dégingandée. Ensuite, elle avait tout du garçon manqué et détestait les fanfreluches. Elle n'arrêtait pas de courir, de tomber, et ses jolis vêtements étaient les premières victimes de cette conduite qui rendait Nicolette songeuse.

– À sa naissance, nous avons regretté qu'elle ne soit pas un garçon. La voilà qui nous le fait payer cher avec des défauts typiques du sexe fort…

Manon appréhendait le moment où Gwen, ayant atteint l'âge de raison, l'interrogerait sur l'identité de son père. Elle avait donc prévu un discours dans lequel elle lui ferait croire qu'il s'agissait d'un colporteur qui l'avait séduite et qu'elle n'avait jamais revu. Il ne fallait pas que le père eût une image trop négative aux yeux de Gwen, aussi Manon insisterait-elle sur le fait qu'il ignorait son existence : voilà pourquoi il ne s'était jamais manifesté. Il était essentiel que Gwen comprît qu'elle ne le retrouverait jamais.

Bertrand ne pouvait se passer de voir sa fille. Les années s'écoulaient et son amour pour elle ne faiblissait pas, même si la passion entre Manon et lui s'était un peu amoindrie. Sophie se révélait incapable de mener une grossesse à terme malgré le recours à de nombreux médecins, parmi lesquels certains de la capitale où il l'avait accompagnée. Comme Bertrand se savait capable d'engendrer, il en concluait que quelque chose ne fonctionnait pas chez son épouse ; il ne pouvait néanmoins lui en apporter la preuve sans lui dévoiler l'existence de Gwen.

Le couple connaissait une période de crise. Si Sophie pensait que la cause résidait dans l'absence d'héritier, Bertrand savait que la source véritable de leur discorde possédait les plus beaux yeux de Bretagne et avait pour prénom Manon. Discret, il la retrouvait le soir, après leur journée de travail, dans une ferme isolée et abandonnée sur les terres du domaine. Fidèle à sa promesse, Bertrand donnait à sa maîtresse une somme d'argent chaque mois dont elle se servait pour l'entretien de Gwen. Il était hors de question qu'elle l'utilisât pour elle-même, elle aurait eu l'impression de monnayer ses charmes, mais elle ne voyait aucun inconvénient à en faire profiter leur fille puisqu'elle ne disposait pas de gros moyens pour son éducation.

L'école de Cancale accueillit la fillette dès qu'elle eut six ans. Pour sa part, Manon avait bénéficié d'une scolarité rudimentaire. Elle voulait que sa fille allât plus loin dans ses études, sans être contrainte, comme elle, en dehors des heures de cours, à garder les troupeaux de bestiaux afin de subvenir aux besoins de sa famille. Grâce à son père, Gwen ne quitterait pas l'école à treize ans, comme cela avait été le cas pour Manon. Certes, elle ne serait jamais aussi instruite qu'un garçon ni une jeune fille issue du monde de Bertrand, mais elle pouvait espérer mieux que l'instruction fournie aux enfants de son propre milieu. Oui, malgré sa naissance, l'avenir de Gwen n'était pas si sombre.

Pourtant, la première fois qu'elle se présenta au portail de l'école fut aussi celle où elle entendit sur son passage le mot « bâtarde » dont elle ignorait même le sens. Il ne fut pas prononcé par des enfants de son âge qui étaient ce jour-là aussi terrorisés qu'elle à l'idée de cette rentrée des classes, mais par des plus grands. L'établissement était tenu par des religieuses et Manon, en dépit du peu de crédit qu'elle accordait à présent non pas à la religion mais à ses représentants sur Terre, avait consenti à ce que Gwen fît aussi son catéchisme de peur de trop la marginaliser.

La fillette ne fut cependant pas la bienvenue, ni au catéchisme ni à l'école. Elle n'était pas la seule : Adèle, la fille de la blanchisseuse, qui portait le nom de sa mère, ou Viviane, celle d'une femme qui travaillait au port, aidant au débarquement du thon vendu sur les criées, dont le géniteur ne semblait lui avoir laissé qu'une montagne de cheveux noirs et frisés, étaient logées à la même enseigne. De fait, elles devinrent vite amies, soudées par leur malheur commun et bien décidées à allier leurs forces pour se défendre contre les autres. Deux fois par semaine, elles se rendaient ensemble à l'église où le curé leur enseignait l'histoire religieuse jusqu'à leur première communion fixée à l'âge de sept ans. Cependant, jamais aucune des trois ne fut choisie pour être enfant de Marie ou accompagner le prêtre lors des processions. S'il ne faisait aucune différence apparente durant ses cours, le père Aristide tenait à bien s'entourer et ressentait le besoin de respirer un air qui ne fût pas vicié.

À l'école, l'ostracisme les frappa encore davantage. Des trois, Gwen était celle qu'on osait toutefois le moins attaquer. D'une part, ses vêtements de qualité, payés par l'argent de Bertrand, en imposaient. Cela demeurait un mystère et alimentait les ragots ; on en déduisait donc que Manon possédait des sources de revenus secrètes sans doute liées à ses pouvoirs auxquels les gens faisaient appel contre une substantielle rétribution. Les fameux pouvoirs qu'on lui attribuait étaient d'ailleurs la seconde raison de préserver Gwen par peur des représailles ; avec une mère et une grand-mère de cet acabit, la fillette parvenait à en effrayer certaines sans effort. Adèle et Viviane étaient plus vulnérables mais les trois amies s'étaient juré de se soutenir quoi qu'il advînt. On ne trouvait jamais l'une sans les autres, elles faisaient bloc. Moqueries, remarques, méchancetés cessèrent peu à peu face à ce mur d'indifférence feinte, de froideur et de mépris érigé par les fillettes, constantes dans leur loyauté.

Ce n'en fut pas moins un choc pour Gwen de connaître la signification du mot « bâtarde ». Ainsi, on pouvait la railler parce qu'elle n'avait pas de père. Ou plutôt, comme lui avait expliqué sa mère, un père qui était colporteur et avait disparu dans la nature après avoir mis la jeune femme enceinte, sans même soupçonner son existence. Manon s'était montrée bien naïve et la fillette payait le prix de cette crédulité.

En dépit de sa situation particulière, Gwen se révéla bonne élève. L'enseignement était dispensé en français, même si la plupart des enfants s'exprimaient en breton avec leur famille. Un panneau stipulait sur le mur de la classe qu'il était *interdit de cracher par terre et de parler breton*. Les fillettes respectaient cet ordre mais il arrivait que l'une d'elles l'oubliât et la sentence tombait aussitôt sur la malheureuse qui avait usé de la langue régionale honnie. Ce fut le cas, un matin, pour Gwen qui se retrouva au piquet, le cou ceint d'une sorte de joug en bois qu'on appelait la « vache », debout pendant plusieurs heures, humiliée et résignée à la fois.

En plus de l'école, la fillette apprenait la dentelle avec Manon. Elle appréciait cette activité et était assez douée, sans pour autant égaler sa mère. Sœur Eugénie avait quitté l'atelier quelques années plus tôt. Au moment de la remplacer, le choix de Sophie s'était porté sur Manon. Quelques élèves avaient déserté l'ouvroir afin de pratiquer la dentelle à domicile, à présent qu'elles avaient des enfants. Des nouvelles étaient apparues, qui n'avaient pas connu Manon alors qu'elle était novice et qui acceptaient donc la situation bien mieux que les anciennes dont la jalousie était palpable. La jeune femme était gênée de tant de bienveillance à son égard car elle trahissait sa protectrice de la manière la plus ignoble. Elle était cependant trop éprise de Bertrand pour renoncer à lui par mansuétude. Promue à un poste envié, bénéficiant d'honoraires plus importants, Manon était loin de songer à renouer avec ses démons d'antan. Mais Nicolette sentait la terreur s'insinuer en elle : en dépit du bonheur apparent de Manon, elle savait que sa fille était prise dans les filets tissés par la fatalité. Si elle n'agissait pas très vite, quelque chose de terrible allait survenir. En raison de sa sensibilité particulière, Nicolette avait deviné que les forces du mal préparaient leur revanche. Elle contemplait souvent l'horizon avec épouvante comme si un mur de flammes avançait au loin, comme si une vague monstrueuse se dressait à une distance de moins en moins lointaine. Elle bataillait avec elle-même et ses scrupules, regrettant de devoir fracasser comme du verre le fragile équilibre que Manon semblait avoir trouvé. Bien entendu, elle n'ignorait pas que la jeune femme poursuivait sa liaison avec Bertrand, alors que Roger, qui avait freiné sa consommation d'alcool depuis que les sardines hantaient à nouveau les rivages bretons, méconnaissait la vie secrète de sa fille. Quant à Loïc, son rêve s'était réalisé, il avait quitté l'école et embarqué comme mousse sur un bateau de pêche à la morue, à l'exemple de son père presque trente ans plus tôt.

Elle marchait en chancelant, sans pouvoir croire à ce qui lui arrivait. De la venelle émanaient des effluves d'huile de friture, de poisson et de saumure. Au linge qui séchait sur les cordes, entre deux maisons, comme dans les ports méditerranéens, se mêlaient les filets bleus de pêche exposés sous le doux soleil d'avril. Aux fenêtres étroites, des femmes aux joues rouges et rondes, au décolleté parfois osé, s'interpellaient en breton ou en français, dans un langage pas toujours châtié. Manon entendait leurs babillages sans distinguer leurs visages : les larmes lui brouillaient la vue. Rien ne pourrait jamais la consoler de la nouvelle que son amant venait de lui assener. S'il croyait que son argent atténuerait son chagrin, il se trompait sur sa nature.

Aveuglée par la passion, Manon n'avait pas perçu le commencement de désamour chez Bertrand. La faute en revenait surtout au fait que Sophie lui avait enfin donné le fils qu'il espérait. Dès lors, ses sentiments envers sa maîtresse avaient changé, celle-ci le réalisait trop tard. Son intérêt pour Gwen s'était émoussé au profit de ce petit être de son sexe qu'il avait appelé Nelson. L'héritier du domaine du Tremblay et non pas la bâtarde qui ne pourrait jamais espérer mieux qu'un mariage honnête parmi sa communauté de pêcheurs à la sardine. Bertrand avait nié une rencontre avec une femme qui aurait remplacé Manon dans son cœur. Il prétendait que son inclination s'était peu à peu tarie, sans qu'il n'y pût rien. Il s'était presque excusé, désolé de devoir lui faire de la peine car il éprouvait encore beaucoup d'affection pour elle. Il avait enfin promis de se montrer toujours juste envers Gwen en lui versant une rente qui lui permettrait de regarder l'avenir avec confiance. Au final, Manon ne pouvait que lui reprocher de ne plus l'aimer, devait-il pour autant poursuivre sans conviction une liaison dont il ne retirait plus qu'insatisfaction ?

À l'approche de son domicile, la jeune femme ralentit le pas et s'efforça de donner à son visage une expression neutre ; elle ne trompa pas sa mère très longtemps. Dans son désarroi, Manon avait oublié que c'était jour de grande lessive. Cette corvée intervenait tous les mois, le linge ordinaire étant lavé une fois par semaine : les vêtements et les draps étaient nettoyés au lavoir, dans les étangs ou les rivières, puis ramenés à la maison afin d'être bouillis dans une lessiveuse. Quand elle arriva en vue de la longère, Nicolette était en train de frapper le linge de toute la force de ses bras maigrelets et avec le concours du battoir en bois, après l'avoir lavé une seconde fois à l'eau froide : autant dire qu'elle avait bien avancé dans son travail et arborait une mine sévère en constatant le retard de sa fille.

C'était une journée sans ouvrage à l'atelier de dentelle et Manon avait promis de l'aider. Sans un mot d'excuse, de peur d'entendre sa voix fléchir, elle s'empressa d'essorer le linge avant de l'étendre sur un fil et les prés alentour. Nicolette bouillait visiblement autant que les vêtements sales, mais elle demeurait la bouche close sur sa colère. Elle devait penser que Manon avait pris du bon temps avec son homme marié sans plus songer à sa pauvre mère, ce qui n'était qu'à moitié vrai. Le moment était mal choisi pour que Manon se confiât à elle, même si cette pénible tâche était propice aux bavardages, ragots et confidences entre femmes.

Soudain, Nicolette interrompit son geste et se tourna vers sa fille, le visage empreint de douceur :

– Quelque chose ne va pas ?

Et Manon comprit qu'elle avait senti au plus profond d'elle-même que sa fille était dans la tourmente.

– Bertrand a rompu avec moi.

Elle tenait à dire la vérité, même si elle était humiliante.

Si Nicolette fut surprise, elle n'en laissa rien paraître et se contenta d'émettre un verdict sans appel :

– Tant mieux.

– C'est ce que tu penses ? demanda Manon en retenant sa déception.

– Tu surmonteras ta peine, ma fille, parce que tu es forte. Par contre, ce Le Guen est un faible…

– Il regrettera ? s'enquit Manon, pleine d'espoir.

Les étranges yeux verts de Nicolette se posèrent sur elle avec reproche.

– D'accord, soupira la jeune femme. Es-tu en train de me lire l'avenir ?

– Je ne suis pas une romanichelle, rétorqua Nicolette, non sans humour.

Pour la première fois depuis sa rupture avec son amant, Manon sourit.

– Tu vas bientôt me déclarer que j'ai les moyens de prendre ma revanche ?

– Tu fais les questions et les réponses, repartit Nicolette qui sourit à son tour.

Après un silence, Manon demanda d'un ton détaché, la colère ayant remplacé le chagrin, tout en se hissant sur la pointe des pieds pour disposer un drap sur le fil, comme si sa phrase ne revêtait qu'une importance secondaire :

– Apprends-moi tout ce que tu sais. On repart à zéro.

Pauvres et nantis

En ardente défenseuse de l'irlande, Sophie Le Guen contemplait l'œuvre de son employée avec un sentiment admiratif. D'abord convoitée et portée par de riches mondaines, l'irlande avait obtenu la faveur des femmes aux revenus plus modestes grâce à son prix abordable qui devait tout à l'utilisation du crochet. Hélas, cette popularité possédait son revers puisque beaucoup de celles qui avaient fait la renommée de l'irlande avaient appris sa technique et la fabriquaient par leurs propres moyens, ce qui portait atteinte au commerce. Cependant, dans un même temps, la célèbre dentelle conquérait de nouveaux secteurs : les mères n'hésitaient plus à en revêtir leurs enfants, y compris les nourrissons, et les intérieurs élégants s'en voyaient aussi dotés, contrecoup rassurant au trafic parallèle qui faisait concurrence à l'atelier de Sophie. Car un autre danger voyait le jour, celui de la dentelle mécanique, bon marché mais de qualité moindre. Pressentant le péril, les publicitaires avaient fait inscrire « irlande véritable » sur leurs papiers, vantant les mérites de la seule et unique dentelle qui méritât ce titre. Les autres se voyaient reléguées sous l'appellation « irlande imitation », « irlande » tout court ou « guipure ». D'ailleurs, les vrais connaisseurs ne se laissaient pas abuser par l'absence d'irrégularité de cette pâle copie.

Fatiguée, Sophie se massa le front. Manon, qui l'observait, reconnut là un geste familier à Bertrand, et son cœur se serra. Déconcertée par ce rappel du passé, elle s'écarta de son employeuse et fit mine de ranger des cols que les jeunes dentellières venaient d'achever. Le soir tombait, elle allait bientôt rentrer chez elle. D'un ton nonchalant, elle demanda la permission de partir, permission qui lui fut accordée avec gentillesse. Manon ne pouvait pas s'attarder sur cette facette de la personnalité de Sophie, sans quoi elle perdrait tout intérêt pour sa vengeance. Elle n'aimait pas la personne qu'elle était devenue, cependant quelque chose de plus fort qu'elle la poussait à agir ainsi, contre les élans de son cœur et contre toute raison.

Restée seule, Sophie vérifia que l'ouvroir était en ordre avant de fermer la porte à clé derrière elle. Elle marcha vers le château, tenant à la main la blouse d'irlande confectionnée par Manon dont le motif, des branches de pommier en fleur, révélait une originalité qui l'avait saisie. Son amie, la comtesse Élise de Crotoy, avait passé commande et, après avoir vu l'ouvrage, n'avait pas été avare en compliments, ce qui était assez rare de sa part pour être souligné. C'est pourquoi Sophie voulait montrer ce délicat ouvrage à Bertrand ce soir. Il ne devait pas ignorer combien son ancienne maîtresse était douée et le projet que Sophie ourdissait à son sujet.

Son mari ne savait pas qu'elle était au courant de sa liaison. Dupe au début, elle ne fut pas longue à surprendre un regard échangé entre Bertrand et Manon pour comprendre qu'il se passait quelque chose entre eux. La beauté sauvage de son employée l'avait plusieurs fois mise mal à l'aise comme si elle constituait une menace. L'aventure avérée, sa peine ne fut pas si dévastatrice : les hommes n'étaient-ils pas de nature infidèle et n'était-ce pas le lot des femmes que de le supporter sans une plainte ? C'est l'attitude sensée qu'avait eue sa mère durant toute son union avec son père, jusqu'à ce qu'il fût trop vieux et affaibli par les prémices de la pneumonie, qui devait l'emporter quelques mois plus tard, pour songer à la tromper. À sa propre surprise, sa déception prit pour cible Manon plutôt que Bertrand. Comment la jeune fille qu'elle était alors pouvait-elle se comporter de la sorte, alors que Sophie s'était toujours montrée bonne envers elle, ne lui économisant pas les compliments et finissant même par lui offrir la place convoitée de sous-directrice de l'ouvroir ? L'ingratitude et la sournoiserie étaient-elles les traits dominants de son caractère ? Sophie ne tarda pas à se rendre compte que son employée était follement amoureuse de Bertrand, ce qui présentait leur liaison sous une autre perspective. Elle ne s'inquiétait pas ; jamais son mari ne la quitterait pour une femme de la condition de Manon, il en perdrait sa réputation et deviendrait la risée du canton. Elle s'angoissait pourtant de ne pas réussir à lui donner un héritier car sa stérilité pouvait les séparer à jamais. Bertrand souffrait de voir son domaine sans repreneur. L'appréhension de Sophie grandit lorsque Manon ne put dissimuler plus longtemps son ventre rond et lui avoua son état. Elle diminua un peu quand la jeune femme mit au monde une fille. Au lieu de la renvoyer comme elle en aurait eu le droit, Sophie opta pour une commisération feinte et traita toujours Manon à l'égal de ses collègues, ne la désavouant pas, tactique qui se révéla payante après de longues années. Jamais elle n'aurait cru Bertrand si constant dans ses sentiments. La naissance de leur fils n'était pas pour rien dans son revirement. Bertrand lui était revenu. Certes, elle ne se faisait pas d'illusions, il continuerait peut-être de la tromper ; elle espérait qu'il ne s'agirait plus désormais que de passades, sans conséquences sur leur vie de famille.

Sophie atteignait les marches du perron quand elle vit la nourrice sortir du vestibule, Nelson dans les bras. Son petit garçon ! Comme elle y était attachée… Des années passées à douter, et soudain ce don inespéré, un enfant, enfin. Comme elle craignait de ne pas pouvoir renouveler l'exploit, Sophie avait toujours peur de le perdre : elle le protégeait donc trop, elle le couvait. Elle se souvenait du jour où elle avait frotté son ventre infécond contre un menhir, une nuit de pleine lune, honteuse de se livrer à une telle pratique qui désavouait la religion et la médecine. Ce sentiment l'avait quittée quelques semaines plus tard, quand elle avait compris qu'elle était enceinte. Le menhir avait répondu à ses attentes, là où prières et remèdes s'étaient soldés par des échecs. À partir de ce moment, elle avait regardé la vie autrement : ni le curé ni le docteur ne pouvaient tout expliquer. Il existait des croyances, des superstitions, des coutumes qui prouvaient leur efficacité. Dès lors, il arriva que la jeune femme fît appel au rebouteux. Nelson était aussi beau que fragile, hélas ! La grossesse de Sophie n'avait pas été facile, elle avait dû se contraindre au repos complet pendant plusieurs mois car elle était la proie d'hémorragies. L'accouchement lui avait paru un tel déchirement qu'elle avait cru qu'elle n'y survivrait pas. Si elle y avait en définitive réchappé, il lui avait fallu des semaines de convalescence avant de pouvoir reprendre une activité normale. C'est ainsi qu'après le départ de sœur Eugénie et constatant sa faiblesse elle avait nommé Manon au poste de sous-directrice de l'atelier. Elle donnait toute satisfaction. La jeune mère pouvait se reposer sur elle. En dépit de sa trahison, on ne pouvait lui reprocher de faillir dans son travail, elle demeurait irréprochable, humble et obéissante.

Le bébé était sujet à des maladies de peau qui jetaient l'épouvante dans le cœur de sa mère. Dartres, furoncles, verrues, et même un zona ne l'épargnèrent pas durant ses premiers mois. Sophie connaissait les pouvoirs de Manon. Un matin, à l'ouverture de l'ouvroir, elle lui présenta le nourrisson et son épiderme plein d'éruptions rougeâtres. Après une seconde d'hésitation, Manon demanda à s'isoler avec elle et son petit. Elle pria cette dernière de le déshabiller et elle entreprit de lui masser la poitrine dans le sens où tourne le soleil en prononçant cette formule, sous le regard tétanisé de Sophie :

« *Telou-deved*[1], retire-toi, retire-toi.
Ce n'est pas ici ta place, ni ici ni ailleurs.
Entre neuf mers et neuf montagnes,
Là est ton gîte. »

Quelques jours plus tard, la couleur du zona était déjà moins vive, l'enfant ne pleurait plus. Bientôt, le mal disparut. Sophie se dit qu'elle avait pris des risques en s'adressant à la maîtresse de son époux pour traiter leur fils. Elle n'était pas certaine de réitérer l'expérience à présent que Bertrand avait rompu, principalement à cause de ce garçon que Manon avait soigné. Si la jeune femme était capable de guérir, était-elle aussi susceptible de provoquer le mal ? Sophie préférait ne pas y penser, d'autant plus que, depuis deux jours, des faits étranges s'étaient produits, comme sept ans auparavant, au moment de la mort de la chienne Florentine.

À nouveau, les vaches avaient un comportement étrange, à nouveau des lapins avaient disparu sans que les clapiers soient fracturés. Heureusement, la nouvelle chienne, qu'ils appelaient aussi Florentine, n'avait pas fugué, elle avançait vers sa maîtresse en remuant la queue de contentement. Sophie lui donna une caresse avant de se pencher vers son fils qui agitait un bras potelé dans sa direction. Une bouffée d'amour l'enveloppa envers cet être si délicat dont les yeux bleus pailletés d'or étaient le signe distinctif des Le Guen, de même que la chevelure blonde et bouclée. Ainsi, il avait l'air d'un ange et tout le monde s'extasiait en le voyant. Même si

1. *Terme désignant le zona.*

Sophie savait faire la part des choses entre le respect, parfois mielleux, qu'on lui vouait et la réalité, elle ne pouvait s'abuser sur la beauté de son fils qui était indéniable.

Sophie pénétra dans le château. La nourrice emmena Nelson à la nursery où il dînerait bien avant ses parents. Sa mère partit à la recherche de Bertrand qu'elle trouva dans son bureau, la tête penchée sur ses comptes. Il paraissait soucieux et, avant d'entamer la conversation, elle lui demanda si elle ne le dérangeait pas. Ne désirant pas lui faire part des tracas que lui occasionnait le domaine, il se hâta de mettre ses cahiers de côté, s'étira et écouta sa femme. Elle portait une délicate et superbe blouse d'irlande dont Bertrand reconnut la valeur, même s'il était infiniment moins au fait de ce travail, lui qui ne s'intéressait qu'à ses terres.

– Je voulais vous montrer la dernière œuvre de Manon. C'est d'une telle beauté que je commence à croire que mes ambitions sont trop limitées concernant la dentelle. Je devrais revoir ma petite entreprise à plus grande échelle.

Gêné par la mention de son ancienne maîtresse, Bertrand avait à peine écouté la suite, aussi ne réagit-il pas aussitôt.

– Elle a un tel talent que ce serait dommage de le limiter à Cancale, reprit Sophie. J'ai parlé avec la comtesse de Crotoy, et savez-vous ce qu'elle m'a suggéré ? Que notre dentelle pourrait s'exporter à Paris et même hors de nos frontières !

– Quelles fadaises ! se moqua Bertrand en haussant les épaules. Qu'avez-vous besoin de vous compliquer l'existence avec cela ? Ne sommes-nous pas heureux ainsi ?

S'il avait accepté que Sophie ouvrît son atelier dans un but humanitaire, il voyait plutôt mal son expansion commerciale. Les femmes de son monde ne travaillaient pas, elles se contentaient de veiller sur leur maison, leur domesticité et leurs enfants, et épaulaient leur mari quand les circonstances l'exigeaient. Que Sophie désirât se démarquer l'indisposait. Les gens allaient imaginer que le domaine connaissait des difficultés et que l'épouse du propriétaire se voyait forcée de développer une activité complémentaire afin de subvenir aux besoins de la famille Le Guen. Cette pensée était inadmissible pour Bertrand. De plus, rien ne le mettait davantage mal à l'aise que cette insistance de la part de Sophie à vanter les qualités de Manon et à vouloir les mettre en avant. De toutes les ouvrières qui fréquentaient l'ouvroir, il avait fallu que ce fût précisément celle avec laquelle il avait eu une liaison qui retînt l'attention de son épouse par ses dons.

– Je suis la plus comblée des femmes à vos côtés, mon cher Bertrand. Toutefois, la dentelle est devenue essentielle à ma vie, et je suis certaine que vous ne me refuserez pas le plaisir de lui donner un peu plus d'importance, du moment que cela n'entrave pas notre vie familiale…

À présent que Sophie présentait son projet sous ce jour futile, comme s'il s'agissait d'un loisir qui ensoleillait ses journées un peu vides dans cette campagne reculée, Bertrand ne trouvait plus d'arguments à lui opposer. Las d'avance d'une discussion dont il n'avait nulle envie en ces temps difficiles pour le domaine, il voulut toutefois en savoir plus :

– À quoi pensez-vous en parlant de croissance ?

– Vous employez le bon mot ! La comtesse souhaite que mon atelier connaisse une belle croissance… Elle a proposé de me faire de la publicité à Paris puisqu'elle y passe tout l'hiver durant la grande saison. Au lieu de toucher une clientèle certes intéressante mais dénuée de vrais moyens, nous pourrions séduire le monde… Le vrai monde, celui de la capitale, qui possède un hôtel particulier avenue de la Bourdonnais et passe ses vacances à Deauville !

– Deauville, oui, mais Cancale ? ironisa Bertrand.

Néanmoins, plus il y pensait, plus l'idée lui paraissait prometteuse. S'il s'interrogeait sur les véritables motivations de son épouse, il ne pouvait nier que, en raison de la baisse de rendements et donc de bénéfices du domaine, un revenu supplémentaire serait le bienvenu. Peut-être se fourvoyait-il sur son montant mais rien ne coûtait d'essayer. La seule chose qui l'embarrassait était l'intervention de Manon dans cette affaire qu'il voulait familiale, destinée à augmenter ses capitaux pour son fils.

– Quel serait le rôle de Manon ? hasarda-t-il, pas le moins du monde inquiet car jamais l'idée ne l'avait effleuré que Sophie eût pu soupçonner sa double vie.

– C'est la sous-directrice de l'atelier et la meilleure dentellière que je n'aie jamais eue. La comtesse a insinué qu'en la perdant je perdrais aussi l'espoir de sa collaboration.

– Mais qu'attendez-vous d'elle ?

– Je dois me consacrer à vous et à notre fils, avança Sophie d'une voix ferme. C'est donc Manon que j'enverrai à Paris en compagnie d'Élise de Crotoy afin d'y présenter notre dentelle.

Manon à Paris, à quelque quatre cents kilomètres de Cancale ? Après tout, pourquoi pas ? À mesure que Nelson grandissait, Bertrand se détachait de Gwen qui n'était qu'une fille dont l'apparence n'évoquait nulle particularité des Le Guen. Devant tant de désamour, il avait honte de lui-même, aussi faisait-il en sorte que la mère et la fille ne manquent de rien en leur octroyant chaque mois une petite somme qui ne grevait pas son budget, du moins jusqu'à aujourd'hui. Car un examen approfondi des comptes du domaine ne lui laissait pas espérer d'énormes bénéfices cette année.

Sur ses terres poussaient des artichauts, des choux-fleurs, des pommes de terre, des petits pois, ainsi que des oignons et des échalotes, ces primeurs créditées d'engrais maritimes. Certains allaient vers la Normandie et le Maine, d'autres vers l'Angleterre. Bertrand aimait contempler les files d'hommes et de femmes en costumes traditionnels qui arrachaient les pommes de terre, à genoux sur le sol, le dos courbé par l'effort. S'il avait eu un talent artistique, il se serait rué sur ses pinceaux. Un peu rêveur, il oubliait l'aspect besogneux de cette tâche à laquelle participaient même les enfants. Quant à sa récolte d'oignons et d'échalotes, elle trouvait preneurs de l'autre côté de la Manche. On appelait « Johnnies » les hommes qui embarquaient avec leurs sacs de victuailles pour les vendre en Grande-Bretagne en frappant à toutes les portes où on ne les accueillait pas à coups de pied au derrière. Bertrand se souvenait avec émotion du naufrage du *Hilda* en 1905, prisonnier d'une tempête de neige, qui avait sombré dans les eaux glacées, entraînant la perte de cent vingt-sept passagers parmi lesquels trois étaient des hommes qui travaillaient pour lui.

Outre ces légumes, les champs du Tremblay produisaient aussi du blé. Quelques arbres fruitiers, surtout des pommiers, promettaient chaque année une récolte qui n'était jamais assez importante pour être commercialisée. Pierrette, la cuisinière, en faisait des compotes, des gelées, des gâteaux. Bertrand réunissait ses quelques pommes à cidre avec celles de ses voisins, exploitants comme lui, afin d'avoir la satisfaction de détenir un millier de bouteilles de cidre estampillées du nom de son domaine et qu'il ne destinait qu'à sa famille et ses amis.

Enfin, le Tremblay étendait ses activités à l'élevage de bovins dont le lait et la viande engendraient des gains. Le reste, cochons, lapins et basse-cour, se retrouvait sur la table familiale lors des repas quotidiens ou des occasions plus spéciales comme le baptême de Nelson pour lequel un cochon avait été sacrifié puis transformé en pâté, saucisses, grattons et boudin.

Or, depuis environ un an, depuis sa rupture avec Manon, si Bertrand réfléchissait bien, une série de désastres s'étaient abattus sur les cultures et les bêtes, occasionnant une baisse des revenus. Ainsi, des vaches étaient mortes. Le vétérinaire, appelé d'urgence, avait avoué son impuissance. De crainte qu'on ne l'obligeât dans le doute à abattre tout son cheptel, Bertrand avait consenti à ce qu'un guérisseur – il ne voulait pas prononcer le mot « sorcier » – prît le relais de l'homme de science. Il aurait préféré avoir affaire à quelqu'un d'autre que Nicolette Kerrien, mais il devait reconnaître qu'elle était de loin la meilleure pour dénouer une situation aussi épineuse. Aussi accepta-t-il de la recevoir malgré sa gêne. Elle n'avait jamais fait de scandale, même quand sa fille avait donné naissance à une enfant illégitime, même lorsque Bertrand avait signifié son congé à Manon, aussi était-il certain qu'elle garderait ses distances. Cependant, la culpabilité le rongeait tandis qu'il l'accompagnait jusqu'au troupeau malade. Il n'avait pas voulu pousser la lâcheté jusqu'à déléguer à un employé cette tâche embarrassante. Il devait faire face à ses responsabilités. D'ailleurs, la mère de Manon n'affichait à son égard qu'un intérêt professionnel dont il lui savait gré.

Il ignora toujours le désenvoûtement que pratiqua Nicolette, ce jour-là, mais il ne fut pas assez puissant pour empêcher la moitié du troupeau de mourir et l'autre d'être abattue sur l'ordre du vétérinaire, puisque tout finissait par se savoir dans le village. Pour le domaine du Tremblay, cette perte se révéla désastreuse.

– N'oublie pas que tu es née avec un voile sur la tête. Je ne l'ai jamais dit à ta mère, elle était alors dans des dispositions qui ne lui auraient pas permis d'accueillir cette nouvelle avec bienveillance. Cela signifie que tu as le don… comme Manon et moi. Il se transmet de mère en fille chez les Guyader. Si tu devais le refuser, tu mourrais dans l'année, alors tu as été bien raisonnable de l'accepter. Mais j'ai l'impression que, chez toi, le don est encore plus fort.

Gwen ne put retenir un frisson.

– Tu crois que je pourrai me partager entre le métier de rebouteuse et celui de dentellière ?

En voyant ses lèvres tremblantes et sa mine suppliante, Nicolette réalisa que sa petite-fille n'avait que huit ans en cette année 1913. Elle savait combien Gwen affectionnait le travail de la dentelle, à l'exemple de Manon, et il fallait bien vivre. Aussi ne tarit-elle pas tout espoir chez la fillette, si elle restait convaincue qu'elle était destinée à autre chose qu'à s'abîmer doigts et yeux sur une création qui serait portée par la bonne société parisienne.

En l'absence de Manon qui œuvrait à l'atelier, Nicolette gardait Gwen puisqu'il n'y avait pas classe en ce jeudi. Tout en vaquant à sa propre dentelle, la grand-mère s'efforçait d'inculquer à son unique petite-fille le pouvoir des plantes et des paroles sacrées dans la guérison des infections. Pour le moment, elle ne lui laissait pas entrevoir le côté sombre de ce talent, s'il était exploité à certaines fins, car Gwen était bien trop jeune pour capter l'intérêt qu'il y avait à mettre son aptitude au service du mal. Il serait temps de l'initier quand elle serait jeune fille. Nicolette lui avait fait promettre de taire les leçons qu'elle lui donnait. Si cela n'avait pas été difficile de les dissimuler à ses connaissances qui la considéraient si souvent avec méfiance, Gwen avait été plus hostile à l'idée de les cacher à Manon.

– Ta mère se tracasserait trop. Elle est ainsi, nous n'y pouvons rien. Ce sera un secret entre nous, d'accord ?

Gwen était encore une enfant chez laquelle ce mot faisait naître tout un monde féerique et mystérieux. Aussi sourit-elle et accepta-t-elle, heureuse d'être considérée à l'égal d'une grande personne avec laquelle on partageait des « secrets ».

– Vois-tu, on nous a longtemps considérées comme des sorcières, alors que nous respectons à la lettre les règles chrétiennes. Ainsi, il est évident que, si un éleveur sort ses vaches de l'étable un Vendredi saint, ses bêtes en paieront les conséquences.

– C'est pour ça que celles de M. Le Guen sont devenues folles ?

Nicolette sursauta et faillit lâcher son ouvrage.

– Comment sais-tu cela, toi ?

– Personne ne me l'a dit, je l'ai vu de moi-même.

La grand-mère blêmit.

– Quand es-tu allée récemment au domaine avec ta mère ?

Si Manon avait pris sa fille avec elle à l'atelier dans les premières semaines de sa naissance, cela faisait des années qu'elle lui interdisait l'endroit.

– Non, pas avec maman, toute seule.

Nicolette avait presque peur d'entendre la suite.

– Tu t'es rendue au domaine de ton propre gré ?

– J'aime bien me promener, je marche sur des kilomètres en regardant la nature et les animaux, j'aime ça. Un matin, je me suis dirigée vers le Tremblay et je suis entrée dans le parc, sans même m'en rendre compte car il y avait un trou dans une clôture. C'est un très beau parc, je n'en ai jamais vu d'aussi beau. Mais je ne me suis pas attardée parce que j'ai vite compris que je me trouvais chez des gens. Et puis… je ne sais pas, je ne me sentais pas bien, j'étais un peu malade. Il y avait cette croix…

Elle regarda le visage défait de sa grand-mère avec appréhension.

– Je n'aurais pas dû pénétrer dans ce lieu, je sais, mais…

– De quelle croix parles-tu ? la coupa Nicolette sans aménité.

– Eh bien, il y avait une croix dans le parc, avec le Christ, comme celles que l'on trouve sur les chemins, sauf que… j'ai ressenti quelque chose d'étrange en l'approchant, une sorte de chaleur… Mes oreilles bourdonnaient, j'entendais des murmures, j'ai eu peur et j'ai couru pour sortir du jardin et rentrer vite à la maison. Ce n'est pas grave, grand-mère ?

Gwen sentit la main rugueuse de Nicolette lui caresser la joue.

– Non, ma petite, oublions cela. Je vais plutôt t'enseigner les plantes.

Elle enchaîna aussitôt. Nicolette ne se rendait pas compte qu'elle parlait d'une façon machinale, tout en réfléchissant à ce que sa petite-fille venait de lui apprendre :

– Suivant les plantes, il te faudra les cueillir pendant un quartier de lune ou durant la nuit de la fête d'un saint particulier. Rien ne doit être laissé au hasard. Ainsi, tu devras parfois réciter des prières ou des invocations pendant ta cueillette. Ces plantes seront ensuite frottées sur la peau du souffreteux ou données en infusion suivant la nature de son mal. Si je te dis « pavot », Gwen ?

– Une tête bouillie deux minutes dans un demi-litre d'eau pour redonner le sommeil et calmer les nerfs ! s'écria la fillette avec un enthousiasme désarmant.

Elle était soulagée de ne plus évoquer cette scène au Tremblay dont le souvenir réussissait encore, des semaines après, à lui inspirer un malaise qui confinait à l'angoisse.

– Très bien, mais cette tisane, tu en donnerais souvent à quelqu'un qui se plaindrait de mal dormir ?

– Non, se hâta de répondre Gwen, sans pour autant cesser d'avancer dans son ouvrage de dentelle, il faut en user avec mesure.

– Je te félicite, tu as bien retenu la leçon de la dernière fois.

Levant les yeux sur l'horloge, elle décida de changer de sujet parce que Manon n'allait pas tarder à rentrer. Certes, elle avait accepté de reprendre le combat contre les Le Guen, mais elle serait furieuse d'apprendre que sa mère convertissait Gwen à leurs pratiques, à un âge où elle ne pouvait faire la part des choses entre le don miraculeux de soigner et celui de jeter un sort, de transformer le rebouteux en personnage nuisible, redoutable… diabolique.

Le froid l'étreignait, le chagrin l'étouffait. Si Loïc avait su quelle serait la teneur de ces sept longs mois en mer, jamais il n'aurait renoncé à poursuivre sa scolarité, même si ses résultats n'étaient pas à la hauteur des espérances de ses maîtres et lui valaient plus de punitions que de compliments. Rien, cependant, qui ne fût comparable avec le traitement qu'on lui infligeait à présent.

Tout avait commencé avec le rite initiatique que chaque mousse devait subir avant d'entreprendre sa première campagne de pêche : le jour de l'embarquement, on l'avait déshabillé face à une assemblée nombreuse, hilare, prompte aux remarques blessantes sur son anatomie. Puis on lui avait enduit le corps de sable et de vers mêlés, jusqu'à ce que sa peau prît la couleur du vin à force d'être malmenée par des mains qui avaient oublié toute modération. Si son père n'avait pas participé à ce baptême, il était resté parmi les badauds à rire avec eux. Loïc n'était pas parvenu à sonder ses sentiments au moment où l'on traumatisait ainsi la chair de sa chair. De toute façon, qu'aurait-il pu faire ? Même Loïc savait depuis longtemps qu'il lui faudrait sacrifier à cette cérémonie dégradante. Il ne souhaitait d'ailleurs pas qu'un membre de sa famille intervînt, sans quoi il perdrait toute crédibilité parmi les pêcheurs qui, tous sans exception, avaient vécu la même expérience à son âge.

Enfin, on avait abordé la dernière épreuve, peut-être la pire puisqu'elle le suivrait toute sa vie : celle du choix d'un sobriquet pour le mousse qui faisait référence à une tare physique, une particularité, une attitude familière frappant les esprits, quelque chose qui le personnifiait. Or Loïc était plutôt beau garçon et les pêcheurs ne voulaient pas mettre l'accent sur cette chance qu'il avait de plaire aux filles et qui le valorisait à leurs dépens. Ils se montrèrent donc astucieux et optèrent pour ce qui marquait Loïc bien malgré lui puisque ne le concernant pas personnellement : les talents de guérisseuses de sa mère et de sa sœur. Comme ils ne désiraient pas non plus blesser Roger, l'un des leurs, ils firent preuve de ce qui pouvait passer pour de la miséricorde en le surnommant « Frère sorcier ». Ce n'en fut pas moins un choc pour le père et le fils : le premier cracha par terre une salive jaunie par le tabac avant de s'éloigner en maugréant tandis que le second se résignait mal à se voir flanqué durant toute son existence d'un pseudonyme qui laissait entendre que sa famille s'acoquinait avec le diable. Mais il n'existait aucun moyen de réparer les torts et de revenir en arrière : Loïc était devenu « Frère sorcier » pour tout l'équipage du bateau sur lequel il embarquerait le jour même.

Son statut de mousse ne valait à Loïc qu'une demi-part du produit de la vente de sa pêche, ce qui lui semblait juste puisqu'il n'était encore qu'apprenti. En revanche, le traitement que les autres membres d'équipage réservaient au débutant ne lui parut pas équitable du tout, pour ne pas dire odieux et même carrément infâme. Loïc avait toujours entendu son père se féliciter de la solidarité qui prévalait entre pêcheurs. Ainsi, si l'un d'entre eux était malade ou blessé et ne pouvait donc effectuer son quota de travail, il ne perdait pas pour autant son salaire. Malgré tout, Roger avait dû oublier les sévices dont les mousses étaient victimes en toute impunité. Son dos en portait encore le témoignage : balafré par endroits par des coups de corde pour une faute dont il s'était toujours refusé de parler. Loïc aurait dû se méfier mais il était d'un naturel rêveur et voyait surtout dans ce métier le moyen de quitter Cancale afin de découvrir l'exotisme de contrées lointaines évoquées avec nostalgie par certains vieux pêcheurs. C'est pourquoi il avait demandé à embarquer sur un trois-mâts de trois cent cinquante tonneaux qui partait piéger la morue à Terre-Neuve.

Avant d'arriver à destination, le voyage durerait environ vingt jours. Le navire comportait trente hommes parmi lesquels deux novices et un seul mousse : Loïc. Les bagages du jeune garçon comprenaient peu de choses : quelques vêtements, une image de la Vierge donnée par sa mère, un livre offert par sa sœur, dont le titre évocateur était *Pêcheur d'Islande.*

Quant à Nicolette, elle s'était opposée à son départ, voyant plus clair que lui.

– Tu ne tiendras jamais, c'est un métier de forçat auquel tu n'es pas destiné !

– Tu doutes de moi ?

– Je te connais. Certes, tu n'es pas doué pour les études mais travailler de quinze à vingt heures par jour sur un bateau, pendant presque sept mois, avec une nourriture médiocre et sans moyen de te laver correctement…

– Je verrai du pays.

– Tu connaîtras l'humidité, le froid et la violence des éléments qui te feront hurler de peur. Tu commets une grave erreur, Loïc, et il est encore temps de changer d'avis, personne ne t'en tiendra rigueur.

– Si, moi.

À présent, tandis qu'il considérait son lit clos qui ne servait pas seulement à dormir mais aussi à ranger ses habits et même ses denrées, il repensait aux mises en garde de sa mère…

Le bateau prit la mer et, Dieu merci, Loïc ne fut pas malade durant la traversée, malgré les bourrasques et les repas plus que frugaux à base de soupe aux pois et de poisson tous les jours, et de soupe au lard à raison de trois fois par semaine. Très vite, le garçon réalisa pourquoi les pêcheurs, y compris son propre père, étaient prompts à succomber au vice de l'alcool. La tentation était trop forte quand on leur servait pas moins d'un demi-litre d'alcool à 45 degrés tous les matins pendant la période la plus intense de labeur. Le reste du temps, cidre, vin et bière étaient aussi mis à disposition en grande quantité. Comment ces hommes auraient-ils pu résister sans la boisson salvatrice qui les rendait à la fois plus endurants et plus oublieux de leur sort ? Au petit déjeuner, un biscuit rassis remplaçait le pain du quotidien dont le goût rance s'allégeait sous une fine couche de beurre et de mélasse. La vie était rude sur le navire, mais tout cela aurait été supportable sans le régime auquel les marins contraignaient Loïc, sous forme de réprimandes, de brimades, de coups, de punitions qui ressemblaient souvent à des scènes de torture admises par l'ensemble de l'équipage, capitaine inclus, comme un défouloir, une sorte de revanche sur le passé, puisque tout le monde avait enduré cette barbarie et que, chez les plus fragiles, le traumatisme perdurait encore. De même que les enfants battus font parfois des parents tortionnaires, les anciens mousses martyrs infligeaient le pire à plus faibles qu'eux. Si encore Loïc s'était montré sous un mauvais jour, paresseux, peu pointilleux, sourd aux ordres, mais non, il était plutôt habile et surtout désireux d'apprendre, du moins jusqu'à ce que l'injustice de son sort lui fît voir ce métier comme une horreur sans nom.

Il était corvéable à merci ; à lui le ravitaillement en eau, le service durant les repas, la préparation du café, le nettoyage du pont, la réparation des filets et des voiles… Mais cela, il le savait depuis le départ. Non prévu au programme en revanche, le caractère cruel du capitaine qui laissait toute liberté aux pêcheurs aguerris de harceler les novices. Tout d'abord, Loïc reçut des taloches qui ne le changèrent guère des pratiques de l'école. Il regretta vite toutefois que son père ne fût pas présent sur le bateau, bien qu'il ne s'entendît guère avec lui : au moins, il aurait été placé sous son autorité et donc sous sa protection. Au lieu de quoi, il se retrouvait très vulnérable, et sa situation ne tarda pas à empirer. Aux gifles succédèrent les persécutions empreintes de sauvagerie et même de barbarie. Roger n'avait pas jugé digne de le prévenir que la condition des mousses sur les terre-neuvas pouvait être épouvantable, si le capitaine ne savait pas tenir ses hommes. Il était préférable de commencer son apprentissage sur un bateau de pêche ou un caboteur. Loïc, tout à son aveuglement, l'aurait-il seulement écouté ?

Au XVIIIe siècle, la plupart des mousses embarqués sur des terre-neuvas étaient des orphelins de onze ou douze ans qu'on venait chercher de force dans les hospices. La situation avait à peine changé. Les mousses faisaient encore figure de souffre-douleur pour les plus âgés et les plus expérimentés, mais rares étaient ceux qui témoignaient, une fois leur calvaire achevé, par honte et par peur des représailles. Bien souvent, à leur tour, ils devenaient des bourreaux. Loïc ignorait que certains d'entre eux avaient succombé aux coups qu'on leur avait assenés sans aucune retenue. Quelques courageux avaient osé dénoncer leurs tortionnaires mais ces derniers n'avaient pas écopé de la peine méritée : bien défendus, ils s'en étaient tirés avec un acquittement ou quelques jours de prison avec sursis. Depuis, plus personne ne prenait le risque de parler des sévices perpétrés sur les bateaux.

Le frère de Manon fit connaissance avec le martinet. Sa peau fut zébrée de boursouflures et de coupures, mais il s'efforçait de ne pas pleurer quand le châtiment avait lieu. Il attendait d'être seul avec sa douleur pour laisser couler des larmes d'amertume et de haine. La fois où il fut trempé dans l'eau glaciale de l'océan, un si long moment qu'il crut mourir noyé, Loïc jura de se venger un jour. Toutefois, la chance tourna en sa faveur avant qu'il pût mettre son projet à exécution.

À la place de jeter un sort à ceux qui l'avaient malmené durant la traversée, il eut recours à ses dons pour soigner un membre d'équipage. Michel souffrait d'un furoncle purulent qui l'élançait et l'empêchait de mener à bien certaines tâches. Malgré le désinfectant, le bouton continuait à suinter un pus qui faisait s'éloigner ses camarades, de peur d'une contamination. Michel était conscient qu'il ne pouvait se permettre d'être victime d'une infection au milieu de l'océan. À Loïc, il suffit d'un regard sur la plaie pour comprendre qu'il était l'homme de la situation. Moins au fait que sa sœur des pratiques de Nicolette, il en savait cependant assez pour soigner les maladies de peau. S'il échouait, comment allait-on lui faire payer son impudence ? Il prenait un risque, devinant néanmoins que, s'il réussissait à guérir Michel, l'équipage le considérerait d'un autre œil et cesserait sans doute de le tourmenter car il deviendrait très utile sur un navire. Après avoir longtemps réfléchi, Loïc se décida à tenter l'aventure. Michel laissa poindre de la méfiance quand le mousse proposa ses services. Il était au courant des talents de Nicolette mais ignorait qu'ils s'étaient transmis à son fils. De plus, avec les raclées qu'il lui avait données, Michel doutait que Loïc choisît de bon cœur de lui porter secours. Mais le furoncle lui occasionnait à présent de grandes souffrances et il craignait la gangrène, si bien qu'il consentit à se laisser ausculter sans le dire à ses camarades. Loïc examina le furoncle puis traça un cercle tout autour sous l'œil suspicieux du pêcheur. Il le couvrit ensuite d'un linge noué en murmurant des paroles inaudibles. Michel crut entendre : « Le furoncle a neuf filles… » ; cela lui parut si fantaisiste qu'il pensa avoir mal compris. Lorsque Loïc se tut, le visage de Michel reflétait la stupéfaction la plus totale : toute douleur s'en était allée avec la fin de ce qui ressemblait à une complainte. Plus aucune trace de pus sur le bouton qui présentait un aspect sain, à défaut d'avoir complètement disparu.

– D'ici quelques jours, il n'y aura plus rien, assura Loïc qui, jouant un jeu dangereux, sentait son cœur près d'éclater dans sa poitrine.

Michel le considéra avec une expression songeuse, puis il secoua la tête, encore incrédule.

– D'accord. Sache que tu es devenu le médecin attitré du navire, à toi de continuer à nous surprendre.

– Je ne fais pas de miracle mais, dans la mesure du possible, je peux soigner et réparer. À une condition…

Le pêcheur ne l'aida pas mais il l'observait avec un sentiment jusqu'à présent absent des relations qu'entretenait Loïc avec les autres membres d'équipage : du respect.

– Je ne veux plus être battu ni traité comme une bête.

– D'accord, consentit Michel.

Il savait la valeur d'un tel garçon sur un navire perdu en pleine mer, si une blessure survenait ou si un virus se propageait.

Durant les sept mois que dura la campagne de pêche, Loïc ne reçut que quelques taloches quand il commettait une faute qui méritait punition. Tour à tour, presque tous les hommes et jusqu'au capitaine eurent recours à ses soins. Lorsqu'il comprenait que le mal dépassait ses compétences, il n'hésitait pas à l'avouer plutôt que de se lancer dans un simulacre de traitement. Nul ne lui en tint rigueur mais la vindicte populaire eut besoin de trouver une autre proie en la personne d'un des novices. En dépit de ses protestations, Loïc fut impuissant à le défendre. « Je ne vaux pas mieux qu'eux si j'assiste, sans réagir, aux tortures infligées à autrui. » Il avait échappé au pire et il était résolu à ce qu'il n'y eût pas de seconde fois : il renonçait pour toujours à la pêche à la morue, surtout qu'il n'avait pas quitté le pont du navire et rien vu du pays qu'il se promettait de décrire aux filles, de retour à Cancale, pour les faire rêver !

Gwen

1914-1918

L'énigme de Cancale

– S'IL Y A LA GUERRE, maman va revenir ?

– Peut-être, mais ton oncle partira, lui, soupira Nicolette.

Après la satisfaction provoquée par le revirement de Manon que Bertrand venait d'abandonner, le mauvais sort s'acharnait en provoquant le départ de la jeune femme pour la capitale. Certes, les sentiments de Manon étaient mitigés : d'un côté malheureuse de quitter sa famille, en particulier sa fille, et sa région natale, elle voyait aussi dans cet exode un moyen de réussir sa carrière professionnelle et d'oublier un peu les Le Guen. Et en conséquence, de donner à sa vie un équilibre que l'obsession de sa mère pour la vengeance ne lui avait jamais permis de trouver. Manon était passée par plusieurs phases : jeune, elle s'était laissé influencer par Nicolette et avait partagé ses convictions. En tombant amoureuse de Bertrand, elle les avait mises de côté. Son histoire d'amour s'était muée en une vile liaison avant de s'achever dans la banalité. Elle avait donc renoué avec ses projets qui lui permettaient, par la même occasion, de prendre sa revanche sur un homme inconstant. Le temps faisant son œuvre, sa passion pour Bertrand s'était à son tour éteinte tandis que grandissait son envie de réussir son métier de dentellière. Puisque la comtesse de Crotoy lui offrait l'occasion de montrer de quoi elle était capable, Manon n'accordait plus d'importance à un fait divers sordide qui avait eu lieu un peu plus d'un demi-siècle auparavant. Même s'il concernait sa région, sa famille, et que le père de sa fille y était indirectement mêlé. Manon n'avait plus en tête que sa dentelle, elle était perdue pour Nicolette. En un sens, celle-ci comprenait que les Le Guen avaient encore une fois gagné : si Manon n'était pas morte, comme Dairine autrefois, elle était loin de sa Bretagne et des siens, peut-être à jamais... À moins que l'imminence de la guerre ne la fît revenir sur ses terres, comme l'espérait Gwen.

La grand-mère darda sur sa petite-fille un œil pénétrant, presque incisif : elle pressentait que cette enfant serait appelée à devenir une beauté, aussi rousse que Manon. Cette fois-ci, Nicolette ne la laisserait pas s'émanciper comme Manon, elle la garderait sous sa coupe, si elle en avait encore la force et le courage, afin qu'elle l'aidât à laver le déshonneur des Guyader. Nicolette attendrait qu'elle eût quinze ans pour lui raconter l'histoire de ses ancêtres, et elle comprendrait alors l'importance d'agir, pas comme cette écervelée de Manon qui ne songeait qu'à sa dentelle, à son irlande.

La situation internationale ne s'y prêtait pourtant pas puisqu'on évoquait une guerre entre la France et l'Allemagne, mais, après tout, Gwen n'était pas concernée. Nicolette espérait que Roger serait jugé trop âgé pour aller au front, d'autant plus que sa prédisposition pour l'alcool le transformerait vite en menace pour ses compagnons de tranchée. Pour l'heure, ce qui l'inquiétait le plus était l'avenir de Loïc. D'ailleurs, il se voyait déjà, éternel rêveur, en découdre vaillamment avec les Allemands. Entre son rêve avorté de voir les Le Guen à terre, l'absence de sa fille et le péril sur son fils, les nerfs de Nicolette s'usaient à trouver une échappatoire, si bien qu'elle absorbait tous les jours les tisanes calmantes qui avaient beaucoup de succès dans tout le village en cette période incertaine. Sa seule satisfaction résidait dans les excellents résultats scolaires de Gwen. N'en restait pas moins une inquiétude : Gwen aussi aimait confectionner des ouvrages en dentelle. Nicolette priait donc pour que ce loisir ne se transformât pas en passion, comme chez sa mère, la détournant du but qu'elle avait décidé pour elle. Elle voulait l'entraîner dans la spirale de la vengeance envers les descendants d'une famille qui avaient détruit Dairine, son arrière-grand-mère.

– Ces choses sont affreuses mais elles ont eu lieu il y a bien longtemps, avait objecté Manon quand Nicolette lui avait tout révélé. Pourquoi les Le Guen actuels devraient-ils payer pour un délit commis par leurs ancêtres ?

C'est alors que Nicolette avait évoqué la malédiction, empoisonnant l'existence de sa fille…

Elle sursauta quand le bruit de la plume de Gwen contre la table sur laquelle elle travaillait perça ses tympans comme un coup de tonnerre, tout occupée qu'elle était à ressasser le passé.

– Voilà, j'ai fini ! Ce devoir n'était pas bien difficile… Est-ce que je peux rejoindre Viviane ?

Telle Manon au même âge, Gwen n'avait pas beaucoup d'amies. Nicolette avait d'ailleurs remarqué qu'elle fréquentait surtout des fillettes disgraciées par le sort, comme si elle se reconnaissait en elles. Et pourtant, Gwen était aussi jolie qu'intelligente. Mais le fait qu'elle appartînt à une famille de guérisseurs et qu'elle fût une enfant naturelle, éloignée à présent de sa mère, la distinguait.

La veille, elle avait déjà passé la soirée avec Viviane…

La silhouette de la conteuse émergeait des lueurs blondes du feu à l'image d'une fée. Gwen l'écoutait raconter des légendes fantastiques en oubliant de fermer la bouche, proche de l'extase. La veillée avait commencé avec la lecture de la Bible, ce qui était déjà moins amusant, mais on en était vite venu à des récits plus intéressants. Quelques voisins étaient là aussi, des chants avaient accompagné ces longues heures passées à bavarder, rire, se réchauffer en dévorant des noix et des châtaignes. Les femmes s'activaient en travaux de couture, broderie, filage, tandis que les hommes sculptaient le bois, réparaient leurs outils, tressaient la paille ou le jonc car l'oisiveté n'avait pas cours chez les gens vertueux. Gwen avait apporté un col de dentelle mais, accaparée par la conteuse, elle ne tarda pas à le négliger. Ces fables extraordinaires la fascinaient bien davantage que les commérages qui s'échangeaient à propos des scandales qui émaillaient leur petite communauté. Gwen avait l'impression que, si elle avait été absente, les femmes auraient glosé sur l'exil de sa mère à Paris, ne lui épargnant pas les critiques. L'aïeule, assise sur un fauteuil au plus près des flammes, envoyait à intervalles réguliers de longs jets de salive noire dus à son habitude de chiquer le tabac, ce qui choquait bien plus la fillette que les sempiternels potins sur la conduite de l'un ou de l'autre. La conteuse émaillait ses récits de notes d'épouvante en évoquant les loups, les ogres, le diable, toujours perdant à la fin, et aussi les sorcières. Gwen en eut le rouge aux joues car elle n'ignorait pas qu'on taxait ainsi parfois sa mère et sa grand-mère, même si la réalité était loin de ces légendes apocalyptiques.

– Tu aimes bien Viviane, n'est-ce-pas ? demanda gentiment Nicolette.

Avant que sa petite-fille pût répondre, on frappa à la porte. La chatte, Cannelle, qui se faisait vieille, releva une tête paresseuse et choisit de se rendormir sans même daigner identifier le visiteur, tant sa sieste lui importait davantage qu'un danger peu probable en cette contrée paisible.

La porte s'ouvrit sur Thérèse qui avait mis Gwen au monde neuf ans auparavant.

– Tu sais la nouvelle ? s'exclama-t-elle, s'adressant à Nicolette. On a retrouvé un corps au Tremblay !

Atterrée, la grand-mère la dévisagea sans un mot.

– Un corps ! répéta Gwen, aussitôt captivée car cela lui rappelait les légendes de la veillée.

Le visage livide à présent, Nicolette s'empressa de prendre quelques affaires.

– Va chez Viviane, intima-t-elle à Gwen. Je vais devoir accompagner Thérèse au domaine.

– J'y vais aussi.

– Il n'en est pas question !

Le ton de sa grand-mère lui fit comprendre qu'elle n'avait qu'à obéir. Une fois la gamine partie, Thérèse exprima son incertitude :

– Tu crois qu'on peut y aller ?

– Rien ni personne ne m'en empêchera.

– Si, les gendarmes.

– Je m'en charge. Tu n'es pas obligée de me suivre. As-tu des détails ?

– Je viens avec toi, décréta Thérèse, guidée par une curiosité qui surpassait son appréhension. Tout ce que je sais, c'est que le jardinier a trouvé le cadavre en creusant un trou pour y planter un arbre. Tu parles d'une découverte !

– Cela n'a rien d'invraisemblable, rectifia Nicolette qui s'efforçait maintenant de ne pas laisser transparaître son affolement. Et ce n'est pas la première fois que cela arrive.

– C'est vrai, mais la maréchaussée s'est quand même déplacée. Nous allons prendre la charrette, sinon nous ne sommes pas rendues ! ajouta Thérèse qui haletait sur le chemin.

Elle avait dû éprouver du plaisir à alerter tout le village, passant de maison en maison en courant avec sa terrible nouvelle. Nicolette en frémissait de dégoût et d'effroi.

– À propos, demanda-t-elle soudain, sais-tu s'il s'agit d'un corps ou d'ossements ?

– Je n'en ai pas la moindre idée, repartit sa voisine, étonnée. Tu en as des questions !

Nicolette ne répondit pas, réalisant qu'elle allait finir par se trahir.

La vieille carriole les transporta durant les trois kilomètres, tirée par la jument Flanelle dont Thérèse maniait les rênes avec dextérité, habituée qu'elle était à parcourir la campagne pour porter assistance aux femmes en couches. Nicolette ne faisait plus allusion au fait divers, elle se comportait plus posément pour ne pas alerter sa voisine qui semblait soucieuse à l'idée de débarquer ainsi au château. Au fond d'elle-même, la mère de Manon bouillait toujours de rage et de chagrin. Elle ne devait ses rares moments de calme qu'à la pensée qu'il n'y avait aucun moyen d'identifier Dairine, l'auteur du crime ayant sans doute au préalable ôté tout indice susceptible de le confondre tel un vêtement ou un bijou. Seule la fille unique de la pauvre Irlandaise connaissait les tenants et les aboutissants de l'affaire survenue quelque soixante ans plus tôt. Il n'en restait pas moins atroce de penser qu'on exhumait aujourd'hui ce qui restait du corps de Dairine, sans que son âme fût apaisée. Elle allait être manipulée, examinée, souillée, avant de pouvoir enfin trouver une certaine forme de paix dans un enterrement chrétien.

Presque parvenues à la grille du domaine, les deux femmes aperçurent un gendarme en faction et un groupe de paysans qui attendaient en discutant, comme au spectacle. La gêne de Thérèse disait à quel point elle regrettait d'être venue et Nicolette commençait à comprendre qu'elle n'accéderait jamais au lieu de la funeste découverte. De quel droit lui aurait-on permis d'entrer ? Il lui fallait trouver un moyen pour pénétrer au sein du parc, mais ne risquait-elle pas d'éveiller à nouveau la méfiance chez Thérèse par son acharnement ? Tant pis, elle ne renoncerait pas si près du but, c'était là sa seule chance d'entrevoir quelque chose, avant que la justice ne fît son œuvre, avant que les journaux s'emparassent de l'histoire, puis que tout retombât dans l'oubli, faute d'un nouvel élément.

– Ne t'arrête pas ! cria-t-elle à Thérèse.

– Mais…

– On nous empêchera de passer.

– On rentre alors ?

– Non, continue jusqu'au tournant, Gwen m'a parlé d'un trou dans une clôture qui lui a permis un jour de se promener ici. S'il n'a pas été réparé depuis, je m'y faufilerai.

– Tu tiens donc tant que ça à voir le corps ? demanda Thérèse, choquée par cet aspect peu honorable de son amie.

Nicolette garda le silence. Sa décision était arrêtée, elle ne songeait même pas aux conséquences de son acte. Thérèse gara la charrette au bord du fossé et toisa sa voisine sans aucune indulgence.

– Tu vas donc t'introduire chez les Le Guen comme une voleuse ? Je te préviens, je ne veux pas être mêlée à ça !

– Repars.

– Et comment vas-tu rentrer ?

– Ne t'inquiète pas pour moi… Je peux compter sur ta discrétion ?

– Oui, consentit Thérèse en pinçant les lèvres de mépris. Si j'avais dû répéter tout ce que j'ai entendu de la bouche des accouchées, j'aurais vite changé de métier. Mais c'est une folie de…

– Merci, Thérèse, à bientôt, déclara Nicolette en s'éloignant vers la forêt.

Elle s'engouffra sous son toit, dans son ombre. Thérèse eut le sentiment d'un engloutissement.

La mère de Manon marchait vite pour ne pas perdre de temps mais elle glissait souvent sur les feuilles mortes, sur les escarpements rocheux, couverts de mousse et de lichens. Elle n'oubliait pas de faire un peu de bruit afin d'éloigner les vipères, réfugiées au sein des fougères. Elle ne suivait pas un chemin précis, elle se dirigeait vers la clôture du parc sur un sol qui recelait bien des pièges, traversant des pans d'obscurité, entre les racines des chênes, les branchages, les pierres glissantes qu'il fallait escalader, en particulier quand elle dut traverser la rivière qui serpentait entre les blocs de granit. Songeant que Gwen avait parcouru la même distance, parsemée d'embûches, elle remercia le ciel qu'il ne lui fût rien arrivé.

Au bout de dix minutes, elle parvint à la barrière délimitant le domaine. Restait à trouver la trouée, si elle existait encore, qui lui faciliterait l'entrée. Nicolette longea donc le grillage sur quelques mètres avant d'aviser l'espace dont lui avait parlé sa petite-fille. Elle n'avait pas précisé son étroitesse et la grand-mère se griffa la peau en s'y introduisant. Elle était enfin à l'intérieur du domaine du Tremblay. Elle n'y était pas revenue depuis le jour où Bertrand l'avait fait appeler pour soigner ses bêtes. Ces dernières avaient péri car Nicolette s'était bien gardée de conjurer le sort que Manon leur avait jeté.

Il s'agissait à présent de ne pas se faire remarquer. Tout à coup, elle mesura le danger qu'elle courait : si elle était surprise, comment justifier sa présence ? Certes, elle pourrait expliquer que la curiosité avait guidé ses pas, mais ce n'était guère dans sa nature, et les gens qui la connaissaient trouveraient cela étrange. Par ailleurs, une telle attitude, dictée par l'indiscrétion, ne l'avantagerait pas, d'autant plus que l'affaire était malsaine. Maintenant qu'elle était là, ayant agi sans réflexion, elle n'allait cependant pas reculer. Elle percevait d'ailleurs un murmure de voix qui lui permettait de s'orienter. Elle avança vers le son, entre les trembles qui avaient donné son nom au domaine. Ils laisseraient bientôt place à un vaste gazon. Nicolette ne devait surtout pas être à découvert, elle s'arrêta et s'appuya contre le tronc d'un arbre afin d'élaborer un plan.

De son poste d'observation, elle apercevait la croix et les personnes qui l'entouraient, parmi lesquelles elle reconnut Sophie et Bertrand Le Guen, ainsi que des membres du personnel du château, le docteur Carois, le père Aristide, et des gendarmes fort nombreux. Le jour commençait à tomber et les gens se transformaient de minute en minute en ombres chinoises, prêtant à la scène une apparence théâtrale. Il y avait un grand trou dans le sol à côté duquel une bâche contenait le corps. Nicolette était trop loin et la nuit trop présente pour se rendre compte si un indice était déjà visible pour l'identification. Elle n'en ferma pas moins les yeux de peine et de rage mêlées en constatant cette profanation. N'épargnerait-on rien à Dairine ?

La voiture de la maréchaussée était garée tout près du lieu du drame afin que le cadavre y fût transporté jusqu'à Rennes où se trouvait un centre médico-légal. Un médecin légiste essaierait de lire en lui mais Nicolette doutait qu'il ne découvrît d'autres indices que le sexe et l'âge de la morte que la grand-mère connaissait déjà. Elle examina les gendarmes qui, pressés par l'avancée des ténèbres, soulevaient la bâche afin de la déposer dans leur véhicule. Et soudain, Nicolette les vit : les chiens. Elle n'y avait pas songé. Bien sûr, les forces de l'ordre étaient venues avec des chiens habilités à les aider sur une scène de crime. Sauf que les bêtes semblaient nerveuses tout à coup comme si elles avaient flairé quelque chose d'anormal. Nicolette savait de quoi il s'agissait. Sans un regard en arrière, elle se mit à courir dans la direction d'où elle venait, vers la clôture, espérant leur échapper. En une fraction de seconde, elle avait pensé rebrousser chemin avec calme mais elle avait compris que ce serait illusoire face aux molosses : mieux valait prendre la fuite.

Si elle avait pu faire preuve d'humour en de telles circonstances, Nicolette aurait songé que dans cette débâcle résidait la preuve que les accusations de sorcellerie à son encontre ne présentaient aucun fondement. Car, si vraiment Nicolette avait possédé des dons surnaturels, elle les aurait employés fort à propos pour repousser les chiens qui gagnaient du terrain. Le problème était qu'elle ne retrouvait plus la trouée dans la clôture. Son âge et la faiblesse de ses jambes lui posaient problème, elle sentait que les bêtes la rattrapaient, que le combat était perdu. Pourvu que les hommes arrivent avant que les prédateurs ne l'aient réduite en charpie... Des gouttes de sueur brûlaient ses yeux, son souffle devenait un sifflement, un pas de plus et elle s'effondrerait sur le sol, devenant une proie facile. Grâce à un effort surhumain, elle parvint à se hisser sur une roche. Les chiens demeurèrent à quelques mètres au-dessous d'elle, aboyant avec fureur. Bien que leurs jappements soient suffisants, Nicolette y joignit sa voix afin d'indiquer aux gendarmes où elle se situait. Il était préférable de finir la nuit en prison plutôt que dans la gueule de ces bêtes dressées pour tuer.

Les hommes déboulèrent, leurs fusils pointés en avant comme s'ils s'entraînaient pour cette guerre dont la menace devenait chaque jour plus précise. En découvrant Nicolette, ils furent aussi abasourdis que s'ils étaient tombés sur un ours en équilibre sur le rocher. Prenant possession des lieux telle une patrouille sur un champ de mines, ils avancèrent avec précaution et encerclèrent le promontoire.

– Mais faites donc taire ces chiens ! s'exclama Nicolette, excédée.

– Comment expliquez-vous votre présence, madame Kerrien ? demanda l'un d'entre eux, sans obtempérer à sa prière, si bien que les chiens l'empêchèrent d'entendre la réponse de Nicolette.

Finalement, le commissaire Yves Dolce obtint le silence d'un ordre bref. Il éclairait la scène au moyen d'une lampe à pétrole car la nuit devenait profonde. C'était un homme que Nicolette redoutait car il s'était plusieurs fois adressé à elle pour des soucis de santé qui avaient trait à la fréquentation d'une certaine maison de Rennes dans laquelle exerçaient ce qu'elle appelait des « créatures ». Elle avait toujours réussi à le soigner mais il subsistait de sa part une certaine gêne parce qu'elle croisait aussi son épouse dans les rues de Cancale, une femme que consumait l'échec de son mariage. Pour couronner le tout, le commissaire avait accédé à son poste grâce à ses relations plutôt qu'à ses compétences : on le prétendait peu subtil, ainsi que susceptible et ombrageux. Pour l'heure, il était surtout sensible au ridicule de la situation.

– Descendez de là ! ordonna-t-il à Nicolette.

Elle hésita car, si elle était parvenue à monter, stimulée par la terreur, il lui serait plus difficile de reposer les pieds sur la terre ferme sans glisser et tomber. Un gendarme eut la bonne idée de lui tendre un bras secourable et elle fut debout à l'instant où Sophie et Bertrand Le Guen émergeaient de la forêt.

– Il est tard, observa Yves Dolce. Madame Kerrien, aviez-vous une bonne raison d'être là ? Si ce n'est pas le cas, vous allez nous suivre au commissariat.

Nicolette se sentait perdue et épuisée. Ces escapades n'étaient plus de son âge, elle regrettait de n'avoir pas suivi le conseil de Thérèse. Elle ne risquait pas grand-chose, sinon une peine pour violation de propriété privée, mais sa réputation en souffrirait une nouvelle fois, sans compter les répercussions sur Manon et Gwen. Chacun, dans le village, irait de son commentaire et de sa vision personnelle de l'affaire, mais tout le monde s'accorderait à dire que la grand-mère Kerrien commençait à être un peu dérangée. Sa clientèle se détournerait-elle de Nicolette au profit d'une autre guérisseuse, bien qu'elle fût la meilleure dans la région ? Gwen était encore trop jeune pour prendre le relais.

Mais il fallait fournir une réponse au commissaire et non pas se laisser distraire par ces problèmes.

– C'est moi qui ai demandé à Mme Kerrien de venir au domaine, intervint alors Sophie Le Guen. J'ai oublié ce rendez-vous à cause de la découverte macabre de l'après-midi. Mme Kerrien et moi devions nous entretenir de sa fille, Manon, qui est mon employée et se trouve en ce moment à Paris afin de commercialiser notre dentelle.

Nicolette darda sur Sophie un regard dénué de la moindre gratitude, bien au contraire : on y lisait une pointe de surprise, mais surtout un vif sentiment de mépris que personne ne perçut, hormis celle à laquelle il était destiné. L'épouse de Bertrand rougit un peu mais soutint le regard avec assurance et maintint sa version quand le commissaire désira des informations supplémentaires.

– Bon, soupira-t-il ensuite, le sujet est clos. Cela m'aurait étonné aussi que vous soyez mêlée à cette affaire… Les os ne datent pas d'hier et celui qui les a enterrés à cet endroit est lui-même dans la tombe depuis des lustres !

Humains et bêtes retournèrent vers la croix. Les gendarmes comptaient vite rentrer chez eux, à l'exception du commissaire qui voulait mettre en lieu sûr le corps mystérieux. Nicolette jeta un œil avide sur l'endroit mais sa vue était trop faible. Elle entrevit un trou béant, des outils de jardin, des fils tendus pour délimiter la scène et empêcher les employés du domaine de marcher n'importe où le lendemain matin. Bertrand proposa qu'un de ses valets de ferme raccompagnât Nicolette en charrette à son grand soulagement. Personne n'avait cherché à savoir quel avait été son moyen de locomotion à l'aller, ce qui prouvait bien l'absence de clairvoyance du commissaire, à moins qu'il la considérât comme un sujet peu digne d'intérêt, se trompant dans les deux cas. Le visage ridé et les membres maigrelets de Nicolette Kerrien coïncidaient si peu avec l'idée qu'on se faisait d'une criminelle… Mais la question était : s'agissait-il d'un crime ? Et le commissaire se posait encore une question plus cruciale : était-il bien nécessaire de chercher à résoudre une vieille énigme comme il en existait tant ? Même si les terres des Le Guen, la famille la plus puissante de la région, avaient été le caveau de cet inconnu, Yves Dolce jugeait plus judicieux de se pencher sur des faits impliquant des personnes bien vivantes plutôt que de remuer le passé.

– Pourquoi avoir menti pour me défendre ?

Malgré son aversion envers Sophie qu'elle tenait pour responsable du départ de sa fille, il y avait trop de choses indéchiffrables dans son comportement pour que Nicolette reprît la route du village sans obtenir une explication. Bertrand avait regagné le château après avoir demandé à un garçon d'atteler le cheval. Sophie aurait pu le suivre mais elle avait feint de vouloir chercher la dentelle restée dans l'ouvroir où elle ne passait jamais la nuit par peur des vols. Exaspéré par les événements de l'après-midi, son mari avait contenu son agacement face à Nicolette avec qui il avait laissé sa femme, s'éloignant d'un pas martial qui trahissait son mécontentement, à défaut de l'exprimer par des reproches.

– Vous auriez pu avoir des ennuis et Manon en aurait souffert.

L'espace de quelques secondes, le visage de Nicolette perdit son masque d'impassibilité. Elle ne comprenait pas les raisons de l'attachement de Sophie envers sa fille. Désiraitelle la protéger à cause de son talent de dentellière qui servait ses intérêts ? Manon était très douée mais Nicolette devinait qu'il existait une motivation secrète chez cette femme, aussi la questionna-t-elle en oubliant à qui elle s'adressait :

– Qu'est-ce qui vous pousse à agir de la sorte ? Je ne crois pas à vos bontés pour Manon...

Sophie hésita puis il se passa une chose extraordinaire. Son expression, presque toujours douce et amène, se transforma. On aurait dit la face bonasse d'un comédien qu'on grimait pour en faire un personnage machiavélique. Ses yeux devinrent durs, ses lèvres se pincèrent, deux marques rouges apparurent sur ses joues, même sa voix possédait de nouvelles inflexions, plus rudes, quand elle confia à Nicolette :

– Je sais qui a été enterré près de la croix...

Du sang et des larmes

Paris, le 4 juillet 1916

Ma chère mère,
Ma petite Gwen,

Comme il est dur de vous savoir loin de moi en ces temps si douloureux... et surtout de penser à Loïc qui se bat en Champagne ! À Paris, je ne suis pas à plaindre grâce à Mme de Crotoy qui se montre envers moi d'une extrême gentillesse. Avez-vous remarqué comme je m'exprime bien mieux qu'avant dans mes lettres ? C'est que j'ai bénéficié de cours d'écriture et même de diction de la part d'un professeur afin de pouvoir avoir ma place dans le milieu où la dentelle fait fureur. Nous connaissons cependant une période incertaine. Les femmes n'ont plus le cœur à la frivolité et la dentelle est dédaignée car il y a bien plus grave à s'occuper, comme de tricoter des lainages pour nos poilus ou de faire de la charpie à destination des hôpitaux : moi-même, je m'y suis mise dans l'ouvroir de la comtesse. Tu me dis toi-même, maman, que le costume breton tend à disparaître et tu le regrettes. J'aurais été d'accord avec toi avant ma venue dans la capitale mais, comme tu dois l'avoir constaté au travers de mes lettres, ta fille a bien évolué depuis : le costume régional me semble à présent plus à même d'être porté lors de kermesses que quotidiennement, même si cela n'arrange pas nos affaires.

Les prix des denrées, à Paris, ne cessent d'augmenter, et je me réjouis d'être logée et nourrie par la comtesse dont je n'aurais jamais assez de toute ma vie pour remercier les bienfaits, d'autant plus que son monde est touché de plein fouet par cette guerre. En effet, le charbon commence à manquer, le temps n'est plus à la légèreté, les fêtes sont révolues. La comtesse, qui se faisait livrer des fleurs fraîches tous les matins, a dû renoncer à leur parfum et à leurs couleurs. Même les oiseaux de sa volière semblent ne plus chanter qu'à contrecœur et les poissons de son aquarium sont tous morts le jour de la déclaration de guerre, ce qui m'a choquée au-delà de toute mesure car, bien entendu, j'y ai vu un signe – il ne faut pas croire que j'ai oublié tout ce que tu m'as appris. Les mondanités sont terminées et ma bienfaitrice a dû réduire le nombre de ses serviteurs.

Tout cela pour te dire que je reviendrai bientôt à Cancale. Dieu merci, papa a été jugé trop âgé pour combattre ! Je pense bien à vous deux et à ma petite Gwen que je félicite pour l'excellence de ses résultats scolaires. Allez, je l'avoue, la comtesse de Crotoy a bien voulu lire et corriger cette lettre avant que je vous l'envoie afin qu'elle ne comporte aucune faute ! Mais il est vrai que j'ai pris des cours qui ont bien amélioré ma façon d'écrire. C'est pourquoi j'encourage Gwen à persévérer. Je me rends compte à présent combien l'instruction est primordiale, même pour une femme.

Bien à toi, maman, et un gros bisou à ma Gwen.
Manon.

Avec un soupir, Nicolette replia la missive et se plongea dans une méditation mélancolique. Manon avouait avoir changé mais elle estimait que cette transformation était positive à bien des égards, alors que Nicolette dressait à présent un portrait peu flatteur de sa fille. Comme elle paraissait égocentrique, tout entière tournée vers les soucis futiles de son nouveau monde et à peine touchée par les drames qui se jouaient au sein de milieux moins favorisés ! Comment accorder de l'importance à la disparition de fêtes ou à la diminution du personnel quand de jeunes garçons jouaient leur vie dans la boue des tranchées ? Manon faisait certes allusion à son frère mais ses inquiétudes semblaient bien loin du danger qu'il encourait. Nicolette ne reconnaissait plus sa fille dans cet être frivole, et plus que jamais elle comprit qu'elle l'avait perdue, même si elle évoquait un possible retour. Cela faisait deux ans qu'elle était partie. La première année, elle était revenue une semaine pour saluer sa famille, mais Nicolette avait déjà senti le décalage qui n'avait depuis cessé de s'accentuer. Elle se demandait si elle souhaitait que Manon réintégrât la maison de pêcheur où elle renouerait avec la médiocrité de sa naissance, d'autant plus visible en ces temps de restriction.

« Manon n'est pas morte d'avoir frayé avec un Le Guen, mais elle n'en a pas moins renié les siens. »

En Bretagne, la vie était moins dure qu'à Paris. Le poisson, les légumes, les fruits du potager et du jardin remplissaient l'estomac. Toutefois, comme le soulignait Manon dans sa lettre, la dentelle n'était plus au centre des préoccupations des femmes, et l'activité de Nicolette avait ralenti. À ses yeux, ce n'était pas le plus grave car elle ne cessait d'avoir peur pour son fils, les morts se comptant par dizaines de milliers, l'affreuse nouvelle parvenant aux familles par l'intermédiaire du maire du village, son écharpe tricolore trahissant la tâche funèbre à laquelle il était astreint, au point qu'il devenait un personnage redouté que l'on évitait, messager de malheurs bien malgré lui. Loïc n'avait pas bénéficié de permission depuis un an mais, enfin, il annonçait dans ses derniers écrits un repos d'une semaine à Cancale. Nicolette devait vivre avec l'idée que, entre la réception de la lettre et la date de son retour, il pouvait avoir été blessé ou tué. Bertrand Le Guen aussi était au front mais pas en tant que simple soldat. Nicolette doutait qu'il comptât un jour parmi les victimes. Son grade le protégeait des premières lignes.

Chez Gwen, à présent âgée de onze ans, on décelait déjà les signes d'une puberté qui faisait se retourner les garçons sur son passage. Quand elle rentra ce soir-là, Nicolette lui fit lire la missive de sa mère. En dépit de sa maturité, la jeune fille ne pardonnait pas à Manon ce qu'elle taxait d'abandon pour les lumières de la capitale. Elle était très attachée à sa région et la pensée de la quitter lui inspirait de l'horreur. Elle la parcourut vite et lança un regard à Nicolette qui traduisait son incompréhension. Ainsi, elle n'était pas dupe et partageait l'amertume de sa grand-mère. Tacitement, elles évitèrent d'aborder le sujet car l'esprit de clan devait prévaloir sur les opinions personnelles. Peu après, Roger pénétra dans la masure. Trop âgé et trop détruit par l'alcool pour combattre, du moins en cette année 1916, il continuait à exercer son métier de pêcheur ; ses mains tremblaient, son teint était couperosé, ses yeux injectés de sang. Sachant qu'il refusait d'être aidé, Nicolette avait choisi d'évacuer sa colère par le mépris. Elle travaillait, s'occupait de la maison, préparait les repas, repoussait son mari quand il essayait de la toucher et ne s'adressait à lui que si cela s'avérait nécessaire. L'atmosphère de la demeure se révélait donc très lourde en l'absence de Loïc ; il en était ainsi dans bien des foyers français.

Le hasard voulut que, le surlendemain de l'arrivée de Loïc, Manon se présentât à Cancale, sans avoir prévenu au préalable de la date exacte de sa venue. Nicolette et Roger ne reconnurent plus leurs enfants. On aurait dit que toute l'énergie, toute l'assurance de Loïc étaient passées chez

Manon, aussi rayonnante que son frère était éteint. Nicolette s'attendait à ce que la guerre laissât son empreinte chez son garçon, mais pas autant : comme la plupart des gens de l'arrière, elle ne réalisait pas le cauchemar que vivaient les soldats. La faute aux combattants eux-mêmes qui taisaient leur calvaire et à la presse qui passait sous silence l'enfer des tranchées afin que le peuple conservât le moral. Loïc lui-même se montra réticent à évoquer la guerre et il détournait vite la conversation dès que son père lui posait des questions, préférant parler de la camaraderie qui régnait entre les fantassins. Il n'avait pas la sensation d'être chez lui et ce qu'il voyait du quotidien des Bretons, immuable comme si la vie suivait son cours paisible, le stupéfiait. Le plus choquant avait été cette escale à Paris où il avait constaté que théâtres, salles de spectacle, restaurants, cabarets affichaient complet, comme si les obus ne tombaient pas à quelques centaines de kilomètres. À quoi s'attendait-il au juste ? À trouver une ville fantôme, silencieuse, où toute animation aurait disparu ? La ligne de front semblait si loin et si proche à la fois. Il ne pouvait l'oublier, elle hantait ses pensées et ne lui permettait pas de profiter de ce répit qu'il avait pourtant appelé de tous ses vœux. Parfois, il aspirait même à y retourner. Au lieu de la joie qu'il se promettait des retrouvailles avec sa famille et son village, l'amertume et l'écœurement le tenaillaient en observant combien peu de choses avaient changé depuis le début du conflit.

Sa sœur paraissait même avoir profité de la guerre pour s'épanouir ; elle n'avait jamais été aussi belle ni aussi gaie. Sa simple vue suffisait à déclencher chez Loïc une répugnance qui englobait ses vêtements coûteux, ses bijoux trop nombreux, son maquillage outrancier, ou jugé comme tel en province, ainsi que son parfum capiteux.

Elle frappa à la porte alors que Loïc était là depuis deux jours. Les Kerrien finissaient de dîner et buvaient leur café quand le bruit d'une carriole ralentissant sur la chaussée, face à la maison, leur parvint. Nicolette se leva et se posta derrière ses rideaux afin de voir ce qui se passait à l'extérieur. Toutes les femmes de la rue devaient se tenir ainsi à observer la scène. Quel ne fut pas leur étonnement en voyant une élégante personne descendre du véhicule, dans laquelle elles ne tardèrent pas à reconnaître Manon Kerrien. En la détaillant, elles remarquèrent la jupe et sa veste assortie à la mode de Paris, sobres mais très bien coupées, les délicates bottines, le chapeau orné d'un ruban et de plumes, le chemisier à jabot de dentelle, la grosse valise que le cocher portait jusqu'au perron. Manon arborait un vêtement de couleur sombre afin de sacrifier à l'austérité générale, mais elle n'avait pas renoncé à quelques fanfreluches qui hérissèrent les commères. Le temps qu'elles se ressaisissent, la jeune femme avait disparu dans la lumière de la longère. Nicolette embrassa sa fille tout en détaillant sa toilette bien trop distinguée pour Cancale, surtout en ces temps où l'excentricité n'était pas de mise avec tous les malheurs qui s'abattaient sur la nation. Un sourire un peu niais flottait sur les lèvres de Roger quand il quitta la table pour aller à la rencontre de Manon. Celle-ci comprit aussitôt qu'il n'avait pas réussi à se défaire de son vice. Quant à Loïc, il se leva avec lenteur de son siège et s'avança vers elle sans manifester cette joie qui pétilla dans l'œil de Manon lorsqu'elle reconnut son frère. Elle se précipita dans ses bras et il vacilla en la recevant contre lui. Elle sentit comme il avait maigri et eut un mouvement de recul en remarquant combien il se montrait si peu expansif à sa vue.

– Je suis si heureuse que mon retour coïncide avec ta permission ! s'exclama-t-elle, espérant qu'il partageait ses sentiments.

Son silence prouvait tout le contraire. Un peu surprise, Manon se tourna vers ses parents et crut bon de leur présenter ses excuses :

– Je suis désolée de ne pas avoir envoyé une lettre annonçant la date de ma venue. Tout s'est décidé très vite. J'ai pris le train ce matin très tôt, je suis fourbue. À la gare, j'ai trouvé quelqu'un qui a accepté de me prendre sur sa carriole jusqu'au village.

Elle avait l'impression de trop parler, peut-être à tort et à travers, mais elle commençait à ressentir très nettement combien son apparition suscitait des questionnements. De toute évidence, les trois visages perplexes dirigés vers elle la jugeaient avec sévérité, et elle n'avait plus l'habitude de faire l'objet d'une telle attention hostile. L'agacement la gagnait déjà.

– Je meurs de faim, avoua-t-elle en reniflant les effluves du dîner.

– Il reste du saumon avec des pommes de terre, s'empressa Nicolette, consciente de leur attitude peu charitable.

Après tout, sa fille lui revenait, même si elle était très différente de celle qui était partie quelques années plus tôt.

– Où est Gwen ? s'enquit Manon.

– Elle dort, répondit Nicolette. D'ailleurs, parlons plus bas ou nous allons la réveiller.

– Oh, mais je veux qu'elle se réveille ! s'écria Manon. J'ai plein de cadeaux pour elle.

– Elle a école demain…

– Eh bien, pour une fois, elle n'ira pas en classe.

Malgré son désaccord, Nicolette se tut. Elle devait se souvenir qu'elle n'était que la grand-mère de Gwen, même si elle l'élevait depuis le départ de sa mère.

Tandis qu'elle dressait à nouveau la table pour sa fille et faisait réchauffer la marmite de poisson, Manon déballa quelques affaires sous le regard impassible des deux hommes qui achevaient leur breuvage. Loïc avait prévu de sortir fumer une cigarette et le besoin devenait de plus en plus insistant, son intérêt peu éveillé par les présents enrubannés que Manon se faisait un devoir de placer devant chacun d'eux.

– J'ai tant de choses à vous raconter sur ma nouvelle vie !

Elle s'exprimait avec une gaieté qui paraissait de plus en plus factice. Le silence et l'absence de réaction de sa famille l'embarrassaient. Pourquoi tant de froideur ? Ils étaient tous réunis et auraient dû s'en réjouir. Après tout, Loïc n'était pas blessé, même si la perspective de repartir au front ne devait évidemment pas l'enchanter.

La porte s'ouvrit sur Gwen que les éclats de voix avaient fini par tirer du sommeil. En dépit de son visage sans apprêt et de ses cheveux emmêlés, elle était saisissante de beauté. La vue de sa fille prit Manon au dépourvu et elle se tut enfin, la contemplant longuement, la redécouvrant. Comme Nicolette, et bien qu'elle s'en défendît car la vie à Paris lui avait permis d'oublier ces superstitions, la pensée lancinante s'empara d'elle que Gwen était bien trop séduisante pour son bien. Un silence pesant s'installa. Gwen contemplait sa mère, bouche bée. Son cerveau avait du mal à enregistrer sa présence. Tout le monde regardait Manon dont l'expression était devenue enfin naturelle, empreinte de tendresse et d'émotion. Nicolette et Loïc échangèrent un regard entendu : Gwen allait-elle lier les deux mondes opposés dans lesquels évoluaient à présent Manon et sa famille ? L'expérience du garçon dans les tranchées l'avait rendu sensible aux fluctuations des humeurs de son entourage : il discernait soudain chez sa sœur une vulnérabilité qu'elle avait bien dissimulée depuis son arrivée.

– Maman… murmura Gwen, stupéfaite.

– C'est moi, ma chérie, répondit Manon en tendant les bras.

La fillette hésita. Il y eut une seconde terrible durant laquelle tous se demandèrent si Gwen n'allait pas démontrer par son refus combien elle en voulait à sa mère d'être partie. Puis elle courut se réfugier contre sa poitrine et un soupir de soulagement sembla se répercuter de Loïc à Nicolette, en passant par Roger. En dépit du changement peu heureux qu'ils percevaient en Manon, ils souhaitaient tous que les retrouvailles entre la mère et la fille se passent bien.

– Comme tu m'as manqué, mon amour !

Autrefois, Manon n'était pas sujette à ces appellations tendres et Nicolette en était presque gênée, elle qui n'avait jamais désigné ses enfants que par leur prénom de baptême. Était-ce ainsi que l'on procédait à Paris ? Gwen et Manon s'étreignaient. Pour couper court à ce spectacle, à présent que les choses étaient rentrées dans l'ordre, Nicolette entreprit de servir le souper à sa fille qui dut se séparer de Gwen afin de manger. Pudeur et décence reprenaient leurs droits.

– Tu vas rester longtemps ?

– Je ne sais pas encore, mon cœur. Jusqu'au terme de cette guerre en tout cas. (Elle jeta à son frère un œil compatissant.) Alors, j'espère, pas trop longtemps pour ton oncle. Mais tu grandis si vite, tu es presque une jeune fille… Que dirais-tu de venir me voir un jour à Paris ?

La fillette réfléchit. Il y avait en elle quelque chose de très mûr qui impressionnait même sa maîtresse d'école.

– Je veux bien, à condition d'être certaine de revenir assez vite.

Manon éclata de rire.

– Tu aimes donc tant être ici ?

Elle inspecta le décor d'un regard circonspect qui fit sursauter Nicolette, piquée dans son orgueil.

– Jamais je ne quitterai la Bretagne, affirma Gwen.

– Nous verrons bien, répondit Manon, énigmatique.

Nicolette se dépêcha de lui demander si le poisson était bon afin de changer de conversation.

– Ma mère est revenue, avoua Gwen.

– Ta mère de Paris ? souffla le garçonnet.

– Évidemment ! s'écria-t-elle, agacée. Je n'ai qu'une seule mère, figure-toi !

– Tu es contente ?

Gwen se mit à réfléchir, comme elle en avait l'habitude quand la question lui semblait importante, avant de répondre :

– Oui, mais la permission de mon oncle est terminée, ce qui veut dire qu'il est reparti au front. Maman retournera à Paris quand la guerre sera finie. Ça signifie que je dois avoir envie qu'elle s'achève pour que Loïc revienne, tout en sachant que ma mère repartira.

– Je comprends rien...

Gwen considéra Nelson avec un regain d'exaspération puis elle se souvint qu'il était plus jeune qu'elle de quelques années et que son propre père combattait aussi sous le drapeau français : deux raisons pour lui pardonner.

Leur amitié était née dans la nature où Gwen aimait se promener. Elle bénéficiait d'une liberté qui faisait défaut à Nelson, couvé doublement par sa mère et sa nourrice, si bien qu'ils avaient usé de nombreux stratagèmes afin de jouer ensemble sans que les adultes le sachent. Malgré sa promesse à sa grand-mère, Gwen retournait souvent au domaine du Tremblay. C'est ainsi qu'elle était tombée sur Nelson en train de faire tourner un cerceau plus haut que lui dans une allée. Ils avaient eu très peur, Gwen d'être surprise au sein d'une propriété privée, Nelson par cette irruption aux cheveux de feu dans son cadre de vie. Puis ils avaient sympathisé et s'étaient même découvert des points communs : ils possédaient peu d'amis l'un et l'autre. Nelson n'avait guère l'occasion de quitter le manoir où un précepteur assurait sa scolarité, et il avait sombré dans une sorte de timidité maladive qui paralysait ses rapports avec autrui. Quant à Gwen, par goût de la solitude, elle ne désirait pas se mêler aux autres fillettes de son âge, hormis Viviane, Adèle et sa mère ayant quitté la région.

– Ce n'est pas grave, décréta la fillette. Viens, on va se balader. J'aime tellement cet endroit !

Pourtant, elle révisa son jugement quand ils s'approchèrent de la croix. Comme à chaque fois qu'elle se trouvait à proximité de cet emblème du catholicisme, Gwen se sentait bizarre, presque malade.

– C'est ici qu'on a trouvé le corps, dit Nelson d'une voix de conspirateur.

– Oui, je sais, chuchota-t-elle, tout étourdie.

– On n'a jamais su qui c'était même si elle a fini par être enterrée. Il n'y a pas de nom sur la tombe du cimetière.

Elle se demanda si le garçon éprouvait de la peur ou simplement de l'excitation à la pensée que cette découverte jamais élucidée ait eu lieu sur son terrain de jeux favori. Par colère, par dépit, sans en comprendre les raisons, elle voulut chasser le mystère qui pimentait ce fait divers.

– Tu sais, on a déterré des tas d'ossements partout, cela n'a rien d'extraordinaire.

Il la considéra d'un air grave.

– J'ai entendu ma mère dire à mon père de ne pas s'affoler, que personne ne saurait jamais qui c'était, la morte.

Leur conversation devenait étrange, faite de secrets, de révélations, de sous-entendus.

– Il est vrai qu'on a pu déterminer que c'était une fille et que son décès datait d'au moins cinquante ans, approuva Gwen d'un ton hésitant.

Elle s'interrogeait : où le garçonnet voulait-il en venir, lui d'ordinaire si timoré, si dépourvu d'audace, si désireux de lui obéir et de se placer sous sa protection ? Elle appréciait sa compagnie mais la différence d'âge et de caractère avait fini par tisser entre eux des rapports de dominant à dominé dont Gwen n'abusait d'ailleurs pas. Elle le traitait parfois sans ménagement mais ne profitait jamais de lui et ne se montrait pas méchante envers celui qui était, avec Viviane, son seul ami.

– Ma mère, reprit Nelson en donnant des coups de pied dans la terre autour de la croix, a affirmé qu'elle savait qui c'était, la morte, mais qu'elle se tairait à condition que mon père cesse ses fredaines... Ça veut dire quoi « fredaines » ?

Gwen écoutait, curieuse d'en apprendre davantage sur cette riche et respectable famille Le Guen, qu'elle ne pouvait s'empêcher de détester, à l'exception de Nelson. De plus, Nicolette avait prétendu qu'il ne s'agissait pas de gens fréquentables, sans toutefois développer son point de vue.

– Fredaines ? répéta la fillette. Je ne...

Soudain, Nelson poussa un cri. Il venait d'être piqué par une guêpe. Tout pâle, il se laissa tomber sur une pierre, sous la croix, le regard rivé sur le point rouge qui marquait la peau de son bras.

– Tu as mal ? s'enquit Gwen, déjà prête à se moquer de lui.

– Un peu... Il paraît que je suis allergique et que les piqûres d'insectes sont très dangereuses pour moi.

Il paraissait désemparé et Gwen eut une pensée émue pour le petit garçon trop choyé : à coup sûr, il plierait face à la première turpitude du destin.

– Approche, lui ordonna-t-elle, et n'aie crainte, je sais comment réparer.

Il lui opposa un visage encore plus effrayé.

– Qu'est-ce que tu vas faire, Gwen ?

– Rien de douloureux. Je connais une formule qui te soignera sur-le-champ sans te causer la moindre douleur.

– D'accord !

Elle fut touchée par la confiance qu'il lui accordait et se promit d'être plus magnanime avec lui désormais. Puis elle traça des signes au-dessus de la blessure tout en murmurant les mots indispensables à l'acte de guérison. Cela dura quelques minutes. Enfin, elle lâcha le bras du garçonnet qui observa sa peau d'un œil ébahi.

– Ça a disparu !

– Je suis la meilleure, renchérit Gwen en riant.

Elle voulut ajouter que Nicolette lui avait tout appris quand des pas précipités résonnèrent sur le gravier. Tout à leur conciliabule, ils n'avaient pas prêté attention à l'arrivée de Sophie qui les avait déjà aperçus. Gwen songea à fuir en courant mais elle jugea cette attitude peu digne et préféra affronter la tempête de concert avec son ami. Celui-ci était partagé entre le soulagement de voir son bras intact et l'inquiétude devant l'apparition de sa mère à qui il n'avait jamais avoué ses relations avec Gwen, puisque cette dernière entrait par effraction dans le parc. Mais dès qu'il vit Sophie de près, il comprit que l'heure était grave : davantage que fâchée, elle paraissait bouleversée. Ses yeux rougis et ses joues couvertes de plaques attestaient qu'elle avait pleuré. Elle s'arrêta devant lui et le contempla comme s'il allait la quitter, avec cette possessivité maladive qu'elle vouait à son enfant unique. Gwen se tenait un peu en retrait, n'osant se manifester. Il y avait quelque chose d'outré dans la réaction de Sophie Le Guen et elle ne pouvait concevoir que sa seule présence la touchât autant. Nelson partageait son sentiment et il demanda d'une voix fluette :

– Qu'est-ce qu'il y a, m'man ?

– Mon petit… murmura-t-elle en s'accroupissant et lui tendant les bras.

Il s'y réfugia aussitôt, oubliant Gwen qui aurait bien aimé s'éloigner avant que la propriétaire du Tremblay s'adressât à elle. Aussi restait-elle immobile, espérant échapper à son attention jusqu'à ce qu'elle ramenât son fils au manoir, si tel était son désir.

La jeune femme repoussa Nelson avec douceur et parla tout bas en évitant son regard :

– Il est arrivé un drame. C'est ton papa… Il a rejoint le ciel avec les anges.

Le garçon ne semblait pas percevoir le tragique de la situation, mais Gwen comprit que Bertrand Le Guen, comme tant d'autres, était tombé au champ d'honneur. Un élan de compassion la poussa vers son camarade. Sophie lutta en vain contre la rage qui s'emparait d'elle. Son chagrin ne pouvait même pas s'exprimer sans témoin et il fallait que ce dernier fût l'enfant naturelle de son défunt mari. Cette scène était intolérable. Égarée par la douleur et la certitude d'une profonde injustice, elle en vint à ne plus se soucier de Nelson qui méditait ses paroles sibyllines. Son visage ravagé se tordit de fureur.

– Qu'est-ce que tu fais là, toi ?

Gwen se sentait si coupable qu'elle en bégaya :

– Je… je… je joue avec… avec Nelson.

– Depuis quand es-tu ici ?

– Ce n'est pas sa faute, m'man, intervint Nelson. Gwen et moi, on est amis.

– Amis ? Amis ? répéta-t-elle comme s'il s'agissait d'un mot grossier. De tous les amis que tu pourrais avoir, tu as choisi cette « fille » ?

– Mais maman ! protesta-t-il sans comprendre.

– Toi ! s'écria Sophie en se redressant comme un archange démoniaque. (Ce fut du moins l'impression qu'eut Gwen, nourrie par les légendes des veillées.) Tu ne vaux pas mieux que ta mère ! Nelson a peut-être perdu son père mais, toi, tu as perdu la seule chance que tu avais de sauver ton honneur. À présent que votre père à tous deux n'est plus de ce monde, je vous interdis de vous revoir. Tu entends, Nelson, moi vivante tu n'auras plus aucun contact avec cette bâtarde !

La violence du ton et des paroles fit que Gwen recula, prête à fuir, si jamais son auteur employait la force contre elle. Des fragments du discours plein de haine de Sophie résonnaient en elle, s'imbriquant les uns dans les autres, aboutissant à une vérité dont elle ne voulait pas. Les explications de Manon avaient dessiné les contours du visage juvénile d'un colporteur qui n'avait jamais su qu'elle existait et dont elle pouvait donc pardonner l'absence. Cette femme avançait une interprétation plus vile et elle n'avait aucune raison de mentir. Bertrand Le Guen était donc bien son géniteur et il était mort sans la reconnaître. Gwen se souvenait à présent comment il avait meublé sa petite enfance de visites furtives, de moments de complicité vite expédiés. Ballottée de l'atelier de dentelle à la maison de pêcheur, elle avait l'impression d'avoir été un colis encombrant. Émergeant des limbes de sa mémoire, des scènes fugaces lui restituaient son père qu'elle ne reverrait plus jamais. Il avait été tué avec gloire par les Allemands. Elle était censée le pleurer. Et elle devait affronter la juste amertume d'une épouse trompée qui allait briser l'amitié entre Nelson et elle. Nelson... Son demi-frère par conséquent. La révélation l'arracha à ses pensées. Sophie avait raison, elle ne devait plus rien avoir à faire avec les Le Guen, cette famille maudite : sa grand-mère ne l'avait-elle pas avertie à mots couverts du péril qu'il y avait à frayer avec de tels individus ? D'ailleurs, elle aurait dû s'appeler Gwen Le Guen et l'union des deux noms était ridicule : sa mère l'avait-elle nommée ainsi pour rappeler le patronyme que son enfant ne porterait jamais ?

Sans un regard pour le petit garçon orphelin de père, Gwen se mit à courir en direction de la trouée de la clôture. Vite, vite, rentrer chez elle et harceler Manon afin qu'elle lui livrât l'intégrité de l'histoire de sa naissance... Elle détestait tout le monde, Sophie, Bertrand, même Nelson et sa propre mère.

La malédiction révélée

Les hivers des années 1916 et 1917 furent d'une rigueur sans précédent, ce qui ne contribua pas à améliorer les conditions de vie des soldats et des civils. À l'arrière, le quotidien devenait de plus en plus difficile. À la mobilisation des hommes avait succédé celle des femmes, forcées de les remplacer dans les champs et les usines. À Paris, ainsi que le lut Gwen dans *L'Illustration*, certaines d'entre elles conduisaient des tramways, nouveauté qui la choqua et l'éblouit à la fois, car elle appartenait à deux mondes opposés, celui de sa grand-mère, tourné vers le passé, et celui de sa mère, tendu vers l'avenir.

À Cancale aussi, les femmes s'étaient émancipées malgré elles : ainsi, le facteur transformé en factrice. Mais le plus spectaculaire, aux yeux des ruraux, était de voir le sexe faible s'approprier le travail des cultures, mener à bien les moissons et les récoltes, avec l'aide des enfants, des anciens et des hommes jugés inaptes au service. Afin d'équilibrer les comptes, Nicolette et Manon redoublaient d'efforts dans l'activité dentellière qu'elles exerçaient dorénavant à domicile car l'ouvroir de Sophie Le Guen avait fermé depuis la mort de son mari.

Gwen décréta qu'elle voulait s'enrôler en tant qu'infirmière dès que son âge le lui permettrait, ce qui mit Manon et Nicolette en colère car toutes deux espéraient que la guerre s'achèverait bien avant que l'enfant eût atteint l'âge requis pour devenir un « ange blanc ». Quant à Loïc, il bénéficiait de temps en temps de permissions qui étaient autant de joies et d'épreuves pour sa famille car, si sa présence signifiait qu'il était en vie, elle trahissait aussi la transformation d'un jeune homme alerte et gai en un individu hagard et sombre, qui aurait eu besoin de consulter un médecin spécialisé dans les traumatismes, alors même que cette science en était à ses balbutiements.

Le charbon manquait plus que jamais mais l'existence à Cancale n'était pas aussi pénible qu'à Paris, comme le constatait Manon au travers des lettres de ses amies restées dans la capitale. Toutefois, elle ne pouvait s'empêcher de les envier, tant la province lui pesait à présent qu'elle avait connu les lumières et l'animation d'une grande ville. Elle souffrait d'autant plus que Gwen ne lui avait jamais pardonné de lui avoir caché la véritable identité de son père. Après la scène entre Nelson et Sophie, la fillette était revenue bouleversée à la maison. Elle avait aussitôt interrogé Manon. Gwen se sentit trahie. Sa mère tenta d'asseoir son autorité en lui faisant remarquer qu'elle n'avait pas à la juger car elle pensait avoir agi pour le mieux. Habituée à obéir et à respecter ses aînés, Gwen ne bouda pas longtemps, mais quelque chose en elle s'était brisé. Elle savait qu'elle aurait du mal désormais à accorder sa confiance. Elle était devenue soupçonneuse : on ne lui avait pas tout dit, elle en était certaine. Ses yeux cherchaient avec insistance ceux de sa grand-mère, plus désireuse de lui faire partager le secret familial – car il en existait un, pas de doute – que Manon qui semblait lasse des vieilles histoires des Guyader et des Le Guen. L'adolescente pressentait que Nicolette la prendrait un jour à part pour lui confier ce qui la tourmentait depuis des années, mais elle attendrait que sa fille fût retournée à Paris pour la mettre au courant. Gwen aspirait au départ de sa mère avec laquelle elle possédait peu d'affinités car elle était en définitive beaucoup plus proche de Nicolette que de Manon.

Fantômes et cauchemars habitaient maintenant ses nuits. Nicolette eut recours à des potions calmantes, alors que Manon se récria : si sa fille était trop nerveuse, la faute en revenait aux sornettes dont l'accablait sa grand-mère avec ses obsessions et ses croyances d'un autre temps. Gwen frémissait de leurs disputes, Roger partait au bistrot pour y échapper, mais les deux femmes se calmaient dès que Loïc s'annonçait, par décence envers le combattant.

Un matin, le maire se présenta à la maison de pêcheur, le torse ceint de son écharpe tricolore, la mine grave de circonstance non simulée car, dans le village, il connaissait chacun de ceux dont il devait annoncer la mort aux proches : Loïc avait succombé à la blessure provoquée par un obus ennemi. Gwen se tint pétrifiée face à l'élu tandis que Manon éclatait en sanglots. Nicolette était un peu en retrait, les yeux secs, le visage dur. Le maire se retira assez vite afin de laisser la famille exprimer son chagrin ; la vieille dame s'affala alors sur une chaise et contempla le vide.

– Je m'en doutais… Hier soir, une pie a frappé au carreau et j'ai aperçu des feux follets dans la nuit… L'Ankou est aussi passé avec sa charrette…

Ce dernier, sous la forme d'un squelette, portant une faux emmanchée à l'envers et tirant une carriole qui grinçait, personnifiait la mort.

– Pauvre… pauvre Loïc… Je déteste cette guerre et tous les Allemands !

– La malédiction a pris les traits d'un Allemand, déclara Nicolette, mais elle aurait de toute façon frappé à un moment ou à un autre…

Manon la considéra d'un œil stupéfait puis, remplie d'une rage qui révélait la profondeur de son indignation, elle ne se contint plus :

– Comment oses-tu repartir dans tes élucubrations ! s'exclama-t-elle. Il s'agit de Loïc, ton fils, mon frère, il est mort, et tu viens encore nous parler de cette malédiction dénuée de sens qui date de la nuit des temps !

Elle avait oublié la présence de Gwen qui ne perdait rien de l'échange, consciente qu'elle ne reverrait plus jamais son oncle et triste à cette pensée mais pressentant que les deux femmes allaient peut-être enfin livrer le secret de famille auquel elle n'avait pas encore accès.

– Je refuse de croire à ces bêtises !

– Estime-toi heureuse de ne pas avoir engendré de garçon…

– Oh, mon Dieu ! Quel exemple lui donnes-tu ? s'écria Manon, se rappelant soudain la présence de Gwen.

Celle-ci crut alors qu'elle n'en apprendrait pas davantage. Plutôt que de laisser libre cours à sa colère, Manon choisit de s'isoler dans le jardin où elle fut longtemps à pleurer le trépas de Loïc, sans plus s'occuper de Gwen et de Nicolette. Cette dernière fit signe à sa petite-fille de s'approcher. Elle s'empara de sa main et commença son récit comme si elle n'avait attendu que la disparition de son unique fils pour parler.

– Le temps de la transmission est venu, même si je te juge encore trop jeune.

– J'ai douze ans, bientôt treize.

– Et s'il m'arrivait quelque chose, je doute que Manon prendrait le relais… Sache tout d'abord que le corps retrouvé dans le parc des Le Guen est une femme et l'une de tes ancêtres, ton arrière-grand-mère pour être précise.

Gwen ouvrit de grands yeux.

– Je vois que tu as compris : Dairine était ma mère.

– Dairine ? Quel drôle de prénom !

Gwen était rivée aux lèvres de Nicolette. Elle avait même oublié que son oncle était mort. Sa grand-mère se pencha vers elle et se mit à chuchoter comme si quelqu'un pouvait les entendre :

– C'est un prénom irlandais. Je suis donc à moitié irlandaise, même si j'ignore tout de ce peuple et que je n'ai jamais mis les pieds sur cette île.

– Maman sait tout cela ? demanda Gwen, un peu inquiète.

Nicolette fronça les sourcils et pointa vers elle un doigt qui la défiait d'évoquer à nouveau Manon.

– Oui, mais elle a décidé que cette histoire ne présentait pas d'intérêt.

Elle réalisa qu'elle attendait de sa petite-fille un tout autre comportement.

– En Irlande, en 1845, il y a eu une terrible famine qui a contraint beaucoup d'Irlandais à l'exil. Dairine était très douée pour la dentelle, elle est donc venue en France et est devenue la couturière attitrée d'une riche Anglaise qui avait épousé un Français, un Breton... (Elle marqua une pause et s'humecta les lèvres avant de bien choisir ses mots.) Cet homme s'appelait Frédéric Le Guen...

– Oh ! Comme...

– Oui.

L'émotion s'empara soudain de Nicolette. Ses épaules et son menton s'affaissèrent, ses lèvres tremblèrent, mais elle se reprit vite et poursuivit son récit en omettant certains détails qui pouvaient choquer la fillette.

– Pour son malheur, Dairine s'est éprise de cet individu et a succombé à son charme. Elle est tombée enceinte. Frédéric Le Guen ne l'aimait pas... (Elle hésita.) Ce n'était pas le cas de ton père, petite. Je n'ai jamais apprécié Bertrand Le Guen mais il ne s'est pas montré ingrat envers ta mère. Je crois qu'il avait de l'affection pour toi et, jusqu'à son dernier souffle, il a versé un peu d'argent à Manon pour tes soins et ton éducation.

– Mais il ne m'a pas reconnue, déclara Gwen d'une voix rancunière.

– En effet. C'est un… c'était un Le Guen, un notable, et Manon une modeste dentellière, fille de pêcheur…

Gwen ne répondit pas et Nicolette enchaîna :

– Frédéric était bien différent de Bertrand. Quand Dairine lui a annoncé qu'elle attendait un enfant, il a pris peur pour sa réputation et son nom : il l'a tuée, avoua-t-elle brutalement.

– Tuée ! répéta Gwen, épouvantée.

– Pas directement, il a sans doute payé quelqu'un pour le faire. À vrai dire, il a commis une grosse erreur : j'étais née quand Dairine a trouvé la mort, mais il l'ignorait car la grossesse de ma mère n'avait pas été apparente, elle était restée très mince. Elle m'avait mise en nourrice dans un village près de Saint-Malo, sans le révéler à mon père qui a cru se débarrasser de moi en même temps que de sa maîtresse.

– Qui a assassiné Dairine ?

– Je ne sais pas exactement… C'était sur l'ordre de Frédéric Le Guen. Ma mère se doutait que son amant devenait dangereux, elle avait peur pour elle et surtout pour moi. Elle a été bien avisée de cacher ma naissance. Frédéric s'est imaginé faire disparaître toute trace de son crime mais je suis toujours là.

– Et tu veux venger ta mère ? Comment as-tu appris tout cela puisque Dairine est décédée alors que tu n'étais qu'un bébé ?

Nicolette considéra sa petite-fille avec admiration.

– Comme tu es intelligente ! Je suis sûre d'avoir trouvé une alliée en toi. Pour répondre à ta question, Dairine a laissé un journal intime dont je n'ai pris connaissance que bien plus tard. La nourrice, Anne Guyader, m'a élevée comme sa fille car elle avait perdu son unique enfant à peine né et c'est ce qui l'avait amenée à m'allaiter. C'est ainsi que j'ai pris le nom de Guyader puis de Kerrien en me mariant alors que j'aurais dû m'appeler O'Shea... ou plutôt Le Guen.

Ce constat perturba Gwen qui pensait à Nelson. Elle voulait tout savoir, tout comprendre de cette histoire qui la touchait au plus près.

– Et la malédiction ?

Le sourire de Nicolette fut mâtiné de satisfaction : sa petite-fille était de sa trempe, elle oserait accomplir ce que ni Manon ni elle n'avaient réussi à faire aboutir.

– Frédéric a eu un fils avec son Anglaise. Il se trouve que... (La phrase si difficile à confesser arrêtait les mots sur les lèvres de Nicolette qui avait honte.) Eh bien, j'ai eu une liaison avec lui... Je suis tombée amoureuse, comme Dairine de Frédéric.

Gwen devint toute rouge.

– Je te scandalise ?

– Un peu, reconnut-elle.

– Je me suis égarée comme Manon... Je n'y vois pas un hasard mais une malédiction. J'ai fauté.

– Mais non, grand-mère, déclara Gwen, bouleversée.

– J'en suis certaine. Inutile de s'appesantir sur mes péchés, le mal est fait. Après moi, Manon est tombée dans les bras de Bertrand... Tu commences à saisir ?

– C'est étrange, oui.

– Ce n'est pas étrange : il s'agit d'une malédiction qui touche nos deux familles.

Gwen se mit à réfléchir : il y avait plus que cela, mais elle ne parvenait pas à démêler l'écheveau tragique que la confession de sa grand-mère avait fait naître. Puis, l'évidence, horrible, s'imposa soudain à elle :

– Tu veux dire que des histoires d'amour se sont perpétuées entre demi-frères et demi-sœurs ?

Gwen n'avait jamais entendu prononcer le terme « consanguinité », mais elle n'imaginait que trop bien ce que cette sombre histoire impliquait pour plusieurs générations de Guyader, de Kerrien et de Le Guen.

La dernière fois que Nicolette pénétra dans une église fut le jour où on y célébra les funérailles de Loïc dont le corps lui avait été rendu. Après l'enterrement, elle se jura de ne plus se rendre à la messe. Presque toutes les familles françaises avaient à déplorer la perte d'un père, d'un frère, d'un fils, et les survivants réagissaient *a contrario* de Nicolette : plus que jamais, ils hantaient les lieux saints afin d'y puiser du réconfort. Même avant la guerre, la mortalité était importante en Bretagne et l'espérance de vie plus basse que dans d'autres régions ; la faute à l'absence d'hygiène, à une alimentation déséquilibrée, aux ravages de l'alcoolisme, aux maladies que toutes ces causes engendraient ; en particulier la tuberculose, mais aussi la variole, le choléra, la typhoïde ou encore la dysenterie, sans compter les accidents dans les milieux agricoles, ouvriers ou maritimes. C'est pourquoi les croyances et superstitions étaient plus ancrées dans les esprits bretons que dans ceux de la majorité des Français. Cela expliquait aussi le fatalisme qui entourait la mort, les proches du défunt se réfugiant dans la piété.

En dépit de sa résolution de déserter l'église, Nicolette accomplit les rites funéraires qui accompagnaient la cérémonie, du moins une partie puisqu'il n'y eut pas de toilette ni de veillée. Elle disposa des draps blancs dans la chambre de Loïc comme s'il reposait sur son lit, elle alluma des cierges et mit du buis du dimanche des Rameaux dans le bénitier. L'horloge fut arrêtée, les miroirs voilés. Elle ouvrit la fenêtre afin que l'âme de son fils pût s'envoler et elle n'oublia pas de préparer un bol de lait pour qu'il lui fût possible de se désaltérer. Tout cela s'effectua en l'absence du corps du défunt, comme c'était le cas lors des naufrages, quand l'océan avait gardé à jamais ses victimes. Cependant, Nicolette refusa d'égrener son chapelet pendant des heures en psalmodiant des prières et des cantiques, formulant son propre hommage silencieux que ni Manon ni Gwen ne cherchèrent à comprendre. Chacune d'entre elles réagissait à sa façon à ce drame, la première sans discrétion, la seconde avec plus de réserve.

Nicolette se montra très digne en suivant le convoi mortuaire, un char à bancs tiré par des bœufs sur lesquels pavoisaient des draps blancs. Il y eut des personnes pour dire qu'elle semblait même curieusement détachée, presque indifférente. À l'avant du cortège, le sonneur agitait sa clochette dans le silence à peine troublé par quelques murmures et des sanglots étouffés. Tout le monde stoppait dès qu'une croix se profilait sur le chemin afin de réciter un *De profondis*. Il en existait tant en Bretagne que la procession était toujours retardée, sous un soleil bien trop généreux pour cette douleur qui réclamait l'ombre. La messe, l'absoute en latin, puis l'inhumation au sein du cimetière cernant l'église furent interminables. La tombe était simple, en pleine terre, surmontée d'une croix en bois. Les gens offrirent de nombreuses offrandes malgré leur pauvreté encore accrue par la guerre : on aurait dit qu'ils voulaient s'acheter un sort plus enviable que celui des Kerrien. Tout le monde nota que Sophie Le Guen ne s'était pas déplacée et sa désertion fit jaser, bien qu'on en ignorât la raison. D'ordinaire, les participants se retrouvaient pour une halte rafraîchissante au cabaret ou un repas copieux dans la famille du défunt, mais Nicolette n'avait rien prévu. L'assemblée, composée de femmes, d'enfants, de vieux et d'invalides, se clairsema rapidement, non sans manifester sa réticence face à une telle offense aux traditions. En revanche, Nicolette, si elle s'était juré de ne plus entrer dans une église, avait promis à son fils disparu d'entretenir sa sépulture avec soin et de veiller à ce que son culte fût respecté en venant s'y recueillir souvent.

Le pays entier traversait une période très dure. Dans les tranchées, la mort fauchait les soldats avec une régularité sans pitié. Pourtant, un espoir ténu se dessinait : tout le monde, même les gradés, en avait assez de ce conflit sans fin et aspirait à son terme, que la défaite affectât un clan ou un autre. La désillusion touchait jusqu'aux plus hautes instances de la République et les crises ministérielles se succédaient, cabinet Briand, Ribot, puis Painlevé, et, enfin, se distingua un fort tempérament de vainqueur qui mènerait la France à la victoire dans un bain de sang : Georges Clemenceau dit « le Tigre ».

Après le choc provoqué par la mort de son frère, Manon reprenait peu à peu goût à la vie. Elle lisait avec avidité les nouvelles dans le journal, s'intéressant en particulier au destin fascinant de Mata Hari qui fut fusillée cette année-là dans les fossés de Vincennes. Étrangement, chez Roger, la perte de son fils n'eut pas l'effet redouté ; au lieu de sombrer à nouveau dans l'alcool, il prit la résolution d'arrêter de boire. Si cette annonce fut saluée par un silence indifférent de la part de Nicolette qui n'y croyait plus, force fut de constater qu'il n'avait pas parlé au hasard. Depuis des mois, il s'abstenait de toucher à une bouteille de vin. Les premières semaines, le sevrage fut ardu puis, le temps passant, il redevint l'homme d'avant : bourru, taciturne, parfois injuste, mais travailleur et volontaire. Au moins, l'argent ne faisait plus défaut, ce qui était une aubaine en ces temps où la chandelle avait remplacé le pétrole et où la grippe espagnole commençait ses ravages et allait susciter plus de morts que la guerre elle-même, s'attaquant aux anciens soldats affaiblis comme aux civils.

En cette fin d'été 1918, Gwen cherchait des crevettes et des palourdes sur la plage de Cancale. Depuis la confession de sa grand-mère, la jeune fille avait changé : plus solitaire que jamais, elle semblait occuper son temps à étudier et à se promener dans la campagne bretonne, délaissant le littoral trop peuplé. Si elle errait sur le sable aujourd'hui, c'était dans le but d'y trouver les crustacés que Nicolette revendrait sur le marché. D'autres femmes et enfants pratiquaient cette pêche à pied, parmi lesquels la mère Jocelyne dont on disait qu'elle avait accouché sur les rochers, vingt ans plus tôt, de son treizième enfant, avant de reprendre sa quête en laissant le nourrisson sur la grève, en parfaite santé. Celui-ci venait d'être tué, ainsi que sept de ses frères tout au long de la guerre.

Tout en vaquant à sa tâche, Gwen pensait à Nelson. Après l'avoir haï, il lui manquait. Elle avait envie de le revoir, à présent que Viviane s'était détournée d'elle, s'intéressant aux garçons avec la même précocité que sa mère. À plusieurs reprises, Nelson avait cherché à communiquer avec elle par l'intermédiaire de messages qu'il lui faisait parvenir grâce à un valet d'écurie qu'il avait réussi à soudoyer, mais Gwen les avait renvoyés sans les lire. Nelson sortait rarement de son domaine, d'autant plus que son père était mort, comme si Sophie craignait qu'un pas hors du parc du Tremblay le foudroyât sur place ; Gwen ne le croisait jamais. Une seule fois, très tôt le matin dans les rues de Cancale, alors que les femmes de pêcheurs proposaient poisson, coquillages et crustacés, un panier au bras ou armées d'une charrette tirée par un âne, elle l'avait aperçu avec sa mère, sur le trottoir, marchant d'un pas vif vers une destination inconnue ; elle n'avait pas cherché à le suivre. À partir de ce jour, l'image et le regret de Nelson ne la quittèrent plus. Il n'était pas responsable de ce qui était arrivé. Il pouvait rester son ami. Elle souhaitait renouer avec lui. N'ayant pas répondu à ses courriers, elle devait faire le premier pas.

Les choses se précipitèrent quelques semaines plus tard quand la jeune fille apprit que Sophie Le Guen était malade : de la fièvre, des difficultés à respirer, une grande fatigue, une toux chronique, les symptômes de la grippe qui taisait son nom. En effet, elle avait commencé à se manifester en Espagne, touchant la famille royale, d'où le patronyme dont on l'avait affublée. Les journaux français évoquaient donc le lieu géographique où elle sévissait en oubliant de préciser qu'il s'étendait et avait passé la frontière, occasionnant ses premières victimes en France, pour ne pas dévoiler la faiblesse de l'armée alliée. Le virus se propageait peu à peu dans le monde entier où il allait faire des millions de victimes. Les jeunes adultes devenaient des victimes privilégiées en raison de leurs déplacements plus fréquents que les personnes âgées, et des conditions d'hygiène inexistantes que les poilus enduraient dans les tranchées. La moitié de la population mondiale se verrait vite contaminée.

Lorsque Gwen comprit que l'état de la mère de Nelson était préoccupant, elle oublia ses rancœurs à l'encontre de cette femme pour n'écouter que la compassion qu'elle ressentait envers son ami qui allait peut-être se retrouver orphelin. Se gardant d'en parler à Nicolette, elle entreprit de se rendre au domaine du Tremblay où elle espérait pouvoir parler à Nelson, lui donner enfin toute la mesure de son affection. Habituée à marcher, la distance ne la rebutait pas. Le trou dans la clôture avait été réparé mais la fillette s'était munie d'un outil capable de couper le grillage. Elle se faufila sans mal dans le parc. Une bouffée de nostalgie la maintint quelques secondes pétrifiée, sans force pour affronter les retrouvailles qu'elle appelait et redoutait à la fois. Elle se reprit vite et avança dans la forêt, aussi discrète qu'un chat. La façade du château apparut bientôt dans la lumière éclatante de l'après-midi. Un si bel endroit qui abritait le souvenir d'une tragédie inique, enracinée dans les secrets de famille et les drames du passé.

Gwen hésita, elle n'avait pas préparé son escapade. Un domestique pouvait la surprendre et la chasser, même s'il savait qui elle était. Nelson lui avait déjà montré la fenêtre de sa chambre, ainsi que celle de ses parents. Elle ignorait cependant où il se trouvait, peut-être auprès du précepteur dont la présence l'isolait encore un peu plus du monde extérieur ?

Tandis qu'elle réfléchissait, Gwen eut la surprise de voir le garçon sortir sur le perron comme s'il avait perçu sa venue. Hélas, il n'était pas seul, un homme l'accompagnait, des cahiers sous le bras. Ils approchaient du lieu où elle s'était réfugiée et elle entendit l'inconnu évoquer les noms des plantes, des fleurs, des arbres : il s'agissait donc de l'individu qui donnait des cours à Nelson, la botanique étant au programme du jour à l'occasion d'une promenade dans le jardin. Inespéré qu'il fût là, tout près, mais comment se débarrasser du professeur ? Le monsieur à la barbe broussailleuse arborait un air las qui laissa penser à la fillette qu'il n'accordait pas davantage d'intérêt à son sacerdoce que Nelson à son débit traînant. Une légère claudication expliquait qu'il ne fût pas en train de se battre. Il ne mesurait pas sa chance. Gwen eut une pensée furtive pour Loïc qu'elle n'avait pas assez connu pour le pleurer avec la même sincérité que Manon, alors que les yeux secs de Nicolette indignaient sa fille. À ses questions, elle avait répondu que la mort de Loïc était inéluctable, ce qui avait été le prétexte d'une nouvelle dispute entre les deux femmes. Manon avait déclaré qu'elle regagnerait Paris dès l'armistice que tout le monde attendait.

Constatant combien l'esprit de Nelson n'était pas orienté vers les plantes, Gwen tenta de lui signaler sa présence. Il ne tarda pas à la remarquer et elle s'empressa de mettre un doigt devant sa bouche afin qu'il ne la trahît pas. Bien que le garçon eût sursauté, son précepteur n'avait rien deviné d'anormal et poursuivait son monologue. Nelson hochait la tête de temps en temps mais il était ailleurs, à la recherche d'un stratagème pour parler à Gwen sans que l'adulte le vît. Tout à coup, il interrompit ce qui s'apparentait à une récitation :

– J'ai envie de faire pipi, je reviens…

Avant que le maître pût réagir, l'élève avait filé dans les bois. Surpris mais plutôt content de ce répit, le précepteur entreprit de se remémorer la nuit qu'il avait passée avec Louisette, une des servantes de la maison au fort tempérament, tandis que le garçon rejoignait Gwen au sein de la forêt.

Ils se faisaient face, aussi intimidés l'un que l'autre.

– Comment va ta mère ? se crut obligée de demander Gwen.

– Pas très bien, avoua Nelson en s'efforçant de refouler ses larmes.

Et il tomba dans les bras de sa seule amie.

– Je suis désolée pour toi, c'est si grave ?

– On ne me dit rien mais j'entends les domestiques… C'est la grippe espagnole. Du coup, ils sont presque tous rentrés chez eux par peur de la contagion.

Gwen espérait que Sophie s'en sortirait, sans quoi Nelson n'aurait plus ni père ni mère. Cependant, elle n'avait pas très envie d'évoquer cette femme, d'autant moins qu'ils ne pouvaient pas bavarder pendant des heures.

– Je suis venue parce que je ne suis plus fâchée contre toi. Je voulais m'excuser de n'avoir jamais lu tes messages.

– Tu étais si furieuse ?

Quelques années seulement les séparaient mais, par bien des côtés, Nelson se révélait beaucoup moins mûr que Gwen, en raison de la manière dont l'élevait Sophie. L'adolescente soupira :

– As-tu saisi nos liens de sang ?

Il la considéra de longues secondes en silence puis, dans un souffle, murmura, tout ému :

– Tu veux dire qu'on va se marier ?

La voix du professeur appelant Nelson résonna dans le parc. Gwen hésita. Il n'avait rien compris, mais elle n'avait pas le temps suffisant pour lui expliquer en quoi consistait leur histoire, si prenante et complexe.

– Écoute, nous nous reverrons. Mais, Nelson, n'espère pas m'épouser, c'est impossible.

– Pourquoi ?

– Je suis promise à un autre, dit Gwen, soudain. Au revoir, Nelson, à bientôt !

Il semblait si désemparé qu'elle se retourna plusieurs fois pour lui adresser des signes affectueux tandis qu'elle courait vers la clôture. Quand la silhouette de Nelson s'estompa puis disparut, Gwen ralentit sa course et se laissa tomber contre le tronc d'un chêne aux racines apparentes, semblables à des tentacules voulant l'emprisonner. Quelle force maléfique hantait ces lieux qu'elle éprouvait au plus profond d'elle-même ? Sa grand-mère désirait qu'elle reprît le flambeau de la vengeance, mais pas davantage que sa mère, elle ne se sentait concernée. « Je dois vivre comme les jeunes filles de mon âge, bien travailler à l'école, trouver un métier, me marier et avoir des enfants. Oui, c'est ainsi que cela doit être. » Elle allait trouver la force de laisser Nelson à la place qui avait été la sienne depuis sa naissance et que nul ne lui contesterait désormais : celle d'unique héritier du domaine du Tremblay, sur les terres mêmes où son arrière-grand-père avait fait assassiner Dairine O'Shea.

Morgane

1920-1939

Un mariage breton

– GWEN EST BIEN TROP JEUNE ! s'écria Nicolette.

– Je suis d'accord avec toi, mais c'est elle qui l'a voulu, personne ne l'a forcée, répondit Manon qui avait l'impression de répéter le même argument depuis des semaines.

Se souvenant de la décision sans appel de sa petite-fille, et avec quel ton elle l'avait formulée, Nicolette ressentit, non sans amertume, le peu de poids de son grand âge.

Les temps avaient changé après la guerre, enfin terminée depuis plus de deux ans. Les jeunes gens respectaient moins leurs aînés, peut-être parce qu'ils avaient pris conscience de la précarité de la vie et combien il était essentiel d'en profiter avant que deux pays, sous un prétexte fallacieux, ne divisent à nouveau les peuples et n'ensanglantent une fois de plus le monde, les privant de leurs meilleures années… Le cas de Gwen ne relevait pas d'un traumatisme dû à la guerre durant laquelle elle avait perdu son oncle. Il fallait bien reconnaître qu'elle n'était guère proche de Loïc. Alors pourquoi cette union, à quinze ans seulement, avec un garçon de vingt-deux ans, certes honnête et visiblement épris, mais simple pêcheur ? Non que Nicolette ou Manon se fît des illusions : Gwen n'aurait pas pu espérer s'unir à un notable. La maîtresse d'école regrettait qu'elle ne poursuivît pas ses études, tant elle était douée dans toutes les matières ; elle possédait les aptitudes pour devenir institutrice comme elle. Au lieu de quoi, elle convolait bien avant sa majorité et parlait déjà de fonder une famille nombreuse. Nicolette et Manon ruminaient leur déception. Certes, Gwen avait affirmé qu'elle serait dentellière, comme toutes les femmes de sa lignée. S'il s'agissait d'un métier créatif et intéressant, il ne pouvait soutenir la comparaison avec celui, bien plus flatteur, d'enseignante.

Une phrase avait frappé Nicolette quand Gwen lui avait appris ses futures fiançailles d'un ton sans réplique, une phrase qui avait aussi marqué Manon, revenue en Bretagne pour l'occasion :

– Je veux avoir une vie normale.

Les deux femmes n'avaient pas cherché à en savoir plus car elles devinaient ce que la jeune fille cherchait à leur démontrer. Elle refusait de succomber, comme sa grand-mère puis sa mère, au charme d'un homme puissant et nuisible. Avec Hubert Forget, elle était certaine d'avoir trouvé celui qui ne la ferait jamais souffrir. Il n'y avait pas l'ombre d'un mystère ou d'une malice chez ce garçon courageux et placide.

– Un peu bovin, non ? émit Manon qui ne pouvait s'empêcher de le comparer aux Parisiens qu'elle côtoyait tous les jours.

– Veux-tu bien te taire ! s'écria Nicolette, vexée pour sa petite-fille.

– Quand même, plaida Manon, il n'a aucune fantaisie.

Si Nicolette regrettait le choix de Gwen, elle ne comprenait pas pour autant l'évolution de sa fille. Les deux l'avaient déçue en reniant le but de son existence : la vengeance à l'encontre des Le Guen qui avaient détruit sa vie, même si Gwen avait été préservée jusqu'à présent. « Elle n'y échappera pas, la malheureuse, songea-t-elle. Si elle s'imagine que ce mariage la sauvera du déshonneur. »

Gwen avait été choisie, elle qu'on considérait comme une bâtarde. La nuit qui avait précédé le 1er mai, Hubert Forget avait accroché à la porte des Kerrien une branche d'aubépine qui attestait de son inclination pour la jeune fille de la maison. Non qu'il eût l'occasion de bien connaître Gwen au préalable car elle sortait assez peu, concentrée sur ses études et l'apprentissage du savoir de sa grand-mère, dans les soins médicaux ainsi que l'art de la dentelle. On la voyait rarement à présent lors des fêtes de campagne, des veillées, des moissons ; elle faisait une exception durant les cérémonies religieuses afin de pallier l'absence de Nicolette qui était un nouveau motif de scandale. Jamais sa mère ou sa grand-mère ne lui auraient imposé un promis. Gwen savait à présent que Manon avait pris sa destinée en main et qu'elle ne reviendrait jamais de façon définitive à Cancale, sauf si elle y était obligée. Depuis qu'elle connaissait le secret des Guyader et des Le Guen, elle comprenait mieux la fuite déguisée de Manon, en partie pour échapper au fardeau que sa propre mère faisait peser sur ses épaules.

Une nuit, quelques jours après celle où elle avait découvert l'aubépine, Gwen ne dormit pas. À peine un rayon de lumière perça-t-il l'horizon qu'elle était debout, sa décision prise : elle se marierait avec Hubert Forget. Cette union était un moyen détourné pour acquérir son autonomie et échapper à l'obsession de Nicolette, tout en empêchant la malédiction de la jeter dans les bras de Nelson.

Les Forget, pêcheurs de père en fils, ne furent pas ravis du choix du jeune homme ; ils s'efforcèrent de ne pas le montrer car le garçon était prêt à aller à l'encontre du désir des siens pour convoler avec l'élue de son cœur. Les parents d'Hubert rencontrèrent donc Nicolette et Roger, puisque Manon vivait à Paris, afin de débattre des enjeux et des préparatifs des épousailles. Son oncle n'étant plus de ce monde, la dot de Gwen se révélait plus importante que prévu, ce qui rassura dans un premier temps Félicie et Albert Forget. La jeune fille souhaitait se marier assez vite. Une force étrange la guidait comme si, à dater du jour où elle porterait une alliance, elle surmonterait tous les coups du sort. Cette union constituait à ses yeux une protection. Elle ne se leurrait pas : ses sentiments envers Hubert relevaient plus de la gratitude et de la tendresse que de la passion. Elle se doutait toutefois qu'il serait un bon mari. Sa nature peu expansive lui plaisait. De taille moyenne, doté d'une grande force qui lui faisait entreprendre des tâches que d'autres, plus chétifs, n'étaient pas capables d'assumer, travailleur, très investi dans l'organisation de son mariage, Hubert Forget ne faisait pourtant pas l'unanimité parmi les jeunes filles du coin. C'était peut-être pour cette raison qu'il avait jeté son dévolu sur Gwen dont la naissance et la réputation éloignaient les prétendants. Il était surtout submergé par une émotion qui le dépassait face à la beauté de Gwen, et d'emblée il avait fait sa demande de peur que quelqu'un de plus séduisant la lui ravît.

Manon ne revint pas pour le repas de fiançailles qui réunit les deux familles ; elle promit d'être présente lors du mariage. Ce dernier eut lieu un mardi ; c'était la coutume car les réjouissances s'étendaient sur plusieurs jours, le vendredi et le samedi étant traditionnellement réservés au rangement, tant il y avait d'animation et de désordre durant ces cérémonies qui rassemblaient beaucoup de monde.

Gwen Kerrien et Hubert Forget s'unirent en avril de l'année 1920, suffisamment de temps après le décès de Loïc pour que les conventions liées au deuil fussent respectées. Presque toute la communauté de pêcheurs de Cancale était invitée. Gwen s'abstint d'envoyer un faire-part à Nelson dont la mère avait survécu à la grippe espagnole mais restait très affaiblie. À treize ans, le garçon semblait avoir pour seule utilité de servir de compagnie à Sophie Le Guen. On ne les voyait presque jamais dans le village ; les domestiques jasaient sur la situation financière laborieuse du domaine. Depuis la mort de Bertrand, les choses s'étaient encore dégradées car Sophie ignorait de quelle manière gérer les terres. Par lassitude, elle faisait confiance au régisseur pour engranger des bénéfices et celui-ci la volait sans vergogne. Le père Aristide avait bien tenté de réveiller l'intérêt de la jeune femme, elle qui avait tant misé sur son atelier de dentelle avec succès ; il réalisa très vite combien elle avait besoin d'être ménagée plutôt que stimulée. Le curé hasarda toutefois que Sophie pouvait se marier à nouveau. Elle était jeune encore, et de nombreux hommes, veufs comme elle, seraient prêts à la courtiser et à redonner son lustre au manoir négligé. Elle se récria avec une telle horreur, comme si on lui faisait une proposition malhonnête, retrouvant tout à coup une étincelle de vie, que l'homme de Dieu, gêné, n'insista pas. Le médecin consulté parla de neurasthénie et lui prescrivit des calmants qui engourdirent encore plus son esprit et son corps. Nelson, trop jeune pour succéder à son père défunt, assistait au désastre sans pouvoir intervenir.

À l'aube de l'adolescence, à la fois plus fragile et plus mûr qu'un garçon du même âge en raison de son étrange éducation, Nelson souffrait pour sa mère dont l'état de santé le préoccupait. Il endurait aussi mille tourments de savoir Gwen, sa seule amie, promise à un autre. Bien sûr, il était plus jeune qu'elle ; quelques années comptaient-elles dans un mariage, au détriment de l'époux, fait rarissime ? Bien sûr, ils appartenaient à des milieux différents, toutefois celui de Nelson paraissait dégénéré : dès lors, quelle importance que le peuple se mêlât à la bourgeoisie, du moment que l'amour était bien présent ? Pourquoi Gwen ne l'avait-elle pas attendu ? Ne serait-ce que trois ans et il aurait pu demander sa main sans se rendre ridicule. Cet Hubert Forget n'était pas digne de sa Gwen.

Ce matin d'avril, Nelson résolut de ne pas quitter son lit et, malgré son emprise sur son fils, Sophie ne parvint pas à le faire changer d'avis. Elle savait la cause de ce comportement absurde. Il était obsédé par cette fille, comme Bertrand l'avait été un temps par la mère, comme le père de Bertrand, aveuglé par ses sens, s'était épris de Nicolette, comme le grand-père de Bertrand, égaré par la beauté de Dairine... Sophie n'ignorait rien de cette histoire dantesque puisqu'elle avait trouvé le carnet que l'Irlandaise avait rédigé avant sa mort, dissimulé entre deux poutres du manoir, au grenier. Elle l'avait parcouru plusieurs fois, prenant la jeune fille en pitié. Devait-elle aujourd'hui le faire lire à son fils afin qu'il comprît enfin combien il était inutile de s'illusionner ? Si un jour Nelson et Gwen étaient réunis, ce serait à cause de cette malédiction fatale qui liait depuis plusieurs générations les femmes O'Shea ou Guyader aux hommes Le Guen, rien qui ressemblât à un amour pur, tel que l'esprit innocent de l'enfant se le représentait.

Un homme jouant du biniou précédait le cortège qui se rendait à pied à l'église. La cérémonie religieuse avait toujours lieu à 10 heures. Gwen avait craint que le curé refusât de la marier à cet horaire honorable, les unions hâtivement consommées se voyant dotées d'une messe basse, explicite et peu glorieuse, à 8 ou 9 heures, mais le père Aristide se montra charitable, peut-être par égard envers les Forget qui n'avaient rien à se reprocher. Gwen se sentait très intimidée, elle n'avait pas l'habitude que l'attention se portât ainsi sur elle, même si elle lisait de la bienveillance dans la plupart des regards. Cette union lui rendait sa dignité, son honneur, sa légitimité. Qu'un homme aussi sérieux qu'Hubert s'intéressât à elle au point de l'épouser prouvait au village qu'elle était une jeune fille respectable. Dès lors, les histoires anciennes étaient oubliées en dépit de la silhouette de la mère de la mariée qui ne passait pas inaperçue et provoquait bien des commentaires. Gwen aurait préféré un peu plus de discrétion de la part de Manon qui arborait une robe outrageusement courte, du moins selon l'opinion des Cancalais.

– Pffff ! avait persiflé Manon face à la réprobation conjointe de sa mère et de sa fille, le père se contentant de grommeler des mots inaudibles avant de claquer la porte de la longère. J'ai fait un effort, je vous assure ! Les femmes, à Paris, sont bien plus modernes.

– Tu veux dire plus vulgaires, rétorqua Nicolette, sidérée par l'accoutrement de Manon.

– Qu'est-ce que tu croyais ? Que j'allais me déguiser en Bretonne ?

Vexée, Nicolette pinça les lèvres.

– Tu vas faire de l'ombre à Gwen le jour de son mariage.

– Mais non, assura Manon d'un ton radouci. Elle est jeune et belle, alors que je décline. Trente-cinq ans déjà, une vieille dame…

Rêveuse, elle ajouta :

– Et pourtant, je n'ai jamais été aussi épanouie ni heureuse de ma vie, tu sais…

Émue soudain et désireuse de le cacher car elle n'approuvait pas la conduite de Manon, sans savoir avec exactitude en quoi elle consistait d'ailleurs puisque cette dernière taisait la vie amoureuse qu'elle menait dans la capitale, Nicolette continua à ronchonner en maniant ses casseroles.

À présent, elle se rendait compte de son erreur ; si Manon attirait les regards, elle n'éclipsait pas du tout sa fille, ravissante dans sa robe et son châle en dentelle confectionnés par ses soins. Elle serrait contre sa poitrine, en un geste plein de modestie, le bouquet de fleurs d'oranger conçu pour l'occasion. À ses côtés, Hubert paraissait gauche ; il n'y avait aucune beauté en lui qui rachetait sa timidité. Ils formaient un couple bien assorti, l'air aussi effarouché l'un que l'autre !

Après la cérémonie, les cloches sonnèrent à toute volée. Gwen fixa sa grand-mère et sourit ; elle se douta qu'elle avait réuni une somme conséquente à donner aux sonneurs afin que tout le village sût que les Kerrien possédaient les moyens d'offrir un beau mariage à leur unique descendante. La coutume voulait que les invités fissent le tour des cafés du bourg, stoppant parfois devant des maisons pour danser afin d'exprimer la joie qu'ils ressentaient : c'était le début des véritables festivités qui s'échelonneraient sur plusieurs jours. Gwen appréhendait ce moment car il ne lui avait pas échappé, lors de noces précédentes auxquelles elle avait assisté, que certains en profitaient pour s'enivrer et provoquer ensuite des bagarres. Puis le gros de la troupe se dirigea vers la maison des Forget où des tables sur tréteaux avaient été dressées dans le jardin, sous un soleil aussi timoré que les nouveaux mariés. Il n'y avait pas loin de mille quatre cents personnes à prendre place, chacune avec sa cuillère de bois sculptée et son couteau. Le repas durerait entre quatre et cinq heures, interminable pour quelqu'un comme Gwen qui attendait son terme avec impatience, tout en redoutant la nuit. Nicolette s'était efforcée de lui expliquer à l'aide de mots choisis en quoi elle consisterait ; la jeune fille n'avait pas compris grand-chose. Manon était donc venue à la rescousse avec un discours si cru que Gwen avait désiré annuler ses épousailles sur-le-champ. Il avait fallu l'intervention de sa grand-mère pour l'en dissuader. Au final, elle n'était pas plus avancée et avait résolu de faire confiance à Hubert.

Bien qu'elle sût qu'il n'était pas invité, Gwen ne put s'empêcher de chercher Nelson parmi l'assemblée qui commençait à boire et à manger, la soupe aux oignons et les cochonnailles arrivant en même temps que le cidre et le vin, apportés par des valets de ferme réquisitionnés pour l'occasion.

Un regret lui étreignit le cœur. Elle savait que, d'un mot, elle aurait pu devenir l'épouse de Nelson et la maîtresse du domaine du Tremblay, en dépit de la haine et de la rancune de Sophie Le Guen. Nelson n'aurait pas flanché face à sa mère. Gwen aurait simplement dû attendre quelques années, qu'il eût l'âge convenable pour convoler. Mais Nelson et Gwen partageaient le même père... Quand bien même le village n'avait pas éventé la liaison entre Manon et Bertrand, ayant débouché sur la naissance de Gwen, cette dernière ne pouvait concevoir sans un sentiment d'horreur l'idée d'épouser son demi-frère. Sans compter qu'en agissant ainsi, elle laissait toute liberté à la malédiction de poursuivre son œuvre. L'âme de Dairine se torturerait encore de cette nouvelle infamie. Oui, sans aucun doute, Gwen avait fait preuve de maturité en épousant Hubert.

Le déjeuner s'achevait avec du far, gâteau typiquement breton à base de pruneaux, accompagné de café et d'eau-de-vie. Une boîte était passée de main en main dans laquelle chacun avait versé pour les mariés une somme correspondant à ses moyens. Déjà les musiciens se préparaient car on danserait jusqu'au dîner qui aurait lieu vers 22 heures.

Comme demoiselle d'honneur, Gwen avait choisi Viviane. Les noces achevées, vers 2 heures du matin, elle l'aida à ôter sa robe et fit en sorte de repousser le noyau d'invités éméchés qui cherchaient à forcer la porte. La jeune fille était censée ingurgiter la soupe au lait, additionnée d'ail, faisant référence aux désillusions, de l'amour, le tout sur fond de chansons paillardes et de remarques grossières. Mais Gwen, pas plus qu'Hubert, ne voulait être traitée ainsi malgré la coutume. Assommée par la fatigue, elle ne désirait plus que s'allonger et plonger dans un profond et durable sommeil, néanmoins elle savait que son mari ne l'entendrait pas ainsi. Viviane réussit à chasser les assaillants qui s'éloignèrent, tout déconfits. Gwen espéra qu'ils allaient enfin les laisser en paix car il n'était pas rare qu'ils tentent de réitérer leur forfait une heure après que le couple se fut couché ; elle ne pourrait pas le supporter !

Revêtue de sa chemise de nuit brodée et enfin seule, Hubert faisant ses ablutions dans la cour, Gwen se glissa entre les draps, dans cette chambre inconnue d'une modeste maison de pêcheur où elle vivrait désormais. Elle s'endormit aussitôt. Quand elle ouvrit les yeux, le soleil était déjà haut dans le ciel et Hubert ronflait à ses côtés. Une nouvelle journée de liesse commençait, un peu plus calme que la précédente. Leurs parents les avaient charitablement laissés dormir. À vrai dire, c'était la première fois de sa vie que Gwen se levait si tard et elle en éprouva un bref sentiment de culpabilité. Aujourd'hui, les proches de la famille mangeraient les restes des repas de la veille. Le lendemain, ce serait au tour des mariés de servir les mets à ceux qui avaient œuvré pour qu'ils aient un beau mariage, une façon de les remercier. Enfin, la vie normale reprendrait avec son lot d'indigestions qui grossiraient la clientèle de Nicolette.

Gwen esquissa le geste de descendre du lit clos, en évitant de faire du bruit afin de ne pas réveiller son mari. Une poigne ferme se referma sur son bras. Étonnée, elle détourna la tête et rencontra le regard étonnamment lucide d'Hubert. Elle rougit tandis qu'il se pressait contre elle.

L'air, au-dehors, sentait l'herbe coupée et les fleurs de pommier. En ce qui concernait l'intérieur de la maison de Nicolette, les relents qui y flottaient relevaient du pur cauchemar pour un odorat aussi délicat que celui de Manon qui rassemblait ses affaires afin de rentrer à Paris.

– C'est pire qu'après la remise de la paie ! s'écria-t-elle en plissant son nez, le visage furibond. Comment peux-tu supporter cela ? demanda-t-elle à l'adresse de sa mère, sans s'inquiéter d'être entendue par les visiteurs.

– Je suis là pour soigner, répondit Nicolette avec patience.

– Les ivrognes, oui !

– Le mariage de Gwen a été le détonateur, mais ce n'est pas la peine d'en vouloir à ces hommes qui se tiennent bien d'habitude. Heureusement qu'ils peuvent se défouler parfois ou ils deviendraient fous…

Frappée par la triste logique de ce raisonnement, Manon se sentit embarrassée dans sa robe trop élégante. Elle fit mine de vérifier ses bagages en silence, tandis que sa mère s'occupait de ses derniers patients. Ils avaient été nombreux à défiler depuis le matin, la plupart souffrant de troubles liés à une prise trop importante d'alcool à laquelle s'ajoutaient des excès alimentaires qui leur occasionnaient maux de ventre et de cœur. Ces malades arrivaient en titubant et il n'était pas rare que l'un d'entre eux se mît à vomir dans le jardin. Certains se plaignaient de douleurs aux intestins et couraient aux toilettes en grimaçant. Dégoûtée, Manon guettait la diligence qui devait l'emmener à la gare pour prendre un train direction Paris et une vie civilisée.

Aspirant à mettre de la distance entre les malades et elle, Manon réunit ses valises et se posta sur le trottoir, en plein vent. Quel réconfort d'offrir son visage à ce souffle salé venu du large ! Si elle ne l'avouait pas, la jeune femme regrettait souvent de devoir vivre si éloignée de la mer. Elle avait acquis une bonne réputation et ses moyens lui permettaient une existence dont elle n'aurait jamais osé rêver, toutefois elle n'était pas assez riche pour se payer des vacances en Normandie, sur la Côte fleurie ou la Côte d'Albâtre, comme le faisait la comtesse de Crotoy. Il ne lui restait comme substitut qu'à revenir sur sa terre natale pour humer un parfum marin mais, face au spectacle répugnant qui se jouait dans la longère de ses parents, elle rêvait d'une suite au *Grand Hôtel* de Cabourg !

En attendant, Manon sortit un vieux numéro de la revue de mode *Femina*. Un article vantant la guipure d'Irlande la fascinait, elle n'arrêtait pas de le lire, peut-être pour se rassurer. On y admirait des jabots, des cols, des corsages, des robes, ces vêtements symboliques de l'époque d'avant 1914. Maintenant, la dentelle s'étendait aussi aux habits pour enfants en se parant de moins de perfection, à force de s'être démocratisée. Elle avait perdu de son prestige en se vulgarisant.

Manon ne crochetait plus. Elle était vendeuse au sein du magasin *Suzy*, boulevard Malesherbes. Son travail lui apportait toute satisfaction. Elle n'était plus exploitée comme du temps de sa jeunesse, quand elle maniait le crochet durant de longues journées, en ayant peur de devenir aveugle, terrassée par l'épuisement le soir. À présent, elle conseillait une clientèle distinguée, exigeante, sur le choix d'un vêtement ou d'un accessoire, en véritable irlande bien entendu, recommandant bien à ses clientes de ne pas se laisser abuser par une quelconque imitation. La maison, qui appartenait au mari de la comtesse, proposait aussi de transformer et de réparer la dentelle. Il existait plusieurs boutiques de ce type à Marseille, Bruxelles, Lille, Bordeaux, Lyon et même Londres, mais Manon ne désirait pas quitter l'animation de la capitale. Elle ne parlait pas anglais et avait décliné avec tact l'offre de son employeuse qui lui proposait un poste dans la capitale anglaise, arguant qu'une Française comme elle, encore jolie et dotée d'une solide expérience de la dentelle, pouvait faire fureur là-bas. Elle avait osé beaucoup de choses dans sa vie, elle s'était lancé pas mal de défis ; quitter son sol natal continuait à lui inspirer de la peur.

« Aller en Grande-Bretagne, se rapprocher de l'Irlande, de la terre où est née Dairine, où vit encore sa famille… qui est une branche de la nôtre… Jamais ! »

Le carnet noir

Le jour où Nelson eut quinze ans, il se passa deux événements majeurs. L'un n'était pas censé le toucher mais, quand il l'apprit, il se sentit si ému et si triste qu'il pensa : « Malgré mon âge et la vie qui s'étend, vierge, devant moi, je sais à cet instant que je ne réussirai jamais à l'oublier. » L'autre fut directement lié à son existence et en dévia le cours d'une façon brutale, comme un impitoyable démenti à ce qu'il avait ressenti à l'annonce du premier.

Tout prouvait que Gwen avait agi avec sagesse en se mariant. Et pourtant, Nelson ne pouvait s'empêcher d'espérer qu'un jour elle serait à lui. Il vivait à l'écart de tout, ne sachant presque rien du monde qui l'entourait, un peu comme un prisonnier qui aurait des nouvelles de l'extérieur par son geôlier, en la personne de Louisette au Tremblay.

Le matin du jour où Nelson entra dans sa quinzième année, il entendit dire que Gwen Forget avait accouché d'une fille prénommée Morgane. Retenant ses larmes, il se réfugia sous les combles du château où il pleura longtemps. Puis, désœuvré, il se mit à fouiller dans les vieux meubles et les malles qu'on avait mis au rebut au grenier. Il y dénicha un carnet noir élimé dont il tourna les pages avec ennui, certain qu'il s'agissait d'un cahier de brouillon. L'écriture, en langue anglaise, à l'encre noire, était laborieuse, tremblante, semblable à celle d'une écolière. Cela ne ressemblait pas à des feuillets sur lesquels un élève aurait résolu des calculs ou recopié des vers. Nelson se mit à lire au hasard :

Je n'ai pas pu écrire pendant plusieurs jours, trop de travail. Les choses ne se sont pas arrangées, Frédéric me fait de plus en plus peur. Je cache ce carnet entre deux poutres de ma chambre quand je m'absente, c'est-à-dire toute la journée puisque je commence tôt et finis tard mon service. Ce serait une catastrophe s'il tombait dessus et je le crois capable de fouiller ma chambre. Je devrais être flattée d'inspirer un tel désir mais c'est un désir que je ne partage pas, c'est aussi celui du riche pour le pauvre, du puissant pour le faible, et tout cela me terrorise. Dans ma prochaine lettre à Melinda, je suis résolue cette fois-ci à la supplier de rentrer en Irlande. Je sais que c'est dommage parce que mes gages aident bien ma famille, mais je n'en peux plus. Comment je vais être accueillie là-bas avec un bébé ? C'est ma hantise. Mon père va me tuer. Où que je me tourne, je ne trouve que désolation et danger.

Le cœur de Nelson se mit à battre la chamade. Sous le choc, il eut du mal à respirer. Sa santé ayant toujours été défaillante, il referma le carnet d'un claquement sec comme s'il recelait de quoi le foudroyer, le laisser pour mort là, dans cet endroit qui sentait le moisi et le renfermé.

Qui était cette femme et quels rapports avait-elle entretenus avec sa famille pour la juger avec une telle sévérité ? Elle évoquait un certain Frédéric. Nelson devina qu'il s'agissait de son arrière-grand-père ; son nom figurait sur l'arbre généalogique des Le Guen et son père lui en avait parlé en des termes bien différents de ceux qu'employait cette inconnue. Pour posséder toutes les données de l'histoire, il fallait la lire jusqu'au bout, mais il ne s'en sentait pas le courage. Il devait faire front à tant d'angoisses et d'incertitudes qu'introduire dans sa vie une nouvelle source d'inquiétude lui semblait insurmontable. Il scruta d'un regard hébété le clair-obscur des combles pleins de poussière et de toiles d'araignées. Les rayons du soleil nappaient les lieux d'une tendre lumière qui délimitait chaque objet d'un éclat doré. Dans le silence avoisinant, le jeune homme éprouva plus que jamais la conviction qu'il était seul et le resterait longtemps s'il ne réagissait pas très vite, s'il ne jetait pas toutes ses forces dans le combat pour sortir de sa condition. Ce décor lui semblait le reflet de sa propre inexistence ; à l'image d'un groupe clairsemé de vieilles dames veuves et osseuses dont toutes les conversations tourneraient autour d'un passé révolu. Étrangement, le carnet noir semblait, lui, doté d'une vie propre, au sein de la vaste pièce dédiée à la nostalgie. Nelson eut soudain l'impression que ce cahier demandait à être ouvert et lu de la première à la dernière page. Il le frôla d'un doigt tremblant, en caressa l'épaisse couverture, tourna un feuillet jauni pour commencer l'histoire à son début… Au moins, un fait survenait, l'ennui battait en retraite. Il n'avait pas le droit de laisser passer la chance de rompre la platitude de son quotidien. Nelson eut à nouveau la sensation que le carnet – ou plutôt celle qui l'avait rempli d'une encre noire – lui demandait une faveur, attendait quelque chose de lui. Il allait peut-être enfin se révéler utile, quitter la chrysalide empoisonnée que Sophie avait tissée autour de son fils, lui interdisant toute initiative, toute rébellion, même la simple autonomie d'un garçon qui atteignait aujourd'hui ses quinze ans.

Prenant une profonde aspiration, il posa les yeux sur la première ligne du récit…

– Morgane n'est pas née avec un voile sur la tête, comme toi… Normal, elle n'est pas la fille de Nelson…

– Arrête, grand-mère ! s'écria Gwen, choquée. Cesse de radoter avec ces vieilles légendes...

Elle se rendit compte qu'elle avait manqué de respect à Nicolette mais les obsessions de cette dernière l'exaspéraient, et elle ne s'excusa pas, espérant la faire taire.

– De vieilles légendes ? répéta Nicolette, révoltée. Comment peux-tu parler ainsi ? Décidément, je n'ai pas de chance... Ni ta mère ni toi, vous ne voulez m'aider.

Gwen soupira.

– T'aider à quoi ? À tuer les Le Guen ? Nous avons trouvé la paix toutes les deux et nous sommes heureuses... Pourquoi souhaites-tu faire de nous des meurtrières et nous infliger la guillotine ?

– Il y a d'autres moyens de se venger. On peut tourmenter quelqu'un jusqu'à ce qu'il mette fin à ses jours.

Horrifiée, Gwen recula d'un pas, son bébé dans les bras.

– C'est toi qui me tourmentes, toi seule. Laisse-moi tranquille ! Je ne désire aucun mal à ce pauvre Nelson et je n'aspire qu'à la quiétude avec Hubert.

Nicolette ricana, le visage déformé par une grimace haineuse.

– La paix, la quiétude, tu ne les trouveras pas. Je le sais bien, moi !

La jeune femme jeta un long regard méprisant sur sa grand-mère et sortit en claquant la porte, dégoûtée par les mots de celle qu'elle ne reconnaissait plus. Gwen avait peur ; pour Morgane et elle, pour Nelson surtout, si fragile, incapable de résister aux forces du mal qui semblaient avoir pris possession de Nicolette.

Désormais absorbée par son nourrisson, Gwen était encore moins disposée à écouter Nicolette qu'avant, même si elle regrettait que la situation se fût envenimée à ce point. Les courts cheveux de Morgane arboraient déjà cette teinte cuivrée, identifiable entre toutes. Elle avait troqué les yeux verts de sa mère contre ceux, marron et un peu éteints, de son père ; la jeune femme savait que leur couleur pouvait encore changer et elle espérait secrètement que ce serait le cas. Sa vie conjugale avait donc débouché sur ce magnifique cadeau qu'était Morgane. Pour cette unique raison, elle était heureuse de s'être mariée. Le reste avait peu d'importance. Hubert n'était pas un méchant homme, il la traitait bien, cependant il ne se montrait guère enclin à comprendre et encore moins à contenter ses attentes. Qu'attendait-elle d'ailleurs ? Elle ne parvenait pas vraiment à le définir. Hubert l'avait choisie, elle l'avait accepté afin, comme elle le répétait si souvent à Nicolette, de « trouver la paix ». Sa paix était si royale qu'elle s'ennuyait malgré son travail.

Son époux partait une partie de la journée en mer pêcher la sardine. Il possédait son propre bateau et employait plusieurs marins, signe d'une situation convoitée. Les Forget n'en étaient pas riches pour autant et Gwen devait seconder Hubert. Toutefois, il ne l'avait pas obligée à travailler à la conserverie, comme la plupart de ses voisines. Elle continuait ses ouvrages de dentelle, tâche plus facile qui lui valait quelques inimitiés. Celles qu'on appelait les *penn sardin* œuvraient à la conserverie de mai à novembre et se retrouvaient au chômage le restant de l'année. Leur labeur était cependant si éprouvant que les mois d'inactivité servaient à retaper les ouvrières. Gwen s'était liée d'amitié avec l'une d'entre elles, Caroline Maxance, jeune mariée comme elle, bien que la distançant en âge de quatre ans. Caroline lui avait expliqué que les tonnages devaient être traités dans des délais rapides, si bien que certaines femmes pouvaient travailler jusqu'à quarante-huit heures d'affilée, l'industrie des conserves alimentaires ayant eu recours à des dérogations. L'épuisement favorisait les accidents : une machine avait tranché net l'index de l'ouvrière sur sa main gauche. Elle s'estimait soulagée de n'avoir à déplorer qu'un doigt manquant, un handicap plus grave ayant risqué de la priver d'un salaire dont le couple avait grandement besoin, son époux n'étant pas patron pêcheur comme Hubert.

Gwen marchait d'un pas rapide, pressée de rentrer chez elle afin d'allaiter Morgane. Tout à son projet et à la colère qui ne la quittait pas depuis la scène avec sa grand-mère, elle ne fit pas attention au jeune homme qui s'avançait vers elle et ne s'aperçut de sa présence qu'en trébuchant contre lui.

– Pardon, monsieur, je...

Un petit cri de surprise et de désarroi lui échappa tandis qu'elle s'efforçait de calmer Morgane, secouée par l'incident. Reconnaissant Nelson dans l'individu qu'elle avait heurté, Gwen s'empourpra. Le garçon ne tarda pas à l'imiter. Ils se faisaient face, aussi rouges l'un que l'autre, et Gwen songea que les passants allaient finir par trouver leur attitude bizarre. Elle appliqua un sourire de comédienne sur ses lèvres.

– Comment vas-tu ? Cela fait si longtemps...

– Deux ans et dix mois, proféra Nelson qui ne pouvait détacher les yeux du nourrisson.

– Je te présente Morgane, déclara Gwen en lui montrant le minois adorable de sa fille.

– Elle te ressemble.

– Oui, mais elle a les yeux d'Hubert.

Nelson tressaillit à l'évocation du mari de Gwen. Son expression se durcit. La jeune femme se rendit compte combien il avait du mal à dissimuler ses sentiments. Il avait changé pourtant, grandi surtout, il la dépassait d'une bonne tête, alors qu'il était plus jeune qu'elle. Les muscles peu développés, le teint pâle, le visage fin, les vêtements soignés, il avait l'air d'un poète égaré dans un mauvais lieu.

– Nous sommes tout près de la maison. Veux-tu entrer boire un verre ? proposa Gwen en espérant qu'il refuserait.

Elle aurait tant voulu lui parler mais elle savait que leur conciliabule ferait naître des commentaires peu amènes dont certains risquaient de revenir aux oreilles d'Hubert. Ce dernier n'était pas jaloux, et il n'avait jusqu'à présent aucune raison de l'être, cependant il ignorait tout des liens qui avaient existé entre son épouse et l'héritier du domaine du Tremblay.

– Je ne suis pas là par hasard, expliqua Nelson d'un débit rapide. Je voulais t'apporter cela.

Il désignait un carnet noir que sa main droite portait avec précaution. Gwen ne répondit pas et se contenta de l'interroger du regard. Il poursuivit en lui tendant le cahier d'un mouvement brusque, comme s'il souhaitait s'en débarrasser au plus vite.

– Je l'ai trouvé dans le grenier du manoir. Je ne sais pas si je suis le premier à le lire… J'ai bien peur que ma mère ne l'ait fait avant moi, et c'est peut-être ce qui l'a rendue à moitié folle, en plus du reste… Pour ma part, je n'ai pas pu m'en empêcher. De toute façon, je ne savais pas qu'il te concernait. Ce sont les mémoires de Dairine O'Shea, une de tes ancêtres. J'ai su qu'elle l'était à la fin, quand elle parle de sa fille, Nicolette. Je pense qu'il s'agit de ta grand-mère.

– Oui, confirma Gwen d'une voix blanche.

– Ce carnet appartient à ta famille. J'ai compris beaucoup de choses en le parcourant.

– Comme quoi, par exemple ?

– Eh bien, l'identité du corps retrouvé dans le parc, tu te souviens ? C'est terrible, Gwen, ce qui lie nos deux familles : la mort sous sa forme la plus infâme, l'injustice, le désir de châtiment… Tu dois me détester.

– Non. En quoi es-tu responsable ? Je ne ressemble pas à ma grand-mère qui est hantée par l'idée de vengeance. Elle a failli convertir ma mère qui a fui à Paris pour échapper à cette malédiction.

– Comme toi tu t'es réfugiée dans le mariage. Es-tu heureuse, Gwen ?

La jeune femme tiqua.

– Morgane me comble.

Nelson n'insista pas.

Un groupe de femmes, paniers d'osier remplis de sardines bien en équilibre sur le crâne, frôla le couple, lui lançant des coups d'œil chargés de curiosité. Gwen se sentit aussitôt sur la défensive. Nelson le devina et décida de ne pas s'attarder ; tout était dit, il lui avait remis ce qui lui revenait de droit, il devait à présent se retirer.

– C'est peut-être elle qui se battra pour que justice soit rendue aux Guyader... ou aux O'Shea, je ne sais plus, déclara-t-il en contemplant Morgane qui s'était endormie.

– Je ferai tout pour m'y opposer ! s'exclama Gwen d'un ton farouche en étreignant sa fille.

– Pour sauver qui ? Elle, moi, mes enfants si un jour j'en ai, ce dont je doute ?

Parce qu'elle ne tenait pas à approfondir la question, la jeune femme éluda :

– Bien sûr que tu fonderas une famille comme tout un chacun.

– Je ne suis pas tout un chacun, répliqua Nelson en soulevant son chapeau afin de la saluer dans un geste qui lui sembla bien cérémonieux. Adieu, Gwen, je ne t'importunerai plus. Lis le cahier, je l'ai traduit en français exprès pour toi.

Avant qu'elle eût pu protester, il s'éloigna du même pas rapide.

La jeune femme décida qu'elle ne lirait pas le carnet tout de suite ; il possédait le pouvoir de briser l'équilibre qu'elle s'était forgé en sacrifiant une partie de ses rêves, et elle avait peur de tomber dans les travers de sa grand-mère en prenant Dairine en pitié. Elle devait se préserver et surtout protéger Morgane. Elle cacherait le cahier dans l'armoire, sous ses jupons, là où Hubert ne risquait pas de fouiller.

Comme elle poussait la porte de sa maisonnette, jamais fermée à clé, une ombre apparut sur la façade tandis qu'une voix joyeuse résonnait à ses oreilles, antithèse de celle de Nelson :

« Ohé, Ohé,
Sardinières gentilles
Pour ne pas rester filles,
Allez au bord de l'eau
Choisissez votre matelot. »

Gwen éclata de rire. L'amitié et la bonne humeur de Caroline ruinaient le pouvoir de la malédiction. Avec elle pour voisine et camarade, tout semblait facile ; l'humour primait sur la tristesse. Il arrivait que les circonstances soient défavorables à Caroline et lui ôtent son joli sourire, cela ne durait jamais longtemps. Gwen lui savait gré de se montrer si enjouée car les effets de son heureux caractère rejaillissaient sur son entourage. La jeune mère avait un véritable besoin de la fréquenter.

À côté de Caroline, Thérèse souriait. La vieille dame entreprit de chatouiller le ventre de Morgane qui exprima son dépit.

– Elle a faim, expliqua Gwen.

Si elle aimait toujours autant les nouveau-nés, Thérèse n'aidait plus les femmes à accoucher. Sa fille avait pris le relais et elle était présente lors de la venue au monde de Morgane qui n'avait pas posé le moindre problème à Gwen.

Caroline demanda à prendre Morgane dans ses bras. Elle entra avec elle dans la longère. Gwen s'apprêtait à inviter Thérèse à la suivre ; celle-ci secoua la tête et retint la jeune femme sur le seuil.

– J'ai surpris Nicolette hier dans les pâtures des Le Guen.

Le cœur de Gwen fit un bond dans sa poitrine. Elle se contenta cependant de fixer Thérèse en attendant la suite, ne voulant pas trahir son angoisse.

– Elle avait une branche de sureau à la main et elle frappait les vaches en criant des imprécations.

Gwen soupira.

– Qu'y puis-je ?

– Ta grand-mère est de moins en moins discrète, je voulais te prévenir.

La jeune femme ne savait pas dans quelle mesure Thérèse était au courant des agissements de Nicolette.

Comme pour la rassurer, Thérèse murmura :

– Je ne suis pas contre vous.

– Ma grand-mère perd un peu la tête comme les personnes âgées, et même les remèdes dont elle m'a appris la confection sont impuissants à la soigner. Il faut lui pardonner.

– On jase…

Gwen haussa les épaules.

– Ce n'est pas nouveau.

Thérèse approuva.

– Fais attention à toi, dit-elle avant de s'éloigner.

La Côte d'Émeraude changeait, s'enrichissait au gré des touristes qui affluaient. Cela avait commencé à la fin du XIXe siècle mais Nicolette, à l'époque, y avait été peu sensible. La colonie britannique de Dinard avait donné l'impulsion à la vogue des bains de mer. Des villas cossues se construisirent, des hôtels s'érigèrent, des voies ferroviaires se développèrent, des hommes et des femmes appartenant à des milieux aisés s'adonnèrent à des loisirs aux dénominations barbares, pour le moins singuliers aux yeux des pêcheurs : golf, yachting, tennis… Loin néanmoins du faste de la côte normande où Deauville brillait telle une étoile indétrônable, les petites stations de Bretagne attiraient des gens avides de calme, d'authenticité, qui n'appréciaient pas moins le confort, d'où la transformation progressive du littoral.

À l'aube des années trente, Gwen avait su tirer parti de l'arrivée des plaisanciers : elle écoulait sa dentelle d'Irlande à prix d'or selon ses propres critères, mais défiant toute concurrence d'après la clientèle parisienne ou londonienne, habituée à des tarifs plus élevés.

Renonçant à la soumission qui avait dominé durant les premières années de son mariage, Gwen n'hésitait plus à présent à atteler sa carriole afin de parcourir la côte et de partir à la chasse aux clientes fortunées conquises par sa technique. À l'image des colporteurs, elle installait son étal sur la jetée, au bord des plages. Il ne se passait pas dix minutes avant que l'intérêt s'éveillât chez les promeneurs. Devant la qualité de sa dentelle, les femmes ne marchandaient même pas. Quant aux hommes, ils étaient aussi sensibles au frais minois de la dentellière qui devait repousser quelques assauts qu'elle s'était bien gardée d'avouer à Hubert. Ce dernier voyait son commerce d'un œil bienveillant car il engrangeait des bénéfices qui valurent au ménage d'augmenter la surface de leur habitation quand Gwen fut à nouveau enceinte. De plus, la jeune femme n'exerçant qu'aux beaux jours, elle avait pris l'habitude d'emmener Morgane avec elle, ce qui lui épargnait des frais de nourrice. Manon vivait toujours à Paris et la jeune femme ne faisait plus assez confiance à sa grand-mère pour lui confier l'enfant.

Gwen avait réussi à résister à l'appel du carnet noir. Il lui avait fallu quelques jours pour retrouver son équilibre après avoir pris possession du témoignage, qu'elle imaginait bouleversant, de Dairine. Devinant que donner le cahier à sa grand-mère la ferait encore plus déraisonner, Gwen l'avait caché entre ses jupons pliés dans l'armoire. Elle ne désirait pas non plus que Morgane le découvrît un jour, pressentant que son existence en subirait les séquelles si elle le prenait trop à cœur. Pourtant, l'idée de le brûler semblait un blasphème. Ne sachant comment l'oublier sans le détruire, elle fit comme

Sophie autrefois, elle le dissimula où elle pouvait, et reprit le cours de son existence comme s'il n'avait jamais existé.

Pendant que sa mère travaillait, Morgane observait le paysage et les estivants avec une gourmandise qu'elle ne parvenait pas à dissimuler et qui attendrissait les femmes. Aussi jolie que Manon et Gwen, avec ses cheveux roux et ses yeux qui étaient devenus verts, attributs magnifiques des Guyader et des Kerrien, elle se distinguait par la même effronterie et une insubordination qui souciait Gwen car ses injonctions demeuraient la plupart du temps sans effet. Morgane ne s'ennuyait pas auprès d'elle. Elle avait pour habitude de regarder les acheteurs avec une insistance qui les embarrassait parfois, puis elle n'hésitait pas à leur poser toutes sortes de questions indiscrètes qui faisaient monter le rouge aux joues de la vendeuse de dentelle. D'un mot, elle s'efforçait de la faire taire, ce qui se soldait souvent par un échec. Si la gamine amusait les clientes, il ne fallait pas non plus que sa hardiesse les rebutât. Impuissante, Gwen se demandait quels gènes régnaient dans le cerveau de sa fille. Cependant, elle était soulagée que Morgane supportât de demeurer près d'elle sans se plaindre ni se morfondre.

À l'heure de la pause et le soir, avant de rentrer, elles marchaient sur la jetée, admirant la plage du Prieuré à Dinard et ses hôtels qui se dressaient face à la mer. Il y avait l'électricité dans chacun d'entre eux et des appareils qu'on appelait ascenseurs et qui permettaient de monter et de descendre d'un étage à un autre, transportés dans les airs, ce qui semblait bien périlleux à Gwen. Les terrasses dominaient la plage. La jeune femme ne se lassait pas de contempler les clients distingués qui y prenaient un verre ou se reposaient à l'ombre d'un parasol en lisant et devisant. Il n'était pas dans les habitudes des pêcheurs de se baigner. Gwen avait toutefois cédé à la demande de sa fille qui désirait apprendre à nager. Elle lui avait acheté un maillot de bain et la laissait barboter pendant qu'elle-même entrait dans l'eau jusqu'aux mollets, éprouvant tout de suite une sensation de relaxation après sa longue journée de labeur. Elle surveillait la fillette qui copiait les mouvements désordonnés des enfants que des maîtres nageurs guidaient. Un jour, il faudrait qu'elle lui offre des cours mais elle était bien trop jeune encore. Ces moments privilégiés leur appartenaient à toutes les deux, elles ne tenaient pas à les partager avec Hubert. Ce dernier espérait que la prochaine naissance lui apporterait un fils capable de reprendre son métier et le bateau.

Morgane contemplait les petites filles un peu plus âgées qu'elle, sept ou huit ans, habillées de robes marine, la tête couronnée d'un chapeau enrubanné, construisant des châteaux de sable, tout en veillant à ne pas salir leurs atours. Chez les femmes, la mode commençait à évoluer et les maillots de bain, en se révélant plus pratiques, scandalisaient les provinciaux à cause de leur indécence.

– Je veux une toilette comme celle-là, déclara Morgane d'un ton boudeur en désignant une fillette vêtue comme une princesse.

– Ma chérie, qu'en ferais-tu ?

– Je me promènerai sur la plage avec.

– Ces enfants en vacances appartiennent à des milieux riches, pas nous. Tu dois te contenter de ce que tu as.

– Je veux une robe comme celle-là ! trépigna Morgane en pointant un doigt accusateur vers sa voisine qui se rendit compte de sa présence et la considéra d'un œil à la fois curieux et hautain. Pourquoi je ne suis pas en vacances moi aussi ?

– Allez, viens, il faut rentrer, dit Gwen pour l'éloigner.

Morgane refusa de la suivre. Gwen déplorait l'usage des châtiments corporels mais, à cet instant, elle fut prise de l'envie subite de frapper son irréductible fille.

– Obéis, Morgane, ou c'est ta grand-mère qui te gardera désormais quand je travaillerai.

Prise au dépourvu par cette menace, la fillette devint muette et se laissa guider vers la carriole. La vision d'enfants jouant avec un bateau miniature la fit tout à coup crier :

– Mon papa, il a un vrai bateau ! Le vôtre est pas si grand !

La gifle partit. Morgane se mit à pleurnicher, le groupe d'enfants à rire et se moquer d'elle, sous le regard outré des mères et des nourrices. Gwen traîna sur le sable une fillette écarlate qui hurlait. Elle était épuisée quand elle la hissa sur la charrette. Morgane possédait un sacré tempérament. La vie se chargerait de la dompter mais, en attendant, il allait falloir revoir son éducation.

L'agression

NICOLETTE ET SOPHIE FURENT ENTERRÉES dans le cimetière du village la même année, la première dans une modeste tombe, la seconde dans le grandiose caveau familial. Entre-temps, Nelson s'était marié et avait eu un garçon, Gabriel. La malédiction avait été ébranlée dans ses fondations grâce à la détermination de Gwen, désormais elle n'avait même plus lieu d'être. Les Guyader et les Le Guen n'étaient plus liés par une fatale destinée. Nicolette était morte. Manon ne souhaitait pas évoquer cette histoire. Seul demeurait le cahier, que Gwen ne parvenait pas à détruire, comme un rappel du passé.

La jeune femme n'avait pas donné naissance à l'héritier tant attendu par Hubert mais à une fille qu'elle prénomma Clara. Deux enfants lui suffisaient et elle prit dorénavant ses précautions afin d'en rester là, sans en aviser son époux qui espérait une famille plus nombreuse. Elle l'avait voulu aussi au tout début de son mariage mais comprenait à présent que ce serait un frein à l'essor de sa petite entreprise de dentelle.

En 1929, Sophie Le Guen se noya dans l'étang de son domaine. La noyade eut lieu la nuit. On la retrouva à l'aube, flottant sur l'eau dans une chemise en dentelle d'Irlande qui dévoilait un corps très amaigri. Nelson sut gré au père

Aristide de privilégier la thèse de l'accident, dans le doute, afin que sa paroissienne fût enterrée selon les rites catholiques et que sa famille échappât au scandale de funérailles civiles qui portaient la marque des suicidés. Nicolette trépassa lors d'une de ses errances dans la campagne bretonne, son bâton de sureau à la main, telle que l'avait décrite Thérèse à Gwen quelques années plus tôt. Les deux femmes avaient côtoyé la folie dans les dernières années de leur vie. Enfermée dans son château, très surveillée par plusieurs domestiques, Sophie ne risquait pas de semer le désordre dans les environs alors que, en l'absence de chaperon, Nicolette vagabondait en soliloquant sur les plages ou dans la campagne, quelle que fût la saison.

Elle avait appris assez de son art à Gwen pour que celle-ci sût comment se comporter en cas de maladie ou de blessure, mais la jeune femme répugnait à en faire commerce malgré les demandes. Elle ne résista cependant pas à la plainte d'une mère dont l'enfant était victime de la teigne. Gwen la força tout d'abord à jurer qu'elle n'en parlerait pas autour d'elle, de peur d'être prise d'assaut, comme l'avait été sa grand-mère, par les malheureux déçus par la médecine traditionnelle. Puis elle prépara une décoction de joubarbe et de lait caillé qui guérit le garçonnet en quelques jours. Paysanne assez pauvre, la mère la remercia en lui apportant des œufs de ses poules et des légumes de son potager. Gwen ne refusa pas cette offrande, par crainte de l'offenser. Elle espérait qu'elle respecterait son serment, sans quoi sa maison allait être assiégée par les souffreteux et les grabataires, vision qu'elle ne souhaitait pas infliger à ses enfants.

Cela ne l'empêchait pas, bien sûr, de soigner Clara qui était sujette aux fièvres inexpliquées. Gwen lui faisait alors boire une infusion de feuilles de troène et de vin blanc, l'obligeant à tout finir jusqu'à la dernière goutte en dépit de ses grimaces. Quand ses dents lui occasionnèrent des douleurs, elle les combattit à l'aide de cataplasmes de feuilles de noyer. Lorsque Clara tombait et s'écorchait, elle appliquait sur ses plaies du gros sel. Il s'agissait de remèdes simples qui ne risquaient pas de la voir accusée de pratiques illicites de la médecine ou de sorcellerie. En revanche, elle refusait de jeter des sorts, ainsi que l'en pria un jour, en larmes, une amie de Morgane, amoureuse en vain d'un garçon. Gwen veillait à sa réputation. On ne l'accuserait pas de procédés sataniques, de sabbat, de posséder un chien qui vomissait du feu, tant d'autres bêtises encore... La rumeur était si prompte à se déclarer et à prendre des proportions terribles. Après la mort de Sophie, n'évoqua-t-on pas la présence d'une « dame blanche » qui semblait marcher sur l'eau de l'étang, au Tremblay, sa silhouette se confondant avec la brume environnante ? Gwen était accablée pour Nelson, connaissant sa grande sensibilité.

Avec les années, le caractère entier et capricieux de Morgane ne s'était pas adouci. À mesure qu'elle grandissait, sa beauté s'accentuait ; elle en développait une haute idée de sa personne. Les qualificatifs « fière » et même « pimbêche » commencèrent à circuler à son propos, désolant Gwen. Comme elle, sa fille excellait à l'école, ce qui lui valait les louanges des instituteurs et la jalousie de certains camarades. Son arrogance éloignait vite les brimades. Elle impressionnait par l'assurance qu'elle montrait dans ses actes et ses paroles, par la perfection de ses traits. Dans son foyer, elle exigeait plus qu'elle ne demandait et exaspérait sa mère par son inconstance et ses emportements, déjà pénibles quand elle était petite. À présent que s'y ajoutait une culture plus développée que celle de Gwen, il y avait des moments où Morgane se révélait tout bonnement insupportable. Plusieurs fois, Gwen l'avait accusée d'être égoïste et sans cœur. Alors qu'il était d'usage de faire la charité aux mendiants et même de leur réserver une place à table, Morgane avait décrété que ces individus étaient répugnants et ne méritaient pas qu'on leur donnât la pièce. Ils infestaient les rues d'odeurs écœurantes et leurs plaies – un simulacre – offensaient la vue. Si les enfants estropiés peinaient Gwen et qu'elle leur tendait deux liards de blé noir, Morgane pestait contre sa mère et entrait dans une colère dont la violence la désorientait.

– Il y a de meilleures façons de dépenser nos biens, pense à ton commerce !

– Ce n'est qu'un peu de denrées... Dieu nous le rendra...

– Comment peux-tu invoquer Dieu, toi, la mécréante ? demanda Morgane en pouffant.

– Tu te trompes, je ne suis pas mécréante comme l'était ta grand-mère.

– Eh bien, moi, je suis bouffeuse de curés et je m'en vante !

– Quel vocabulaire, Morgane ! Je t'interdis...

La jeune fille baissa les yeux en signe de fausse contrition.

– Tu as raison, maman, je suis anticléricale.

Gwen pinça les lèvres mais ne répliqua pas pour ne pas envenimer leurs rapports déjà tendus.

Une autre fois, Morgane se moqua d'une jeune fille qui sortait de derrière une toile tendue, le crâne rasé, les joues rouges de honte : elle venait de vendre ses cheveux blonds, les plus recherchés, afin de s'acheter quelque colifichet ou peut-être pour nourrir sa famille. Elle était en train de remettre sa coiffe d'où pendait une mèche d'accroche afin de simuler une toison cachée. Certes, la chimie avait fait des progrès et les perruques artificielles existaient, mais rien ne valait le cheveu naturel et ce commerce faisait encore des émules parmi les plus pauvres. La jeune fille tenait serré contre sa poitrine un châle de cotonnade imprimée.

– Quelle stupidité ! s'écria Morgane, sans prendre garde à n'être pas entendue. Échanger de beaux cheveux contre un châle d'un franc cinquante... Ça n'a même pas le sens des affaires.

Gwen vit la jeune fille fuir en courant, le visage sillonné de larmes de détresse et d'humiliation. Elle se tourna vers Morgane, prête au combat :

– Comment oses-tu la traiter de la sorte ?

– Mais elle est si bête ! Sacrifier sa chevelure pour…

– Tout le monde n'a pas la chance d'être aussi maligne que toi. Je te trouve surtout dénuée de la moindre compassion.

– Ce n'est pas ça qui fait vivre, ronchonna Morgane, un peu dépitée. Si encore elle s'était sacrifiée pour de l'irlande…

– Tu es si dure, Morgane, murmura Gwen en la fixant comme si elle était une étrangère.

– Non, lucide.

– Je ne connais pas le sens de ce mot.

– Ça veut dire que je ne me laisserai jamais abuser, déclara la jeune fille avec orgueil.

À l'opposé était sa sœur cadette, Clara.

D'une beauté moins époustouflante, elle compensait cette disgrâce par une grande douceur de caractère. Les deux jeunes filles ne parvenaient ni à se comprendre ni à s'entendre ; grâce à la bonté de Clara, les disputes n'éclataient pas. Morgane se trouvait à bout d'arguments face au visage empreint de désarroi de sa sœur. Elle ne voulait pas blesser quelqu'un de si fragile ou qu'elle jugeait comme telle. La vérité était que Clara possédait une tout autre envergure qu'elle cachait sous un air conciliant. Presque aussi douée à l'école que Morgane, elle avait déjà une idée bien précise de son destin, comme Gwen au même âge : devenir infirmière, faire un mariage d'amour et engendrer de nombreux enfants – tel était son rêve. Aussi profitait-elle de l'instant présent alors que sa sœur, tenaillée par l'envie de grandir et de s'émanciper pour mener à bien des projets grandioses, gâchait sa jeunesse à trop attendre d'un avenir encore aléatoire. Morgane aimait bien Clara, tout en l'estimant peu ambitieuse. Plus clairvoyante,

Clara craignait que sa sœur aînée ne maîtrisât pas ses désirs et ne fît face à de cruelles désillusions. Sans doute, ses propres appétits étaient-ils limités, mais ils la rendaient heureuse, et c'était là le principal. Elle travaillait donc avec application et recueillait avec reconnaissance le fruit de ses efforts. Pendant ce temps, Morgane obtenait de très bonnes notes tout en fournissant peu de travail, ce qui la confortait dans la certitude qu'elle obtiendrait ce qu'elle voudrait sans trop de difficultés.

Puis les choses changèrent. Gwen ne s'en avisa pas car son travail laissait à ses filles une assez grande liberté. Hubert avait cessé de soupirer après un fils. Il n'était jamais parvenu à nouer avec ses enfants la complicité que lui aurait offerte un garçon. Seule Clara sentit son cœur s'emporter face à la métamorphose de sa sœur. De volontaire et déterminée, elle était devenue pensive, presque maladroite à force de distraction. Quelque chose la préoccupait. Elle s'enfermait dans un silence qui n'avait rien de celui – buté – l'isolant autrefois, quand elle réclamait un cadeau qu'on lui refusait. Ce silence-là semblait lui complaire. Elle sursautait quand on l'interpellait comme si ses pensées dérivaient loin de la réalité. En raison de sa beauté, Morgane avait toujours été très convoitée par les garçons du village. Les invitations pleuvaient, elle recevait toutes sortes de propositions qu'elle acceptait afin de s'amuser et de monopoliser l'attention au détriment des autres filles. Jamais elle ne se laissait tourner la tête par un galant. Elle était toujours vierge et tenait à le rester jusqu'à avoir fait carrière et un beau mariage.

À présent, l'humilité avait remplacé l'arrogance chez celle que tout le monde admirait et détestait à la fois. Cela correspondait si peu à sa nature que Clara se tourmentait pour elle, tout en sachant qu'il valait mieux ne pas l'interroger, sous peine d'être repoussée. L'idée finit par s'imposer à Clara : Morgane était malade ou amoureuse. Elle espérait avoir raison sur le dernier point, pas sur le premier. Son mal-être ressemblait d'ailleurs à la langueur accompagnant l'amour non exaucé. Sa sœur ne croyait pas qu'un garçon pût rejeter Morgane ; elle en connaissait néanmoins qui la décrétaient peu attrayante du fait de sa suffisance. Clara et Morgane étaient trop dissemblables pour être proches et se livrer aux confidences. La cadette n'osait donc pas questionner son aînée. Cela ne l'empêchait pas de l'observer, de réfléchir et d'en tirer des conclusions : pas de doute, sa sœur était éprise. Rien d'inquiétant donc. Même si ce sentiment n'était pas partagé, la jeune fille ne tarderait pas à guérir. Clara était surprise que le cœur de sa sœur pût saigner et souffrir pour un homme ; peut-être cette mésaventure serait-elle bénéfique en lui octroyant un peu d'humanité ? Elle y gagnerait en compassion et en tolérance. La curiosité n'étant pas le fort de Clara, elle décida de laisser Morgane tranquille. Certaine d'avoir percé le mystère qui l'entourait, elle reprit ses petites habitudes en toute quiétude, continuant à vivre auprès de la jeune fille comme une sœur et une étrangère à la fois.

– Noooooonnnnn !

C'était un long cri déchirant qui lui broyait le cœur. Ses yeux larmoyaient, ses mains tremblaient, elle perdait tout contrôle sur son corps et son esprit... Comme elle haïssait ce qu'elle était devenue ! Obstinée au début, elle avait combattu de toutes ses forces, tenté d'enrayer par tous les moyens possibles cette niaise sentimentalité qui avait forcé son cœur, lui ôtant sa capacité à affronter le destin pour surmonter les épreuves. C'était du moins ainsi qu'elle se voyait : une jeune fille courageuse et volontaire qui se donnait les ressources de réussir dans la vie. La vérité était que, jusqu'à un temps très récent, l'adversité s'était toujours détournée de Morgane, lui débroussaillant en quelque sorte le chemin vers le succès. Beauté et facilité d'apprentissage lui procuraient un net avantage par rapport à ses semblables. Elle n'avait jamais eu à lutter. Son père était absent la plupart du temps. Quand il rentrait à la maison, son silence et sa discrétion en faisaient un hôte dans son propre foyer où il prenait si peu de place. Il cédait face à l'impétuosité de sa fille afin d'avoir la paix. Sa mère travaillait beaucoup et lui passait presque tous ses caprices car Morgane avait compris qu'elle la dédommageait de cette manière de n'être pas assez présente pour elle. Quant à sa sœur, elle se montrait indulgente avec tout le monde, et Morgane en bénéficiait comme les autres. Ses professeurs n'avaient pas assez de mots pour encenser son intelligence. Les garçons louaient son charme et se comportaient d'une façon stupide avec elle tant elle les impressionnait. Certes, certaines filles la jalousaient mais il n'y avait que les faibles pour souhaiter être aimés de tous. Morgane goûtait ce dépit, il prouvait qu'elle méritait d'être enviée. Elle n'avait jamais eu de raison de se plaindre, bien qu'elle se lamentât tout le temps à sa famille sur un ton étrangement directif pour quelqu'un qui estimait devoir lutter contre un vent contraire. C'était, parmi beaucoup d'autres, l'une des ruses employées pour obtenir ce qu'elle voulait. S'il y avait bien un mot pour qualifier Morgane, c'était celui-ci : manipulatrice.

Voilà pourquoi elle ne comprenait pas comment une telle abomination avait pu lui tomber dessus. S'éprendre d'un homme au point de ne plus penser qu'à lui, n'était-ce pas le comble du ridicule ? Un homme aisé, certes, un homme honorable, respecté dans la région, un notable, mais un homme marié hélas, un père, et quelqu'un qui, visiblement, n'avait pas pour projet de divorcer pour l'épouser. Morgane ne s'expliquait pas comment toute cette histoire avait pu commencer. Évidemment, il y avait eu une première rencontre, mais rien d'extraordinaire ; elle avait croisé cet inconnu un soir d'été, alors qu'elle revenait de l'école à pied et que lui rentrait dans son château, juché sur une calèche conduite par un cocher. Dans les campagnes, la mode des automobiles n'avait pas contaminé les châtelains, lesquels devaient emprunter des routes peu compatibles avec la préciosité de tels engins qui effrayaient les animaux.

Morgane n'ignorait pas que sa grand-mère avait travaillé pour une dame du domaine et que Nelson Le Guen avait hérité des terres et du manoir à la mort de Sophie en tant que fils unique. Elle savait qu'il avait convolé, ces dernières années, avec une jeune fille de la bonne société bretonne, Madeleine Carvec, qui venait de lui donner un fils prénommé Gabriel. Ces nouvelles ne l'avaient pas passionnée, elles ne la concernaient pas. De plus, Nelson se faisait rare dans les rues de Cancale, elle ne l'avait même jamais croisé. Clara avait remarqué que Gwen avait semblé affectée par les noces de cet homme. Mais pas Morgane. D'ailleurs, imaginer un lien entre le puissant propriétaire terrien et la petite dentellière paraissait absurde. Personne ne devina la tristesse et le soulagement mêlés de Gwen à l'annonce des épousailles puis de la naissance de Gabriel.

L'enfant avait un an quand Morgane vit son père pour la première fois. Elle croisa son regard fiévreux et son cœur s'emballa. Nelson Le Guen semblait malade : grand et décharné, il arborait un teint très pâle, des yeux brillants et les lèvres cramoisies d'un acteur de théâtre. Quand il croisa Morgane, la surprise et le désespoir se lurent sur son visage. La jeune fille crut qu'il allait faire arrêter la carriole pour lui dire quelque chose. Toute son attitude signifiait qu'il la connaissait mais Morgane savait qu'il faisait erreur. Elle se contenta de le saluer avec brièveté, par politesse. Il se leva à moitié, prenant garde à ne pas tomber, et s'inclina vers elle dans un mouvement qui ouvrit sa veste, de très bonne qualité, sur son torse rachitique. Malgré son aspect, il y avait quelque chose de séduisant chez cet homme pour quelqu'un qui affectionnerait le genre artiste maudit. Morgane, qui devinait bien que le propriétaire du Tremblay n'était pas doué pour l'art et se contentait de vivre confortablement grâce au travail des autres, lui trouva une tout autre allure, une allure effrayante de tuberculeux.

Cette entrevue lui resta en mémoire. Elle se renseigna donc auprès de ses camarades de classe sur l'étrange personnage. Ce dernier se montrait si peu en dehors de ses terres que les jeunes filles ne purent satisfaire sa curiosité, sinon par des potins que Morgane soupçonna d'être pure affabulation. On prétendait que Nelson Le Guen ne s'était jamais remis du décès de sa mère qui le tenait sous sa coupe et que son esprit dérangé l'avait transformé en un individu isolé sur son domaine, en compagnie de sa famille qu'il terrorisait. L'enfant, disait-on, était né avec des carences et des malformations, bien qu'aucun médecin ne fût en mesure d'appuyer ces rumeurs. Médusée par cette histoire, Morgane l'évoqua devant sa mère et fut étonnée de sa réaction. Gwen parut très touchée. Elle fit promettre à sa fille de ne pas se joindre au concert de malveillances des gens ignorants.

– Parce que, toi, tu sais ce qui se passe au Tremblay ?

Gwen rougit.

– Non, pas plus que les autres. Mais au moins, je n'invente rien. Pourquoi t'intéresses-tu aux Le Guen ?

– Pour rien, répondit Morgane en haussant les épaules. J'ai juste croisé Nelson Le Guen et il m'a paru si bizarre… Il m'a regardée… Eh bien, comme s'il me reconnaissait, c'est drôle, non ?

– Tu as trop d'imagination !

Morgane en convint et n'y pensa plus.

Elle ne cessa dès lors de se heurter à cet homme fantomatique. Et son image commença à la hanter. Morgane n'avait jamais été sensible à la magie ou à la sorcellerie. Son arrière-grand-mère avait essayé de l'initier autrefois, y renonçant vite face à son absence d'empathie. À présent, elle aurait bien aimé que la vieille dame fût encore vivante pour parler avec elle de ce hasard récurrent qui la mettait en présence de Nelson Le Guen plusieurs fois par semaine, au sein de Cancale où l'on insinuait pourtant qu'il ne venait presque jamais. Dévorée de curiosité, elle se sentait aussi mal à l'aise. Cet individu la guettait ; devait-elle s'en flatter ou s'en méfier ? Certes, il s'agissait d'un homme riche mais à la réputation sulfureuse. Peut-être s'était-il entiché d'elle, de sa beauté ? Auquel cas elle devait en retirer de la gloire, tout en se montrant prudente car elle n'avait pas l'intention de succomber à ce triste sire qui l'abandonnerait, une fois ses désirs assouvis. Morgane n'était pas une oie blanche, impressionnée par mieux né qu'elle. Elle se vouait une telle estime qu'elle était persuadée de mériter davantage que le propriétaire du domaine du Tremblay. Surtout, elle était assez avisée pour ne pas tomber dans le piège de la fille innocente engluée dans les filets de la passion non partagée avec quelqu'un au-dessus de sa condition. Si elle fréquentait un jour un garçon d'un milieu supérieur au sien, il faudrait qu'elle en tirât le maximum de profits et surtout que les sentiments n'altèrent pas son jugement.

Avec effroi, elle réalisait peu à peu qu'une pression mystérieuse, obscure, avait pris l'ascendant sur sa proverbiale clairvoyance ; elle se laissait dominer par une émotion plus puissante que le bon sens qui la caractérisait. Pire, elle ne parvenait plus à démêler l'écheveau de ses sentiments. L'affolement s'emparait d'elle. Elle appréhendait de le croiser sur le chemin de l'école. Cet homme, libidineux, concupiscent pour s'attaquer à une adolescente, lui qui avait l'âge d'être son père, l'attirait et la révulsait à la fois. Elle ne savait plus où elle en était. Jamais elle n'aurait cru être si faible pour abdiquer face à une telle situation qui lui paraissait invraisemblable. À qui se confier ? Son père ne comprendrait rien, sa mère l'accuserait peut-être d'avoir provoqué le notable, sa sœur était bien trop candide pour l'aider. Et puis, il ne s'était rien passé à part des rencontres, des regards, pas une parole, encore moins un geste déplacé, on allait l'accuser d'inventer des histoires pour se rendre intéressante… Elle devait se ressaisir et ne pas accorder d'importance à des faits qu'elle déformait dans son trouble, son égarement. Il lui fallait redevenir elle-même, l'inflexible, l'inébranlable Morgane Forget.

Sa mère l'avait envoyée acheter du pain et elle s'était attardée devant le spectacle de l'arracheur de dents qui officiait sur un jeune garçon terrorisé. On lui avait charitablement fait avaler un verre d'alcool avant le supplice, mais il lui restait assez de lucidité pour hurler quand il le pouvait et laisser s'écouler des larmes impossibles à retenir, malgré la honte, face au calvaire que représentait cette opération. La jeune fille renonça à la suivre jusqu'à son dénouement, pourtant la vue du sang ne la dérangeait pas. Elle avait repéré la silhouette de Nelson Le Guen, qui descendait la rue, venant vers elle, et elle souhaitait rentrer avant de le rencontrer. Encore lui, toujours lui ! Le hasard n'avait plus sa place dans cette affaire.

Morgane pressa le pas, les yeux fixés sur sa destination, le visage dur et fermé. Elle croisa un groupe d'hommes qui portaient des chapeaux ronds, typiquement bretons. Ils les soulevèrent pour la saluer en accompagnant leur geste de quelques gauloiseries qui lui déplurent, mais moins que la traque dont elle faisait l'objet de la part de Nelson. Ces garçons-là étaient plus bêtes que dangereux. L'homme qui l'espionnait, qui la suivait à cet instant peut-être, ourdissait un dessein qu'elle ignorait mais qui lui semblait d'emblée redoutable. Elle avait remarqué qu'il sortait souvent tête nue. Pourquoi se promenait-il sans chapeau comme un mendiant ? Morgane pensait parfois que sa singularité était le fruit de sa folie, et elle le craignait davantage. Elle accéléra encore sa marche ; soudain, il fut là, tout près, forme noire, longue, efflanquée, qui la plaqua contre une porte cochère ouverte. Elle se retrouva, sans avoir eu le temps de protester, dans une cour intérieure déserte, aux zones d'ombre idéales pour commettre une monstruosité. Morgane voulut hurler quand elle entendit prononcer le prénom de sa mère. La stupéfaction rentra le cri dans sa gorge.

– Gwen, je suis si heureux… Je t'ai si longtemps attendue, Gwen…

Après une seconde d'incertitude, la jeune fille reprit ses esprits. L'homme la tenait dans ses bras, contre un mur, et fouillait ses jupes. Il allait la violer si elle ne réagissait pas.

– Je suis Morgane, pas Gwen. C'est ma mère, Gwen ! s'exclama-t-elle en se débattant.

Il avait les yeux révulsés et n'écoutait pas, ce qui la plongea dans le désespoir. Elle avait compris qu'il croyait enlacer Gwen. S'il réalisait sa confusion, elle avait une chance d'échapper à son délire. Pour le moment, elle ne s'interrogeait pas sur le fait qu'il connût sa mère, elle ne pensait qu'à le repousser pour fuir. Son poids l'oppressait, son odeur l'incommodait, son souffle dans son cou était une intrusion insupportable. Elle aurait voulu le tuer. Il n'y avait donc personne ici pour les voir ou les entendre…

Il avait collé une main contre sa bouche. Elle l'étouffait à moitié et ses appels à l'aide se transformaient en gémissements inaudibles. Elle n'arrivait pas à croire qu'un corps si rachitique pût posséder autant de force. Comme c'était injuste ! Si elle avait su que cet homme la posséderait contre la pierre froide d'une façade anonyme, elle se serait donnée depuis longtemps à un séduisant garçon de son âge, sans se préserver pour celui qu'elle attendait et qui la trouverait impure. Une pensée lui vint alors qui la glaça : Nelson allait-il la tuer, une fois son forfait accompli, afin qu'elle ne témoignât pas contre lui, pour effacer tout danger d'être accusé, livré à la police et condamné sans doute à de longues années de prison ? Épouvantée, elle chercha un nouveau moyen de se sauver et ne prêta plus attention à ce qu'accomplissait l'homme. Aussi, la soudaine révélation qu'il n'agissait pas lui fit l'effet d'une décharge électrique. Était-il impuissant ? Elle n'avait ressenti aucune douleur, elle était donc encore intacte. Il avait commencé à relâcher son emprise. Il la considérait de ses yeux vitreux avec une stupéfaction qui trahissait sa folie, pendant qu'elle retrouvait son souffle et l'espoir de s'en sortir vivante. La scène était surréaliste. Nelson Le Guen la paracheva avec cette question :

– Qui es-tu ? Tu ressembles tellement à Gwen…

La jeune fille se demandait s'il valait mieux lui répondre ou se taire. Certes, il ne la maintenait plus avec brutalité ; elle n'était pas pour autant en mesure d'échapper à son étreinte. Mieux valait se le concilier en participant à l'échange :

– Je suis Morgane, sa fille, articula-t-elle, avant de s'étrangler et d'être la proie d'une quinte de toux.

Du coup, il la libéra encore un peu. Elle recouvrait peu à peu l'usage de ses membres, bien que tous ses muscles fussent endoloris.

– Morgane… répéta-t-il, abasourdi.

Presque certaine de ne plus encourir de danger tant son adversaire semblait désorienté, la jeune fille le regarda avec dédain. Il avait usé de sa force physique contre laquelle elle ne pouvait se défendre, cependant tout indiquait à présent qu'elle avait affaire à une créature repentie et fragile.

– C'est donc ma mère que vous vouliez violenter, pas moi ? s'écria-t-elle avec colère.

La rage montait en elle avec une puissance inouïe. On lui avait manqué de respect, on avait voulu la rabaisser, la soumettre, elle, Morgane Forget, promise à un destin fabuleux. Nelson Le Guen ne lui inspirait plus aucune peur, elle avait juste envie de se venger et de l'anéantir. De plus, elle ne comprenait pas pourquoi sa mère jouait un rôle capital dans l'agression dont elle venait d'être victime.

– J'ai aimé Gwen autrefois... Je l'aime toujours...

– Ma mère partage-t-elle votre sentiment ?

C'était tout ce qui lui importait à présent : savoir si Gwen était coupable d'adultère avec ce déséquilibré.

– Gwen m'aime aussi... Nous nous sommes toujours aimés...

La jeune fille perçut le bruit de pas qui approchaient. Elle ne voulait pas être surprise dans les bras de cet homme. D'une secousse, elle se libéra complètement, empoigna sa jupe et courut vers la porte cochère. Elle était sûre qu'il ne chercherait pas à la rattraper ; il avait réalisé sa méprise et son désir avait disparu. Cette erreur était source de tellement d'interrogations que Morgane rentra d'une traite à la longère où elle tomba sur sa mère en train de broder à cette heure crépusculaire. Son père était en mer pour plusieurs jours et sa sœur étudiait dans sa chambre. Avant de parler, elle se passa de l'eau fraîche sur le visage et se versa une bolée de cidre. Elle n'éprouvait pas de traumatisme particulier, peut-être parce qu'elle se félicitait d'avoir échappé au pire. Pourtant quand elle s'assit face à Gwen, des larmes lui brouillèrent la vue. Sa mère, concentrée sur son ouvrage, ne remarqua rien. Morgane les essuya d'un mouvement irrité. Rien ne devait entraver l'interrogatoire qu'elle avait l'intention de faire subir à celle qui était responsable de ce qui venait d'arriver.

Pour ne pas laisser le temps à sa mère de reprendre contenance, la jeune fille attaqua sans préambule :

– Qui est Nelson Le Guen pour toi ?

En voyant Gwen se piquer le doigt avec son aiguille, Morgane songea qu'elle avait bien fait d'aller droit au but. Toutefois, sa mère léchait sa blessure, ce qui lui permettait de ne pas répondre et de réfléchir. Morgane trépigna d'impatience.

– Dis-moi ! J'ai besoin de connaître toute la vérité.

Gwen s'empara d'un mouchoir pour éponger la minuscule goutte de sang à l'extrémité de son index, tout en évitant de croiser le regard de Morgane.

– De quelle vérité parles-tu ? Je n'ai pas de rapport avec ce monsieur qui appartient à un autre monde que le nôtre, tu le sais bien. Il faudrait poser la question à ta grand-mère qui a travaillé pour Sophie Le Guen.

– Manon n'intéresse pas Nelson. C'est après toi qu'il en a.

Gwen releva la tête, inquiète.

– Explique-toi.

– Il te cherche dans les rues de Cancale.

Elle n'avait pas préparé de plan pour faire avouer sa mère ; elle pensait qu'il ne fallait pas évoquer d'emblée l'agression. Gwen en serait bouleversée et elle risquait d'aller dénoncer Nelson, ce que Morgane ne voulait pas. Certes, elle aurait aimé qu'il payât pour ce qu'il lui avait fait subir ; elle refusait pourtant de devenir une victime aux yeux d'autrui, sans compter que les relations des Le Guen pouvaient intervenir et faire basculer la justice en sa faveur comme c'était trop souvent le cas quand une ouvrière et un notable s'affrontaient sur la place publique. La réputation de Morgane ne devait pas être entachée par un fait divers de cette nature, quand bien même elle obtiendrait réparation. Il existait d'autres moyens de laver l'affront et de châtier le coupable.

En attendant, aucun détail de cette affaire ne devait lui échapper. Gwen ne cachait pas son étonnement, son embarras et sa crainte.

– Pourquoi me cherche-t-il ?

– C'est à toi de me le révéler. Quelles sont tes relations avec cet homme, maman ?

Cela faisait bien longtemps que sa fille ne l'avait pas appelée ainsi et, malgré son trouble, Gwen eut envie de l'en remercier. Elle n'avait jamais réussi à être proche de Morgane alors que sa complicité avec Clara était bien réelle.

– Je l'ai connu enfant, nous avons joué ensemble puis sa mère nous a séparés : elle ne supportait pas qu'il s'acoquine avec quelqu'un comme moi.

Elle mentait à peine.

– Tu ne l'as pas revu depuis ? demanda Morgane d'un ton soupçonneux.

– Si, par hasard, dans la rue, mais il sort rarement. Nous n'avons plus grand-chose en commun.

La jeune fille fit la grimace. Les explications de sa mère étaient claires et cohérentes. Se pouvait-il que Nelson fût la proie de crises qui lui faisaient tenir un discours sans queue ni tête, évoquant un jour Gwen, un autre Thérèse ou Caroline, au gré de ses hallucinations ? Il circulait tant de bruits à son propos.

Morgane avait surpassé le choc provoqué par son agression et elle réfléchissait avec méthode sur la conduite à adopter, en gardant le visage baissé, comme si elle contemplait ses belles mains fines. Relevant brusquement les yeux, elle surprit un éclair de terreur dans le regard de sa mère. Elle comprit alors que Gwen lui cachait quelque chose. Aussitôt, le visage de celle-ci changea. Un sourire l'éclaira tandis qu'elle posait une main rassurante sur les cheveux si épais de sa fille aînée. Cette dernière la sentit trembler. Elle faillit se livrer à elle afin de la pousser dans ses derniers retranchements, mais elle se ravisa, pensant aux conséquences sur sa propre vie : tout plutôt que d'admettre devant les autres qu'on avait tenté de l'abuser, bien qu'en définitive elle eût remporté la partie.

L'arrivée de Clara l'empêcha de prendre une décision. Elle tenait un ouvrage de dentelle alors que sa sœur la croyait en train de faire ses devoirs. Elle semblait soucieuse et demanda son avis à sa mère concernant un point difficile. Morgane renonça à poursuivre ses investigations.

Gwen aida Clara avec plaisir, soulagée d'être interrompue. Elle préparait quelques vêtements pour l'Exposition universelle de 1937, à Paris, où Manon aurait une place dans le pavillon dédié à la Bretagne. Si Clara expérimentait des collections simples destinées aux clientes de sa mère, cette dernière confectionnait des colliers en irlande, de facture épurée, réservés à l'événement. L'Exposition de 1925 avait récolté un franc succès, mettant en avant le style Arts déco français qui succédait à l'Art nouveau 1900, très chargé. Manon espérait beaucoup de cette nouvelle vitrine et avait mis sa fille à contribution pour donner le meilleur d'elle-même. Les Bretons y brillaient tout particulièrement grâce à leur créativité sans cesse renouvelée, à l'affût de la dernière mode. Pour autant, les aléas économiques frappaient le secteur. La crise de 1929 avait balayé bien des certitudes. Les conditions d'exportation du produit se dégradèrent, la dentelle venue d'Indochine, de qualité moindre mais au tarif concurrentiel, réduisit les débouchés. La création du gant d'irlande donna un nouveau souffle au marché mais les temps étaient incertains et la conjoncture économique fragile en raison de la menace d'une nouvelle guerre contre l'Allemagne.

Se souvenant de la mort de son oncle dans les tranchées, Gwen se félicitait de n'avoir pas engendré de fils ; elle pensait, comme la majorité de ses concitoyens, que les gouvernements français, anglais et allemand sauraient éviter un conflit sanglant. Penchée sur le col en dentelle de Clara, Gwen n'en songeait pas moins aux questions préoccupantes de sa fille aînée au sujet de Nelson. Le carnet noir était toujours caché parmi ses sous-vêtements. Elle éprouvait une terreur absolue à l'idée de le lire. Le jour où elle disparaîtrait, il tomberait sous les yeux de ses enfants qui ne pourraient pas résister à l'envie de l'ouvrir et de le parcourir. Qu'y découvriraient-elles ? Quelles en seraient les conséquences sur leur avenir ? Gwen devait-elle se résoudre à le détruire avant que les révélations qu'il contenait ne brisent sa famille ?...

La fatalité

– Il n'y a que vous qui puissiez l'aider.

– Vous vous trompez, je ne suis pas si douée que mon arrière-grand-mère…

– Vous avez des notions, vous venez de l'avouer. Je vous en prie, mademoiselle, je vous en supplie. Ne serait-ce que pour mon fils…

– Il y a bien d'autres guérisseuses dans la région à qui vous pourriez vous adresser.

– Je n'ai confiance qu'en vous. Vous êtes discrète et je sais que ma belle-mère consultait parfois Nicolette Kerrien.

– C'est si loin…

– Pas tant que ça. Il y va de la réputation de notre famille, mademoiselle, et de la vie de mon mari. Si vous ne faites pas quelque chose, je crains le pire. Je vous rassure : si vous échouez, je ne vous en voudrai pas. Au moins, essayez !

Clara y consentit à contrecœur, face au désarroi de son interlocutrice.

L'épouse de Nelson Le Guen était venue la voir vêtue comme une femme du peuple, le visage dénué d'artifices, afin d'obtenir son accord. Sans doute croyait-elle qu'en laissant dans son château ses habituels attributs, elle atténuerait la différence entre leurs deux milieux, qu'en imitant l'apparence de celle dont elle avait besoin, elle ne risquait pas de l'impressionner et gagnerait plus facilement sa confiance. Elle avait dû se renseigner au préalable sur la personnalité de la jeune fille et en avait déduit qu'il était inutile de se montrer autoritaire et hautaine pour voir son désir se matérialiser. D'ailleurs, elle avait eu raison, Clara la prenait en pitié et s'avouait vaincue. Soulagée, Madeleine n'en songea pas moins qu'au moment de la rétribuer elle revêtirait ses élégants atours afin de bien marquer la distance qui les séparait et de ne pas laisser croire à cette donzelle, au physique assez terne, qu'elle était son égale. En attendant, elle devait obtenir tout de suite un rendez-vous, avant que la fille de Gwen ne changeât d'avis.

– Pouvez-vous venir cet après-midi ? Le plus tôt sera le mieux, vu l'état de mon mari.

– C'est-à-dire, après l'école ?

– Oui, je serai au domaine pour vous recevoir et vous conduire auprès de lui.

Madeleine fit mine de s'éloigner, puis se ravisa et tourna un visage sournois vers la jeune fille.

– Ah, une dernière chose, gardez tout cela pour vous.

– Bien entendu ! répondit Clara, piquée au vif.

– Pas un mot à votre mère ou à votre sœur.

Clara hésita, elle n'avait pas l'intention d'en parler à Morgane, mais Gwen ne devait-elle pas être mise au courant ?

– Vous êtes une grande fille, murmura Madeleine Le Guen d'un ton qui sous-entendait que Clara se comporterait comme une enfant si elle rendait compte de tous ses agissements à sa famille.

Et elle tomba une fois de plus dans le piège.

– Personne ne le saura.

Madeleine la remercia d'un sourire et s'esquiva comme une ombre. Clara resta un moment immobile à regarder la sente dans laquelle l'épouse de Nelson Le Guen l'avait suivie afin de lui parler et de la solliciter pour venir au domaine soigner son mari. Elle avait décrit un homme atteint d'un mal étrange contre lequel la médecine traditionnelle ne pouvait rien. Madeleine n'avait pas confié à Clara qu'elle avait déjà consulté plusieurs guérisseuses dont les agissements n'avaient pas donné de résultat. Au contraire, les potions administrées à Nelson l'avaient rendu malade, sans améliorer sa raison. Si Nicolette avait été encore vivante, elle se serait adressée à elle. Elle savait en revanche qu'il était inutile de faire appel à Gwen qui refusait de succéder à sa grand-mère. Quant à Manon, elle vivait depuis longtemps à Paris et n'était revenue ces dernières années, à Cancale, que pour les funérailles de sa mère, la mise assez élégante pour reléguer Madeleine au rang de débutante à un bal de province. Affairée à se rendre antipathique, tout en poursuivant des études brillantes et en grandissant en beauté, Morgane n'avait jamais voulu être l'héritière des secrets de Nicolette. Seule Clara, guidée surtout par la compassion, avait recueilli les confidences de la pauvre vieille. Elle y avait pris goût et jugeait que ce don pouvait la servir à l'avenir, si elle se blessait ou en cas de maladie ; elle rejetait toute idée d'en faire commerce. La persuasion de Madeleine Le Guen avait emporté sa résistance. Elle le regrettait sans se dédire ; elle se présenterait bien à l'entrevue, d'autant plus qu'un homme était en danger. Clara était timide, peu téméraire, malgré sa sensibilité qui pouvait lui faire accomplir des actes que sa nature désavouait. La générosité la transformait parfois en héroïne, comme le jour où elle avait sauvé un enfant de la noyade alors qu'elle ne savait pas nager.

– Comment as-tu fait ? s'était étonnée sa sœur qui n'avait jamais appris non plus, malgré les promesses de Gwen.

– Je ne sais pas, les mouvements me sont venus naturellement. C'était comme si… comme si quelqu'un avait nagé à ma place pour sauver cette petite fille.

– N'importe quoi ! Tu te rends compte des risques que tu as pris ? avait demandé sa sœur d'un ton bougon, furieuse de ne pas être l'objet de l'admiration de la foule qui s'était massée sur la plage pour féliciter Clara.

– Je ne pouvais pas la laisser mourir quand même !

Quand Morgane comprit que sa sœur refuserait d'être rétribuée par les parents de la fillette, son visage s'empourpra de rage. Elle s'avança vers la famille avec un sourire de circonstance :

– Ma petite sœur est trop bouleversée, j'accepte à sa place, déclara-t-elle d'une voix ferme en se saisissant prestement de l'argent.

Clara lui jeta un regard contrarié qu'elle ignora.

– Godiche ! murmura-t-elle, satisfaite de sa présence d'esprit.

Puisque Clara dédaignait cette récompense, elle l'utiliserait pour son propre compte ; elle n'avait pas rendu les sous à sa cadette qui ne les avait d'ailleurs jamais réclamés.

À l'heure dite, Clara se présenta au domaine du Tremblay, sans avoir besoin de mentir à sa mère qui travaillait tard et ne pouvait surveiller son emploi du temps. Quant à Morgane, elle se désintéressait des faits et gestes de sa sœur, appréciant que celle-ci agît d'une façon semblable à son égard. Clara pouvait être tranquille, personne ne lui poserait de questions embarrassantes à son retour au village.

Elle fut saisie par le charme des lieux qu'elle contemplait pour la première fois. Du temps de Sophie Le Guen, le domaine avait périclité sous la mauvaise gestion du régisseur, qui avait été renvoyé depuis par Nelson et remplacé par un homme de confiance, sur les conseils des parents de Madeleine. Le parc était entretenu avec grand soin. Les massifs de fleurs et l'herbe tondue à ras lui conféraient une netteté que Clara, habituée au désordre et à l'insalubrité qui régnaient dans son quartier de pêcheurs, apprécia comme un luxe. Elle n'avait jamais quitté

Cancale, sauf pour une visite au Mont-Saint-Michel qui lui avait laissé un souvenir impérissable.

La jeune fille se dirigea vers le château. Libre de ses mouvements, elle ne se pressait pas afin d'admirer la nature environnante, domestiquée avec habilité. Elle observait tout, oubliant le but de sa visite et l'angoisse qu'il faisait naître. Quand elle passa près d'une croix, telle qu'on en voyait presque à chaque carrefour en Bretagne, une langueur étrange s'empara d'elle, puis le malaise s'évanouit à mesure qu'elle s'en éloignait. Clara n'était pas assez expérimentée pour réaliser l'énorme et minutieux labeur qu'avait exigé ce parc, constitué de chambres de verdure et de labyrinthes. L'ensemble formait une collection botanique que des spécialistes, venant de la France entière, aimaient parcourir et analyser. La proximité de la mer et la douceur du climat, sans oublier la pluie nourricière, avaient permis l'éclosion d'espèces subtropicales, dont la jeune fille ignorait bien évidemment les noms, tels des palmiers et des eucalyptus. Depuis son mariage, Nelson s'était pris de passion pour son parc. Il avait fait appel à plusieurs jardiniers dont le travail s'apparentait à de l'art, et il n'hésitait pas à leur prêter main-forte, heureux de voir s'épanouir fleurs, buissons, arbres, mises en scène pastorales comme ce bassin, abritant des poissons rouges, qu'il avait fait creuser. Ce goût l'empêchait de sombrer tout à fait. Toutefois, sa dépression augmentait avec les mauvais jours et l'inactivité qui en découlait. Son humeur dépendait à présent des saisons.

De peur d'être en retard, Clara tourna le dos au jardin pour avancer vers l'entrée du manoir. Une jeune fille de son âge se tenait sur le seuil et l'introduisit dans un salon où elle l'invita à prendre place, en attendant que Mme Le Guen descendît. Impressionnée par le décor, la jeune fille osa des regards furtifs autour d'elle et constata avec étonnement des marques de délabrement. Le papier peint était décollé par endroits sous l'effet de l'humidité. Les tapis étaient usagés, le tissu des fauteuils témoignait du manque d'entretien, si l'absence de poussière attestait du souci de donner le change face à cette usure. Clara eut le temps de remarquer que des espaces plus clairs sur les murs trahissaient la présence de tableaux, peut-être vendus pour subvenir aux besoins de la famille. L'arrivée de Madeleine l'empêcha de s'appesantir sur cette découverte peu conforme avec la première impression très favorable apportée par le parc.

Son hôtesse était à présent élégamment vêtue et elle arborait un sourire moins chaleureux que ce matin. Après quelques mots d'usage, elle la pria de la suivre dans la chambre de son mari. Clara monta un majestueux escalier. Elle se sentait très nerveuse avant l'entretien, espérant de tout cœur savoir traiter la maladie de cet homme et lui redonner goût à la vie.

Madeleine la fit pénétrer au sein d'une pièce sombre où, tout d'abord, elle ne se repéra pas, la faute aux volets tirés. Puis elle aperçut le lit et la silhouette qui y était couchée. La neurasthénie de Nelson l'avait, ce matin, retenu prisonnier de ses draps, comme l'expliqua son épouse pour excuser le fait qu'il n'était ni lavé, ni coiffé, ni habillé. Clara s'approcha tandis que l'homme émergeait du sommeil et se redressait en gémissant. Elle vit les contours d'un visage émacié, aux traits tirés, aux joues rouges, aux yeux brillants, comme si la fièvre le possédait. Madeleine expliqua la raison de sa présence et Nelson ne protesta pas, ce qui soulagea la jeune fille qui n'aurait pas su comment réagir si le patient avait refusé de se soumettre à son diagnostic. Elle lui demanda la permission de l'ausculter.

– Allez-y ! répondit Madeleine à la place de son mari.

Clara aurait préféré être seule avec le malade en dépit du fait qu'elle craignait les soupçons pouvant peser sur elle, si quelque chose de fâcheux survenait après sa visite.

Après s'être assurée que Nelson ne souffrait pas physiquement, si ce n'était, comme il l'avoua, d'une grande fatigue, Clara apposa ses mains contre la peau de son poignet pendant plusieurs minutes, en silence. Elle sentit toute la fragilité, le mal-être et le désespoir du notable.

– Avez-vous des problèmes avec le bétail en ce moment ? demanda-t-elle à Madeleine.

– En effet. Les vaches ont un comportement bizarre... Vous y voyez un lien avec...

– Conduisez-moi à l'étable.

Madeleine fut sur le point de protester. Face à l'expression pleine d'assurance de Clara, elle obtempéra. Appelant la servante pour veiller sur Nelson, elle fit signe à la jeune fille de la suivre, non sans s'étonner de la rapidité de la consultation.

– M. Le Guen doit nous accompagner, dit Clara qui semblait dans un état de transe.

Mal à l'aise, Madeleine ordonna à son époux d'enfiler une tenue correcte.

– Vous pensez à quoi ? chuchota-t-elle à la jeune fille quand elles se réfugièrent dans le corridor en attendant que Nelson fût décent.

– Votre mari est ensorcelé. Pas d'inquiétude, je sais comment le désenvoûter. Avez-vous eu des naissances d'animaux récemment ?

– Oui, plusieurs veaux, des cochons, des...

– Pouvez-vous me dire avec certitude si l'une de vos vaches est la neuvième d'une même mère ?

Madeleine, interloquée, se fit répéter la question, avant de convenir qu'en effet Fol Épi était bien issue d'une neuvième mise bas de Zoé.

– Votre époux va venir avec nous voir cette Fol Épi.

De plus en plus interdite, Madeleine ne savait qu'approuver avec espoir et inquiétude. Une fois son mari prêt, elle l'invita à se saisir de son bras pour marcher jusqu'aux pâtures. Fol Épi se révéla une bête paisible qui se laissa manipuler avec placidité et un fatalisme qui lui valut une double ration de foin ce soir-là. Il lui en fallut de la patience pour accepter qu'on lui entrouvrît la mâchoire afin d'en sortir sa langue, comme si Clara allait introduire un bâtonnet dans sa gorge en lui demandant de faire : « Ha » ! À la place, elle enjoignit Nelson de passer un doigt sur la langue épaisse et rugueuse, au contact déplaisant et salvateur selon elle.

– Cette vache est pareille à la neuvième fille d'une fratrie, capable de lutter contre certaines maladies.

Peu convaincu, à peine conscient de ce qu'il faisait, Nelson obéit puis se retira à nouveau dans son antre.

– Et maintenant ? s'enquit Madeleine, un brin agacée par ce simulacre d'exorcisme.

– Attendons un peu avant de nous prononcer.

À contrecœur, la propriétaire du domaine proposa à Clara de boire quelque chose. La jeune fille refusa. Elle ne voulut pas non plus être rétribuée, arguant que la séance l'avait épuisée et qu'elle n'aspirait qu'à rentrer chez elle pour se reposer. Visiblement soulagée, Madeleine la remercia du bout des lèvres. Sur le point de partir, sa visiteuse ne put néanmoins résister :

– Le parc est magnifique…

– C'est mon mari qui l'a conçu avec l'aide des jardiniers. La botanique l'a sauvé dans les mauvais jours. Il n'a pas eu une enfance facile, vous savez…

La jeune fille sentit que son interlocutrice ne trichait pas à cet instant, qu'elle lui parlait en toute confiance de ce qui minait son couple. Par courtoisie, elle ne répondit pas. Madeleine échangea avec elle un regard presque complice. Elle évoluait dans le cercle étroit des notables de province où le cas de son mari devait faire jaser. Trouvait-elle du réconfort dans une amitié féminine dénuée de préjugés, au sein de ce milieu où les personnes qui exprimaient une différence étaient très vite évaluées défavorablement ? Clara n'ignorait pas que ce moment de connivence serait aussi bref que l'existence de ce papillon blanc qu'elle voyait voler de fleur en fleur. Et que le fait qu'elle réussît à soulager son mari n'y changerait rien. D'ailleurs, Madeleine se raidissait, son expression devenait plus lointaine, elle voulait mettre un terme à cet échange.

Clara la salua et s'éloigna d'un pas lent afin de pouvoir admirer le parc dans la lumière atténuée des premières heures du soir. Longeant la croix, elle perçut à nouveau ce singulier sentiment de danger et de fatigue qui l'avait envahie à son arrivée. Désorientée, comprenant que cet état ne devait rien au hasard, elle s'immobilisa et observa les alentours avec attention. À sa place, Morgane aurait poursuivi son chemin en haussant les épaules ; elle n'avait pas été mise au fait de certaines croyances et sorcelleries. Rien dans son angle de vision ne permettait pourtant de justifier cette impression de vulnérabilité et d'angoisse qui s'emparait d'elle. Se détournant, elle fixa la croix et sa vague sensation de peur se mua en terreur. Tandis qu'une boule se formait dans sa gorge, ses yeux se remplirent de larmes et une vive douleur lui traversa le ventre. Jamais elle ne s'était sentie aussi mal. Elle eut la certitude que quelque chose d'horrible avait eu lieu ici, longtemps auparavant. Elle sut aussi qu'il lui fallait fuir au plus vite. Avec effort, elle se mit à avancer vers le portail. Son soulagement fut intense quand les effets du maléfice diminuèrent à mesure qu'elle mettait de la distance entre elle et la croix. Lorsqu'elle franchit le portail et se retrouva sur la route, Clara était redevenue elle-même. Respirant profondément pour se calmer, elle regretta de ne pas pouvoir parler à son arrière-grand-mère.

Le soir tombait. Clara emprunta le chemin qui la reconduisait à Cancale. Dominant les bas-côtés, des haies se dressaient comme des silhouettes fantasmagoriques dans la nuit profonde. Elle frissonna un peu sous la brise. À la moitié de son parcours, elle s'arrêta soudain, pressentant ne plus être seule. Aux aguets, elle tenta de percer l'obscurité qui s'installait. Une silhouette surgit des ténèbres et fonça sur elle avant qu'elle pût crier. Qui l'aurait entendue dans cette lande déserte ? Poussée à terre, elle s'affala sur un sol caillouteux qui lui blessa le dos. Les yeux écarquillés d'horreur, elle s'efforçait d'identifier son agresseur, la nuit l'en empêchait. De plus, il portait une capuche qui dissimulait ses traits. Clara en déduisit qu'il s'agissait d'un pêcheur revêtu de la veste traditionnelle, destinée à le protéger du vent et de la pluie. Elle se débattit en vain, l'inconnu possédant plus de forces qu'elle. Il avait sans doute prémédité son attaque et, en la surprenant, ne lui avait pas laissé le temps d'organiser sa défense ou sa fuite. Sous le poids de son adversaire, la tête de Clara heurta une pierre et sa vue se troubla. Elle sentit un liquide tiède se répandre derrière son cou avant de perdre connaissance.

Dans la pièce, Gwen allait et venait, anxieuse et impuissante. En la regardant, Morgane sentit ses nerfs céder à l'exaspération. Les larmes jaillissaient déjà des yeux de sa mère, réaction bien exagérée à un simple retard de la part de Clara.

– Elle est probablement chez une amie.

– J'en ai fait le tour et pas une ne l'a vue depuis sa sortie de l'école, il y a de cela huit heures, tu te rends compte !

Gwen était au bord de l'implosion. En calculant depuis combien de temps Clara était absente, Morgane prit conscience qu'en effet il y avait peut-être matière à s'inquiéter. Toutefois, elle n'allait pas se mettre dans tous ses états comme Gwen, dont le visage rouge et chiffonné n'était plus du tout présentable. Elle en voulait à sa sœur de ce grand dérangement. Sa soirée était gâchée. Elle avait été empêchée d'étudier et mise à contribution afin de chercher Clara, quête qui s'était avérée stérile. Sa mère lui reprochait de n'avoir pas agi avant son retour tardif, quand elle s'était aperçue que sa sœur n'était pas rentrée à l'heure prévue, alors qu'Hubert pratiquait la pêche de nuit. Si elle n'avait pas eu des préoccupations plus graves, Gwen l'aurait volontiers giflée.

À 23 heures, Morgane s'était assoupie sur sa chaise et Gwen se tenait voûtée contre la cheminée, surveillant la porte, espérant qu'elle s'ouvrirait enfin sur sa cadette. Ce qui finit par arriver. Clara était cependant dans un tel état que sa mère comprit qu'elle ne pourrait pas tout de suite s'abandonner à la joie et au soulagement des retrouvailles.

La jeune fille boitait. Ce n'était pas le pire : son visage, maculé de terre, présentait des ecchymoses, sa robe était déchirée et tachée de sang. Elle tomba dans les bras de Gwen en sanglotant, ce qui réveilla Morgane. Celle-ci contempla sa sœur et serra les mâchoires. Son aspect évoquait le souvenir de l'agression dont Nelson s'était rendu coupable à son égard. Si elle n'avait pas réussi à lui faire entendre raison, il aurait été au bout de son infamie et Morgane aurait été retrouvée aussi dévastée. Aussi, le soupçon lui vint aussitôt que le notable pouvait être responsable du traumatisme de Clara. Elle garda le silence en attendant que cette dernière leur fournît des explications ; peut-être avait-elle chuté dans la forêt ? Tandis que Clara se laissait enlacer en pleurant, Morgane se leva pour préparer du café. Elle hésita face à la bouteille de calvados puis se décida à en verser un verre qu'elle tendit à sa sœur.

Clara buvait rarement de l'alcool, pourtant elle s'empara du breuvage avec avidité et l'avala sans reprendre sa respiration.

Un peu de couleur lui revint aux joues. Gwen l'aida à s'asseoir et articula avec hésitation :

– Tu es saine et sauve, c'est le principal. Nous allons appeler le docteur Carois.

– Non ! s'écria la jeune fille.

Elle était encore choquée et Gwen n'insista pas.

– Tu n'es pas blessée ?

– Je ne crois pas…

– Me permets-tu de t'examiner ?

Clara se laissa faire avec réticence. Gwen nota une plaie et une bosse sur sa nuque, ainsi que de multiples contusions et écorchures, mais rien de grave. Elle s'était aussi tordu la cheville. Rassurée, la jeune femme se dit que ce n'était pas le moment de soigner ces lésions superficielles. Clara devait expliquer ce qui avait occasionné son retour au cœur de la nuit, sale et meurtrie.

– Que s'est-il passé ?

– J'ai été agressée…

– Qui ? demanda Gwen d'une voix qui tremblait.

– Oh, m'man, je n'en sais rien ! C'était dans le noir et je n'ai pas vu son visage…

– Tu n'as aucun indice ?

– Non.

La prochaine question avait du mal à passer les lèvres de Gwen.

– Que t'a-t-il fait ?

– J'ai été violée, avoua Clara, avant de s'effondrer sur la table où elle se mit à gémir comme une enfant.

Gwen avait pâli. Elle caressait les épaules de sa fille dans un vain réconfort. Son regard croisa celui de Morgane, pétrifiée.

– Qui a pu faire une chose pareille ? demanda-t-elle à son aînée.

– Je… j'ignore qui…

Clara releva la tête avec une sorte de sursaut, une lueur plus vive dans ses yeux aveuglés par les larmes qui trahissait l'importance de ce qu'elle s'apprêtait à énoncer :

– C'était un pêcheur… J'ai vu sa veste, c'était une veste de pêcheur… Et il te connaissait, m'man, il a prononcé ton prénom plusieurs fois…

Clara

1939-1945

C'est une fille !

– C'EST HORRIBLE À DIRE, mais je suis presque soulagée qu'il y ait la guerre car cela fera oublier la grossesse de Clara.

Morgane fit la moue en entendant les paroles de sa mère.

– Il aurait fallu qu'elle accepte de partir, le temps d'accoucher, d'abandonner le bébé et de revenir.

– Dans un couvent ?

– Par exemple.

– Tu es dure ! Les gens auraient jasé à son retour.

– Sans doute. Tu ne peux pas les en empêcher. En l'absence de preuves, ils auraient fini par se lasser, déclara Morgane, toujours pratique.

– Abandonner un enfant, c'est grave.

– Ce nourrisson est le fruit d'un viol. Clara ne va pas bien. J'ai peur qu'elle rejette son bébé.

– Je m'en occuperai, assura Gwen.

– Et ton travail ?

Gwen soupira.

– Écoute, je ne sais pas...

Elle se tut brusquement ; elle avait failli avouer qu'elle était née de la liaison de Manon avec Bertrand Le Guen et que

Manon, si elle n'avait pas été une mère exemplaire, avait fini par s'attacher à elle. Les circonstances étaient certes différentes puisque Bertrand n'avait pas forcé Manon ; il l'avait abandonnée et n'avait jamais reconnu sa fille. Clara et Morgane ignoraient tout du passé de leur mère, comme Hubert. Il devait en être toujours ainsi. Gwen ravala sa confession et préféra changer de conversation :

– Je suis heureuse de ne pas avoir de fils.

– C'est bizarre, cette guerre qui n'en est pas une. On dirait que, d'un côté comme de l'autre, les combattants hésitent. Il paraît que certains jeunes, par désœuvrement, ont planté des rosiers sur la ligne Maginot.

– Eh bien, ne nous en plaignons pas. Les hommes sont peut-être au loin mais vivants. Je suis terrifiée à l'idée de revivre les tragédies de la Grande Guerre.

– Voilà qui ferait tomber dans l'oubli la grossesse de Clara, persifla la jeune fille.

L'humour noir de Morgane et sa cruauté souvent délibérée suscitaient toujours chez Gwen une vive contrariété ; elle avait appris à ses dépens qu'il était inutile de vouloir modifier son caractère bien trempé. Au lieu de se pencher sur le problème, somme toute dérisoire, de son aînée, elle veillait sur celui, plus tragique, de sa cadette. L'idée d'un avortement dans l'illégalité avait effleuré Gwen lorsque sa fille lui avait confié son désarroi face à l'absence de ses règles depuis deux mois. Il fallait consulter un médecin, ce que Clara refusait avec vigueur : elle ne voulait plus qu'un homme la touchât. Gwen avait alors proposé de se rendre à Rennes où une femme exerçait. Après bien des atermoiements, Clara y avait consenti, sachant qu'elle ne pourrait prendre le risque d'une grossesse non suivie.

Gwen dut inventer un déplacement professionnel pour justifier sa journée à Rennes. Hubert lui-même resta dans l'ignorance de la véritable raison de ce voyage. Si Clara était bien enceinte, Gwen devrait lui parler et mentir encore puisque, sur les instances de sa fille, personne ne l'avait mis au courant de la sordide affaire. La menace de la guerre se profilant déjà, le départ de Gwen et de sa cadette n'alimenta guère les rumeurs, les gens ayant surtout besoin d'évoquer les articles de journaux dans lesquels le conflit paraissait évité grâce à de miraculeuses interventions françaises et anglaises. Gwen pressait aussi Clara à consulter dans le cas où, la guerre ayant bien lieu, les moyens de transport deviendraient plus difficiles à emprunter.

Au bout du compte, la doctoresse diagnostiqua une grossesse, tout en faisant preuve d'une douceur et d'une délicatesse qui réconfortèrent un peu sa jeune patiente. Elle n'en était pas moins ravagée par la nouvelle. Face à son désespoir, le médecin évoqua à demi-mot la possibilité d'un avortement, faisant référence à des lieux où elle serait traitée avec compréhension. Gwen promit qu'elles y réfléchiraient, cette idée lui inspirant pourtant de l'horreur. Elle s'y serait résolue si Clara avait manifesté son désir de mettre fin à ce qu'elle considérait comme un calvaire. À son propre étonnement, et bien qu'elle connût des crises de doute et d'angoisse, la jeune fille désira garder le bébé, quitte à faire face aux commérages et à bouleverser son existence : n'avait-elle pas seulement dix-huit ans ?

Gwen songea que Clara allait devoir abandonner ses études et chercher un travail quand le bébé viendrait au monde. Le mieux serait qu'elle la secondât dans ses travaux de dentelle. Ce premier problème réglé, en viendrait un second, et pas des moindres ; puisque Clara avait dissimulé son viol, sa réputation serait livrée en pâture aux bien-pensants, alors qu'en réalité elle était une victime. Son propre père serait humilié par l'inconduite de celle qu'il croyait encore innocente. Elle aurait du mal à trouver un mari et à fonder une famille, du moins dans l'immédiat. Clara n'était pas la première Bretonne à devenir fille-mère. Gwen en connaissait plusieurs qui avaient fini par se marier et par avoir d'autres enfants, menant une vie honnête, oubliant parfois leur jeunesse hardie jusqu'à se montrer aussi prudes que le curé du village.

Il y eut donc des commentaires désobligeants, des moqueries, des leçons de morale, des questions indiscrètes, une grande colère de la part d'Hubert, suivie d'un profond abattement... Puis la guerre fut déclarée et la peur s'infiltra dans tous les foyers ; on en oublia que Clara était enceinte d'un inconnu, un colporteur, prétendait-elle, comme sa grand-mère jadis. Le ventre de la jeune fille ne prenait guère d'ampleur et les inconnus ne se rendaient pas compte de son état. Elle sortait d'ailleurs peu, brodant toute la journée dans la longère, tandis que son père naviguait et en l'absence de sa sœur qui, après son baccalauréat, était entrée à l'université de Rennes où elle étudiait dans le but d'être institutrice.

Juste avant l'inscription de cette dernière, un dramatique accident eut lieu au domaine du Tremblay : Nelson Le Guen, imitant sa mère, se jeta dans l'étang du parc. Cette fois-ci, la famille ne put cacher qu'il s'agissait d'un suicide. Les temps avaient changé et personne n'était dupe. Nelson avait assez étalé son mal-être pour rendre crédibles les témoignages abondant dans le sens de l'enquête qui conclut qu'il s'était délibérément laissé tomber dans l'eau froide, une nuit de tempête. Gabriel avait alors treize ans. Madeleine quitta aussitôt les lieux avec lui pour ne plus y revenir. Elle se réfugia chez ses parents, à quelques kilomètres de Cancale. Toutefois, le domaine continua d'être entretenu grâce à l'argent légué par son défunt mari qui avait eu droit, en sa qualité de notable et de généreux donateur, à un service religieux, alors qu'on venait de le refuser à la fille d'un pêcheur qui avait plongé de la falaise, quelques semaines auparavant.

La mort programmée de son ami d'enfance causa de la peine à Gwen qui n'en montra rien. Pauvre Nelson ! Élevé par une mère fragile psychologiquement, qui l'avait privé d'une vie normale de petit garçon en le cloîtrant dans un château, à l'écart des contacts humains dont son équilibre et son épanouissement auraient eu besoin. Il avait grandi, étouffé par un amour délirant, éloigné de tout ce qui faisait le sel de l'existence, jusqu'à devenir cet adolescent délicat que Gwen avait connu, puis cet homme qu'elle avait perdu de vue et qu'elle plaignait, sans se douter qu'il était le père de l'enfant de Clara. Seule Morgane avait compris qui était l'auteur du crime infligé à sa sœur. Choquée, furieuse qu'il s'en fût pris à Clara après avoir tenté de la violer, elle avait pensé tout raconter aux gendarmes, avant d'y renoncer. Sa plainte arrivait bien tard après l'agression et devenait par conséquent douteuse. De plus, sa sœur ne désirait pas voir s'ébruiter l'affaire ; elle devait respecter ce souhait. En revanche, elle espérait que Nelson paierait un jour ou l'autre pour ce forfait non révélé et non puni. Quand elle apprit son décès, un immense soulagement l'envahit ; elle avait toujours craint qu'il ne réitérât son délit. Il pouvait à nouveau les harceler, elle ou Clara. Sa disparition la faisait se sentir plus légère. Certes, Clara n'y puiserait aucun apaisement puisqu'elle ne voyait pas de lien entre cet homme et son viol. Cependant, Nelson ne risquait plus ni de brutaliser une femme, ni de prendre ombrage de l'enfant à naître, ni de chercher à se l'approprier. Si elle n'approuvait pas que sa sœur eût choisi de le garder, maintenant qu'il était bien visible, il devait rester dans la famille, se disait la pragmatique fille aînée de Gwen.

De retour des funérailles de Nelson, Gwen et Hubert se rendirent compte que leur maison avait été visitée. Rares étaient les cambriolages dans le village, à part quelques poules subtilisées. Beaucoup d'habitants ne fermaient pas leur porte à clé. Le couple fouilla ses maigres biens afin de faire un constat de ce qui avait disparu. Rien ne semblait avoir été volé. Gwen confirma les dires de son mari à la gendarmerie. Or elle mentait. Quelque chose avait été dérobé dont elle ne pouvait parler : le carnet noir. Pendant plusieurs semaines, elle se tracassa puis, comme le quotidien reprenait son cours sans qu'elle fût inquiétée, elle s'efforça de ne plus y penser. Elle avait commis une erreur en conservant ce cahier au lieu de le brûler. À présent, elle examinait sa situation d'un œil critique ; elle ne pouvait dénoncer le vol de ce carnet dont la lecture serait probablement lourde de conséquences pour les familles Guyader et Le Guen. Cette dernière venait d'être endeuillée et Gwen devait affronter l'épreuve de la grossesse de sa fille. Il était inutile de compliquer encore les choses.

D'autant plus que la France venant de signer l'armistice, le souci de ce cahier évaporé fut remplacé par des préoccupations plus fondamentales. L'exode vers le sud avait commencé devant l'avancée allemande. De pauvres gens en voitures automobiles ou hippomobiles, en carrioles tirées par un cheval, à bicyclette ou à pied, formaient des files interminables sur les routes, souvent mitraillés par l'artillerie ennemie. Des villes comme Brive, Angoulême, Agen, Cahors, Bordeaux accueillirent des hordes de réfugiés hagards. Dès que la paix fut signée, les gens du nord et de l'est de la France envisagèrent un retour vers leur région d'origine. Une ligne de démarcation, imposée par les Allemands, constitua deux territoires bien distincts entre France libre et France occupée. Des premières mesures furent imposées comme d'avancer les pendules d'une heure.

Paris se vidait. Manon renonça à y rester. Elle ferma la boutique, fit ses bagages et monta dans un train, direction la Bretagne, sans prévenir personne puisque le chaos régnait. Un soir, épuisée, elle frappa à la porte de la longère et tomba dans les bras de sa fille qui ne l'avait pas vue depuis l'enterrement de Nicolette.

– Quel voyage ! s'exclama-t-elle en s'affalant sur une chaise. J'ai cru ne jamais arriver...

– Il paraît que les Parisiens retrouvent leur appartement avec soulagement, et toi, tu choisis de quitter la capitale, fit remarquer Morgane, dont l'école avait temporairement fermé ses portes.

– Morgane ! s'écria Gwen, outrée.

– Laisse, plaida Manon avec une grimace. Ta fille a du caractère, c'est bien, et en plus elle a raison. Les Allemands ne sont pas la seule cause de ma présence ici. Je n'ai plus l'âge de tenir une boutique de dentelle, ma hiérarchie me l'a fait comprendre. Il est temps que je prenne ma retraite.

Alertée par les éclats de voix, Clara se faufila sans bruit par la porte entrouverte de sa chambre et posa un œil intimidé sur son imposante grand-mère.

– Viens donc me voir, ma grande, déclara cette dernière en acceptant avec gratitude le verre de cidre que Gwen lui servait.

Clara s'avança en rougissant. Manon avisa son ventre proéminent et laissa échapper un rire nerveux.

– Eh bien ! Il y en a du changement ici. Moi qui craignais de m'ennuyer en province !...

Clara baissa la tête, si mortifiée qu'elle eût souhaité mourir sur-le-champ. Manon tendit les bras vers elle en souriant avec bravoure.

– Allons ! Explique-moi tout.

La vie s'organisa dans la longère avec toutes ces femmes. Leur présence continuelle poussa vite Hubert à naviguer plusieurs jours en mer afin d'y trouver la paix en compagnie de ses hommes d'équipage, dont le caractère bourru lui convenait mieux que les bavardages, les rires et les transes de ces dames qui ne tenaient pas en place. La Bretagne n'était pas l'une des régions les plus touchées de France par la présence ennemie et les dégâts qu'elle occasionnait. Le charbon manquait et la nourriture se raréfiait ; le petit potager de Gwen, les œufs du poulailler, le troc qu'elle menait avec ses voisins, palliaient les carences des cartes d'alimentation. Toutefois, son foyer comptait une personne de plus et bientôt deux, Clara approchant de son terme. Elle s'inquiétait d'ailleurs beaucoup de mettre au monde un enfant au sein d'un pays occupé. Quel mauvais départ dans la vie !

Chloé naquit à l'approche du long hiver 1940-1941. L'accouchement fut facile. La fille de Thérèse, décédée juste avant la guerre, remplaça sa mère. Les connaissances de Nicolette, transmises de génération en génération, allaient sans doute, dans une quinzaine d'années, être divulguées à cette petite fille aux cheveux cuivrés et aux yeux verts qui venait de pousser son premier cri. Tout le monde s'accorda à dire qu'elle était ravissante. Dans son for intérieur, chacun pensait : « Dieu merci, elle ne ressemble pas à son père, quel qu'il soit. » Clara se sentit aussitôt remplie d'amour à son égard malgré l'horreur de sa conception. Elle pensa qu'elle serait une bonne mère, ayant à cœur d'oublier le passé pour se consacrer au bonheur de son unique enfant. Elle avait fait le vœu de ne jamais se marier, ne supportant pas qu'un homme pût avoir des droits sur son corps. L'amour physique ne lui inspirait plus que terreur et mépris.

En revanche, la présence du nourrisson agissait sur elle avec la force d'une renaissance. Malgré le souvenir du viol et l'occupation que subissait le village, elle semblait presque gaie. Un soir, Morgane la surprit en train de danser et de chanter, Chloé dans les bras, au son du rythme entraînant de Joséphine Baker. Abasourdie, elle s'empressa d'éteindre le poste de radio.

– Tu sais bien que les Allemands n'aiment pas le tapage ! Ils s'imaginent sans doute que c'est un moyen de comploter…

– Aucun Allemand ne poussera cette porte, déclara Clara en ébauchant une nouvelle figure.

– On entend la musique depuis la rue.

– D'accord… Ce que tu peux être rabat-joie !

Vexée, Morgane faillit lui crier qu'elle savait qui était le père de Chloé. La raison lui revint vite, elle se contenta de jeter un regard sévère vers sa sœur, avant de s'engouffrer dans sa chambre, non sans faire claquer la porte au préalable comme pour prouver qu'elle pouvait se montrer bruyante à son tour. Son oisiveté forcée lui pesait. Elle perdait son temps à Cancale et gâchait sa jeunesse à ne rien faire. À la mention des Allemands, elle ne pouvait s'empêcher de frissonner de rage et de rancœur. Ce n'était pas tant le fait qu'ils fussent les vainqueurs qui la gênait que ce qui en découlait, telles la fermeture de son école et l'interruption de ses études. Elle les détestait, tout en s'en méfiant. Pas plus tard que la veille, elle avait fait l'objet d'un sifflement admiratif de la part d'un de ces soldats blonds, aux yeux bleus, pas désagréables à regarder quand on oubliait qu'ils avaient conquis la France. Étonnée par ce témoignage flatteur de la part d'un ennemi, elle n'avait pas su de quelle manière réagir. Afin de désamorcer une tentative d'approche, elle avait choisi de l'ignorer. D'ailleurs, un gradé paraissait le sermonner. Les envahisseurs tenaient pour le moment à donner une image destinée à rassurer la population qui se défiait d'eux. Il n'était pas question que les soldats fissent preuve de familiarités déplacées envers les femmes françaises, fussent-elles aussi séduisantes que cette jeune Bretonne. Ce fut sans doute la teneur des reproches qu'adressa l'officier à son subalterne.

Le domaine du Tremblay avait été réquisitionné pour loger la troupe, ainsi que tous les châteaux des environs. Les Allemands avaient découvert le parc avec ravissement et s'étaient congratulés en se rendant compte que les lieux n'abritaient que la domesticité. La maison des parents de Madeleine Le Guen fut aussi jugée digne d'héberger des Allemands, y compris un général. La modestie de la longère des Forget leur épargna cette promiscuité. Pour autant, Gwen, Morgane et Clara croisaient les Allemands dès qu'elles sortaient. D'un commun accord, elles baissaient les yeux à leur approche, ne leur adressaient jamais la parole, faisaient mine de ne pas les remarquer, tout en s'efforçant de passer inaperçues, la rage au cœur, subissant la situation sans révolte. Bien que l'ennemi s'évertuât à se faire accepter, sa réputation d'atrocité à l'est de l'Europe l'avait précédé en Bretagne. Personne n'était dupe, hormis ceux, encore peu nombreux tout comme les résistants, qui avaient choisi de collaborer.

Hubert souffrait du couvre-feu car il avait l'habitude de demeurer tard sur son bateau. De plus en plus renfermé depuis la grossesse de Clara, il avait compris que Gwen ne l'avait jamais aimé, en dépit de sa bonne conduite, figure exemplaire d'épouse et de mère, malgré ses nombreuses tâches. La déception de ne pas engendrer de fils l'avait détourné de sa famille au profit de son travail et des liens indéfectibles tissés avec les autres marins. Aussi l'obligation de rentrer tôt à la maison lui répugnait-il. Il lui arrivait auparavant de passer la nuit sur son bateau, sans soulever chez son épouse une quelconque réprobation. À présent, il n'en avait plus le droit, la loi était bien claire et soumise à des sanctions en cas de désobéissance :

Les divers habitants de la ville ne doivent plus circuler dans les rues à partir de 22 heures (heure allemande). [...] *À la fin du jour, aucune lumière ne devra être visible de l'extérieur.*

L'école de Morgane rouvrit ses portes à son grand soulagement. Gwen n'était pas très rassurée à l'idée que sa fille repartît à Rennes alors que le pays était occupé. Elle dut se faire violence en songeant que l'université assurerait avec sérieux la sécurité des élèves. Obtenir une autorisation de déplacement ne fut pas facile, car elle tenait à accompagner Morgane, mais la jeune fille finit par réintégrer l'établissement avec un sentiment de joie non dissimulée. Gwen revint à Cancale en songeant qu'elle devait la laisser accomplir son destin, sans la brider par ses angoisses. Son départ créant un vide, elle se rapprocha de Manon, qui s'était installée dans la maison de Nicolette, et bien sûr de Clara et de Chloé. La vente de dentelle sur les plages n'était plus lucrative en ces temps troublés, et Gwen avait repris la broderie à domicile pour le compte d'une entreprise de la région, renonçant avec tristesse à son indépendance professionnelle. Clara l'aidait et quittait la longère seulement en cas de nécessité. À chaque fois qu'elle rencontrait un pêcheur, elle se disait qu'il pouvait être l'auteur du viol et le père de Chloé. De plus, pensée insoutenable, cet homme savait que le bébé était le sien, de simples calculs le corroborant. Bien sûr, il ne pourrait jamais prétendre à aucun droit sur lui. La pensée de croiser son bourreau, un profanateur qui se moquait d'elle pour n'avoir soufflé mot à personne de son calvaire, qui la méprisait pour n'avoir pas porté plainte, n'en était pas moins insupportable. Elle se dérobait donc aux regards, elle n'osait plus vivre comme avant, avec l'insouciance qui caractérisait la jeunesse. Sa seule consolation résidait dans la présence de Chloé, un tel cadeau du ciel qu'elle oubliait ce qu'elle avait enduré pour l'avoir. Les cris, les pleurs ou les gazouillements, qui tenaient lieu de vocabulaire à Chloé, avaient tôt fait de redonner le sourire à Clara. Morgane avait été la première surprise de la réaction de sa sœur qu'elle jugeait le plus souvent pusillanime et molle, selon ses propres termes. Elle se demandait si elle aurait affronté la réalité avec un tel courage en pareil cas. L'épreuve du viol et la naissance de Chloé auraient pu rapprocher les deux sœurs mais, outre que Morgane n'était pas attendrie par le nourrisson, le fait qu'elle connût l'identité du père la tenait à distance de Clara. Elle se demandait souvent si elle avait agi avec discernement en se taisant. Certes, la jeune fille allait plutôt bien et Nelson n'était plus de ce monde… Cependant, justice n'avait pas été rendue. Les Le Guen n'avaient pas payé. Les pauvres avaient abdiqué, s'étaient résignés, par la faute du silence de Morgane. Ce renoncement était intolérable à ses yeux. Elle ne pouvait cependant pas revenir en arrière et elle devait accepter la triste défaite.

Alors que l'aînée des Forget avait repris les cours depuis six mois, Hubert rentra un soir, l'air préoccupé. À table, il lâcha ces informations laconiques :

– Il paraît que des Français résistent et répondent à l'appel d'un certain général dont je n'ai pas saisi le nom… On m'a proposé d'en être… J'ai refusé.

Sa femme et sa fille le contemplèrent, médusées. Gwen se leva et tira le rideau afin de vérifier que personne ne pouvait surprendre leurs propos de la rue. Elle revint à sa place, s'apprêta à poser une question, mais un grand geste du bras de son mari l'en empêcha.

– Je voulais vous avertir que j'ai répondu non et c'est tout.

Avec son calme coutumier, il mettait ainsi un terme à une conversation que les deux autres auraient bien voulu prolonger, malgré leur peur d'être entendues ; ne disait-on pas que les murs avaient des oreilles ? Hubert pensait avoir agi avec raison : il avait charge de famille, il n'était pas aventureux, il détestait l'idée de prendre une arme pour tuer son prochain. Le souvenir de la dernière guerre hantait encore ses nuits. Son propre grand-père avait péri dans les tranchées, lacéré par une bombe allemande. Son père avait été blessé à la jambe gauche, il claudiquait légèrement depuis. Hubert était sûr d'avoir pris la bonne décision.

Il eût mieux valu qu'il n'en avisât pas sa famille. Clara le fixait, les yeux presque dilatés par la fascination dans la lueur vespérale de la longère…

« Jamais les Prussiens n'viendront
Manger la soupe en Bretagne. »

– Arrête de chanter, Clara ! Surtout cette rengaine, mendia Gwen, tout en préparant une soupe, pour fêter l'arrivée de Morgane, dont plus d'un Parisien aurait envié la composition.

Grâce à leur potager, les Forget ne souffraient pas trop des restrictions.

– Tu parles d'un mensonge ! Les Allemands sont partout, se plaignit Clara.

– Nous n'y pouvons rien.

Par prudence, la jeune femme se garda de répondre. Son père avait pourtant prétendu le contraire ; il existait des personnes assez courageuses pour refuser la tyrannie allemande. Si seulement elle était un homme, elle aurait immédiatement pris le parti de la rébellion. Son sexe le lui interdisait, du moins le croyait-elle. Il y avait aussi Chloé qu'elle ne pouvait se résoudre à abandonner. L'idée qu'un noyau de gens résistât à ces Boches, qu'elle haïssait, était une pensée réconfortante. Tout espoir n'était donc pas éteint en cet été 1941. Un jour, peut-être, la France ne serait plus sous le joug allemand. En attendant, il fallait subir en silence, et les Bretons des ports étaient en première ligne. Les villes de Lorient, Brest, Saint-Nazaire, transformées en bases de sous-marins allemands, connaissaient les premiers effets destructeurs des bombardements. Les civils avaient peur, sans savoir que la terreur serait bientôt leur quotidien en raison de l'ampleur et de l'imprécision du pilonnage allié à partir de 1942.

Tout à coup, la porte s'ouvrit et Morgane, sans avoir frappé au préalable, pénétra dans la pièce telle une tornade. Gwen poussa un cri et se précipita vers elle tandis que Clara, posément, s'avançait vers sa sœur en souriant. Elle la débarrassa de son bagage et l'observa alors qu'elle serrait sa mère contre elle, constatant combien elle semblait radieuse. Cette fois-ci, Gwen n'avait pas pu aller la chercher à Rennes, les voyages devenant de plus en plus soumis à un rigoureux contrôle. Il fallait justifier du moindre déplacement. Si Morgane avait pu obtenir le précieux laissez-passer, ou *Ausweis*, grâce à l'université qui répondait de la nécessité, pour chacun de ses élèves, de retrouver sa famille en période de vacances, Gwen aurait été bien en peine d'expliquer le besoin d'escorter sa fille, majeure depuis quelques mois.

Morgane n'avait pas à passer la ligne de démarcation, séparant zone libre de zone occupée, ce qui aurait été bien plus problématique. Son court trajet dans un wagon de train bondé n'en avait pas moins été éprouvant à cause de la présence des Allemands. Ces derniers, corrects dans les premiers temps et même respectueux envers le peuple conquis, révélaient leur vraie nature et se montraient plus arrogants, profitant de leur pouvoir pour disséminer la peur parmi une population en proie aux privations. Morgane ne savait pas que l'embryon de résistance qui émergeait, conjugué à une situation instable sur le front de l'Est et à l'opposition anglaise, traçaient les premiers sillons d'un doute qui ne cesserait de grandir jusqu'à la déconfiture finale. On en était loin et la jeune fille ne voyait aucun motif de se réjouir, sa foi en l'avenir était quasi nulle.

Pourtant, elle était trop heureuse de son sort pour se lamenter. Ses résultats scolaires étaient excellents et, un peu fatiguée par son année, elle aspirait à une trêve dans son cher village.

Elle annonça d'emblée :

– J'ai trouvé ma voie. Je serai chercheuse.

– Chercheuse, répéta Gwen, dubitative. Tu disais que tu te destinais à l'enseignement…

– Non, ce n'est plus d'actualité, les gosses sont trop versatiles. J'ai bien réfléchi et je préfère travailler avec des adultes. Je manipulerai des fioles pour trouver des remèdes aux maladies.

– Un peu comme Nicolette avec ses dons de rebouteuse, murmura Gwen, émue.

– Taratata ! Moi, je suis une scientifique et les potions de sorcière n'ont aucune valeur à mes yeux.

– Je t'interdis de lui manquer de respect ! s'écria Gwen avec une véhémence qui intrigua ses deux filles.

Décidément de bonne humeur, Morgane alla jusqu'à s'excuser.

– Je voulais dire que j'avais l'esprit cartésien. Je vais être la nouvelle Marie Curie !

Clara, qui n'était pas intervenue, alla chercher Chloé dans son parc.

– Regarde comme ta nièce a encore grandi, fit-elle remarquer pour changer de sujet, sentant leur mère contrariée.

Si Morgane persistait dans son orientation professionnelle, elle choisirait peut-être d'exercer au sein d'un laboratoire parisien, et cette perspective ne souriait pas à Gwen.

– Et comme ses cheveux ont poussé ! Elle sera aussi belle que sa tante, n'est-ce-pas ?

Un instant interloquées par tant de vanité, Gwen et Clara finirent par éclater de rire à l'unisson.

En dépit de sa gaieté apparente, Morgane ressassait la rencontre qu'elle avait faite entre la gare et la longère. Juchée sur la carriole du docteur Lechevalier, qui avait remplacé le docteur Carois, que le hasard lui avait fait rencontrer sur la route, elle avait croisé l'automobile des parents de Madeleine Le Guen – automobiles, au demeurant, de plus en plus nombreuses bien qu'elles n'eussent pas le droit de circuler au-delà de cinq cents kilomètres, ce qui avait fait chuter les accidents de près de soixante-dix pour cent !

La voiture était décapotable. Madeleine, un foulard sur la tête, des lunettes de soleil sur le nez, se trouvait à la place du conducteur. Morgane la suivit d'un regard incrédule, jalousant cette liberté des femmes aisées. Elle mit un temps à comprendre que la silhouette entraperçue sur le siège passager était celle de Gabriel, le seul héritier reconnu du défunt Nelson.

– Quel gâchis !... lâcha le médecin.

– Que voulez-vous dire ? demanda Morgane, sa curiosité éveillée.

Il parut regretter son insinuation.

– Allons, docteur ! insista la jeune fille. Vous savez bien que je suis une tombe...

Il tourna la tête vers elle, amusé.

– J'en doute fort, mais passons. Après tout, je n'exprime qu'une triste réalité et je me fous des représailles. À mon âge, sans descendant, qu'est-ce que je risque ? Bref, les familles Le Guen et Carvec, nom de jeune fille de Madeleine, ont une inclination pour nos occupants. Certes, ils sont forcés d'obéir comme tout le monde. Pourtant, ils ne se contentent pas de plier, ils devancent en quelque sorte les désirs de ces messieurs.

– C'est bon à savoir, marmonna Morgane.

De toute évidence, il y avait là matière à réflexion. Certes, la perspective de voir fuir les Allemands semblait pour le moment utopique ; l'Histoire n'en prouvait pas moins que tout vainqueur finissait par devenir un vaincu, les empires s'effondraient, leur déclin s'étendait sur des décennies, voire des siècles. À cette pensée, Morgane grimaça ; à trente ans, elle serait vieille, alors songer que son pays pouvait ne pas retrouver son drapeau tricolore avant cent ans...

Le soir, après avoir couché Chloé, Clara frappa à la porte de sa sœur qui l'invita à entrer. L'obscurité régnait à cause du couvre-feu. Néanmoins, la fenêtre de la chambre donnant sur la cour, invisible de la rue, Morgane osa allumer une bougie.

– Si nous sommes repérées, c'est que les voisins nous auront dénoncées.

– Tu sais, à notre époque, on ne peut plus se fier à personne.

– J'ai appris que les Le Guen collaboraient, hasarda Morgane d'un ton détaché.

– Oh, je ne sais pas… À vrai dire, je suis toujours gênée de me retrouver face à Madeleine Le Guen. J'ai échoué à guérir son mari. Il a mis fin à ses jours peu de temps après que j'ai tenté de le soigner. Je me sens vaguement coupable…

La flamme tremblotante souligna les contours du beau visage indigné de Morgane.

– Ce n'est pas ta faute, voyons ! Nelson Le Guen était fou. Je refuse que tu éprouves de la peine pour lui ! ajouta-t-elle avec une virulence qui étonna sa sœur.

– Tu en parles comme si tu le connaissais bien.

Morgane se rendit compte de son imprudence.

– Je n'aime pas les Le Guen, déclara-t-elle, décidée à mettre un terme à un sujet qui devenait risqué. Comment va Chloé ?

– Bien. C'est une enfant adorable. Justement, je voulais te parler d'elle. Morgane… s'il m'arrivait quelque chose, tu t'occuperais d'elle ?

La jeune fille décocha à sa cadette un regard intrigué.

– Qu'entends-tu par là exactement ?

– Réponds-moi avant.

– Je ne répondrai pas tant que tu ne m'auras pas confié la raison de cette demande.

Clara soupira.

– D'accord. Il se trouve que j'ai entendu parler de gens qui résistaient…

Clara lui expliqua le peu qu'elle savait du germe de résistance né du discours du général de Gaulle, retranché à Londres.

– Et alors ? interrogea Morgane. Tu n'as pas l'intention de les rejoindre, j'espère ?

Face aux joues cramoisies de sa sœur, elle sentit la colère monter en elle comme un raz-de-marée. Cette petite sotte n'allait pas lui annoncer qu'elle lui abandonnait Chloé pendant qu'elle jouait les héroïnes dans le maquis, alors qu'elle pâlissait à la vue d'un fusil ?

– Non, se hâta de la détromper Clara. Je pensais mettre à leur service mes talents en médecine.

– Toi, médecin ? ricana Morgane.

Clara rougit encore davantage, si c'était possible.

– Eh bien, mes dons de rebouteuse, si tu préfères.

– Qui ont excellé à guérir Le Guen de sa démence ! ironisa Morgane, hors d'elle.

Comment sa cadette pouvait-elle se comporter avec une telle immaturité ?

– Tu es bien méchante…

– Non, lucide. Et puis… j'ai peur pour toi, avoua Morgane, sincère.

Sa voix tremblait, elle en était la première surprise car elle se laissait rarement dominer par l'émotivité.

– Il faut me faire confiance.

– Enfin, tu es mère ! J'ignorais l'existence de ces hommes, car j'imagine qu'il s'agit en majorité d'hommes, y as-tu pensé ? Je ne doute pas que le danger soit réel et constant. Si l'un d'entre eux est pris… il sera torturé, tué à la fin. Tu ferais de Chloé une orpheline ? As-tu songé à maman, papa, et… et… à moi ? Ce sont des bêtises, n'est-ce pas ? Tu as voulu me taquiner ?

Clara répondit comme si elle se parlait à elle-même :

– Après ce qui m'est arrivé… j'aurais l'impression de ne pas être si mauvaise que ça en étant utile à mon pays…

À sa grande frustration, Morgane se sentit gênée par la confession de sa sœur. L'instant de grâce était passé. Pourquoi ne parvenait-elle pas à céder à la compassion, à étreindre Clara, à trouver les mots qu'il fallait pour la réconforter ?

« Parce que je ne pense qu'à moi, que je suis égoïste, réfléchit-elle. Surtout parce que je me sens coupable de ne pas lui avoir révélé le nom de son agresseur. » Au lieu de quoi, elle eut son habituel sourire sarcastique.

– La meilleure façon d'oublier cette épreuve est de travailler, crois-moi.

– Jamais, je n'oublierai. Cependant, je peux réussir ma vie. Il faut simplement que… Comment dire ? La dentelle ne me satisfait pas. J'aurais aimé devenir infirmière, tu le sais, la venue du bébé a tout changé. Si je pouvais au moins résister, les gens me regarderaient autrement.

Soudain, Morgane eut une idée :

– Si le jugement d'autrui t'affecte autant, tu dois changer de région. Vivre dans un endroit où personne ne te connaît. On te croira veuve, tu referas ton existence sous d'autres auspices.

Là-dessus, elle se mit à gesticuler, folle de joie.

– Pourquoi ne pas laisser Chloé à maman et venir avec moi à Rennes ? Tu entrerais dans une école d'infirmières et nous serions ensemble.

– Avec les Allemands, il faut rendre compte du moindre changement, j'ai peur de ne pas obtenir d'autorisation, déclara Clara avec une évidente mauvaise foi.

Il suffit de cette remarque pour faire retomber l'enthousiasme de Morgane.

– Donc tu préfères entrer en résistance. À tes yeux, c'est sans doute moins compliqué.

Elle bâilla ostensiblement et Clara s'empressa de se lever.

– Il est tard, je te laisse te reposer. Nous reprendrons cette conversation demain.

– Ou jamais, conclut sa sœur en soufflant la bougie. Je ne t'approuve pas et, si tu mènes à bien ton projet, je préfère en savoir le moins possible. Si les Allemands venaient à m'interroger, je parlerais au premier supplice. Je n'ai rien d'une martyre, moi !

Résister

De prime abord, Clara menait toujours une existence modeste et effacée. Elle continuait à œuvrer à sa dentelle, à la lumière avare de la longère, et à s'occuper de Chloé, aussi malicieuse que sa tante Morgane au même âge. Le seul changement résidait dans le fait qu'elle s'était munie d'une bicyclette, achat qui avait fait naître quelques commentaires étonnés dans son entourage. Son vélo lui avait été prêté par un camarade résistant ; elle donnait une tout autre version de son acquisition. Clara prétendait s'être procuré ce bien d'occasion afin de livrer sa dentelle. Et, en effet, elle s'en servait aussi dans ce but. Elle avait avoué un prix ridiculement bas afin de faire taire les jaloux. Sa grande peur était à présent de crever et de devoir trouver du caoutchouc de rechange, matière première qui faisait défaut partout en France. Pneus et chambres à air se vendaient à des tarifs prohibitifs. Certains ingénieux remplaçaient cette dernière par de la paille tassée. L'inconfort d'un trajet dans de telles conditions effrayait Clara. De plus, se déplacer à vélo nécessitait un laissez-passer que la jeune femme avait obtenu en invoquant des raisons professionnelles. Elle prenait soin de sa bicyclette comme d'un trésor, sachant qu'elle se négociait à présent autour de deux mille francs. Elle la bichonnait et la surveillait par crainte d'un vol.

Car si elle apportait bien leurs commandes aux fidèles clientes de sa mère, elle transportait aussi sur elle tracts et journaux clandestins, quand ce n'étaient pas des messages à délivrer oralement. Les résistants, compte tenu de son âge, de sa situation familiale, de son sexe et de son peu d'expérience, ne souhaitaient pas lui en demander davantage. Elle n'avait donc pas l'impression de se mettre en danger. Elle distribuait une dizaine de journaux visant à frapper les consciences en montrant le vrai visage de l'occupant, avec imprimée dessus une phrase empreinte encore de cette naïveté qui caractérisait les premiers pas de l'organisation :

Recopiez et diffusez ce texte.

Au bout de quelques mois, on lui demanda de surveiller les bureaux allemands, notant sur sa paume qui y entrait et en sortait. Sa jeunesse et sa condition féminine déjouaient la méfiance de l'ennemi. D'autres résistants opéraient de façon plus périlleuse en cachant chez eux des aviateurs alliés dont l'appareil avait été abattu, des clandestins venus de Londres, des juifs pourchassés, des prisonniers de guerre ayant réussi à fuir, des parachutistes blessés. La longère ne représentait pas un lieu sûr, au centre du quartier de pêcheurs, et Gwen ne se doutait pas des activités illégales de sa cadette. L'eût-elle su qu'elle aurait tout tenté pour la dissuader de continuer puisque Clara l'entendit à diverses reprises évoquer la folie des résistants.

Grâce à sa bicyclette, la jeune femme se rendait jusqu'à Saint-Malo où un imprimeur, Alfred Constant, travaillait dans l'ombre. Son fils, Valérien, s'arrangeait pour être présent quand Clara venait. Elle avait remarqué qu'il la regardait avec une attention très sérieuse, comme s'il voulait graver ses traits dans sa mémoire pour en faire un tableau, une sculpture. Alors que l'intérêt de la plupart des hommes la rebutait, elle était sensible à celui de ce garçon car elle avait changé grâce à son nouveau rôle. Elle ne se trompait pas en argumentant pour sa sœur. Se sentir utile lui faisait en partie oublier qu'aux yeux d'un inconnu elle n'avait été qu'un objet. L'image de la victime s'éloignait peu à peu, à mesure que ses responsabilités augmentaient. Elle sentait son cœur s'alléger, son corps répondre à un appel qui appartenait à une autre vie. Toutefois, à cause des railleries de Morgane, elle n'avait pas osé évoquer ses dons de rebouteuse face aux résistants.

Un jour, au sein de la pièce exiguë où ils se réunissaient et dans laquelle s'amoncelaient des pyramides de papiers de toutes sortes, Alfred Constant dut laisser seuls Clara et son fils en raison de la présence d'un client et ils parlèrent un peu d'eux. Valérien avoua combien il alternait entre des périodes d'exaltation et de sombre désespoir. Clara fut surprise ; elle comprit soudain que la Résistance possédait à ses yeux les couleurs de la renaissance et qu'elle en oubliait la raison de sa création : chasser les Allemands du pays. Ce travail souterrain servait aussi de thérapie pour survivre à un traumatisme. En était-elle moins louable pour autant ? Elle décida que non et comprit que sa convalescence prenait fin.

– J'aime bien vos cheveux, fit remarquer Valérien en tendant une main hésitante vers Clara, avant de se rétracter.

Il désirait que la jeune femme guidât ses doigts vers sa chevelure. Bien au contraire, elle se dénigra aussitôt.

– Ma sœur a des cheveux blond vénitien. Chez moi, cela a viré au poil de carotte !

– J'ai entendu dire que les sœurs Forget étaient aussi séduisantes l'une que l'autre.

– Je ne crois pas, non, déclara la jeune femme avec une gravité qui toucha Valérien.

De peur qu'il ne la supposât jalouse de Morgane, elle se hâta de changer de sujet :

– Que faites-vous exactement ?

Tous évitaient d'employer le mot « résistance » dans leurs échanges, par crainte d'être épiés. En taisant le terme qui les démasquerait, Clara semblait cependant en avoir trop dit.

– Moins vous en saurez, mieux cela vaudra.

Avisant son expression déçue, il consentit à expliquer :

– Mon travail s'apparente à un labeur de fourmi peu valorisant et qui me fournit son lot de nuits sans sommeil. Je déchiffre les télégrammes planifiant les opérations aériennes et les courriers destinés à être transportés par avion. Sous le titre ronflant de secrétaire d'un chef d'opérations aériennes se cachent un travail de bureau, de longues heures passées sur des feuillets illisibles à en avoir les yeux qui pleurent ! Rien de très enivrant, je vous assure, mais une tâche vitale, alors je m'en contente.

– Vous souhaiteriez être plus actif ?

– Sans doute, mais s'il y a bien quelque chose que j'ai appris ici, c'est l'obéissance. Nous sommes tous des soldats, en définitive. Et si je l'étais davantage, la vie de famille en prendrait un coup.

Clara sentit son cœur se serrer.

– Vous êtes marié ! s'écria-t-elle.

Elle avait pourtant cru comprendre qu'il était célibataire. Quelle déception si…

– Cela fait partie de mes projets. À condition de trouver la femme idéale, ajouta-t-il en la fixant d'un air amusé.

Elle rougit et s'estima aussitôt ridicule. Enfin un homme qui s'intéressait à elle, en dépit du fait qu'elle avait conçu un enfant hors mariage. La guerre puis l'Occupation avaient relégué dans l'oubli une certaine idée de la moralité. Cette dernière consistait de nos jours à ne pas frayer avec l'ennemi. Sur ce plan-là, elle était irréprochable. Son expression dut refléter ses pensées car la voix de son interlocuteur se fit plus grave quand il reprit :

– Vous savez, Clara, je vous apprécie beaucoup.

– Moi aussi, avoua-t-elle en s'efforçant de ne pas devenir à nouveau cramoisie.

Après tout, que connaissait-elle de l'amour ? Elle n'avait même jamais embrassé un garçon avant d'être troussée sauvagement par cet inconnu qui lui avait donné Chloé...

Elle ferma les yeux et ne les rouvrit que quand elle sentit les lèvres de Valérien quitter les siennes, alors que la voix de son père se rapprochait.

– J'aimerais vous revoir, lui chuchota-t-il. Ailleurs qu'ici.

Une petite alarme se déclencha dans le cerveau de la jeune femme qui se rappelait les recommandations des résistants : ne pas créer de liens trop intimes, ne surtout pas entretenir une liaison avec un collègue, et cela même si des couples travaillaient pour l'organisme secret. C'était différent puisqu'ils étaient déjà ensemble avant d'entrer en clandestinité, alors que des histoires sentimentales débutantes pouvaient devenir source de complications. Cependant, Clara était déjà bien trop amoureuse pour se montrer raisonnable et obéir aux ordres. De surcroît, elle savait que ces conseils avaient aussi été prodigués à Valérien et qu'il n'hésitait donc pas à passer outre. Elle devait paraître à la hauteur de son audace.

– Où ?

– Sur la plage du Sillon à Saint-Malo, à la tombée du jour, après-demain.

– Avant le couvre-feu ?

– Bien sûr. Nous ne devons prendre aucun risque.

Consciente d'avoir dérogé à une règle élémentaire de la Résistance, Clara repartit sur sa bicyclette en direction de Cancale avec les sentiments mitigés d'une jeune femme éprise et inquiète.

Accélérant ses tours de roue, Clara dévala le Vaubaudet, indifférente au danger que représentait sa forte déclivité. En un instant, elle avait quitté le bourg de Cancale pour le port de la Houle qui bruissait d'activités. Le village comprenait en effet deux parties bien distinctes, le « haut bourg » et, plus bas, le quartier de la Houle qui regardait le port. Les cafés retentissaient de conversations parfois tumultueuses en raison de la forte consommation d'alcool qu'on y pratiquait. L'animation des commerces se partageait les rues du port et du centre, ainsi que la place Bricourt.

Marchant à côté de sa bicyclette à cause des nombreux promeneurs sur les quais, Clara emprunta le chemin des Douaniers qui rasait les falaises, découvrant un superbe panorama sur l'océan. Laissant son vélo bien attaché à une racine de pin, elle poursuivit sa promenade, son regard vagabondant sur le rocher de Cancale, le Châtellier, l'île des Rimains et, plus loin, la forme incomparable du Mont-Saint-Michel noyé dans une brume de chaleur.

Une foule de Cancalais et d'habitants du Clos-Poulet avait envahi la plage à marée basse pour pratiquer la pêche à pied. Armées de râteaux et de seaux, les familles fouillaient le sable dans un brouhaha de rires et de cris d'enfants.

Cancale offrait des bancs d'huîtres renommées dans toute la France : de la Raie et de Saint-Georges, de Bouquerie, de Beauvoir-ô-le-Mont, et tant d'autres où les *bisquines*, bateaux de pêche normands et bretons, s'approvisionnaient de longues heures avant de rejoindre la grève ; des femmes en noir ou en gris travaillaient alors pendant des heures à trier les huîtres selon leur grosseur.

Elle reprit son vélo afin de se rendre chez Manon. Cela faisait longtemps qu'elle n'avait pas rendu visite à sa grand-mère. Surexcitée à l'idée d'avoir un bon ami, elle avait envie de faire plaisir à quelqu'un. Cette visite lui offrirait aussi l'occasion de bavarder. Bien entendu, il n'était pas question qu'elle prononçât le prénom de Valérien dans la conversation, d'autant plus que la vieille dame devait continuer à ignorer les activités de sa petite-fille.

De toute évidence, Manon était chez elle car la jeune femme entrevoyait de la lumière derrière la vitre, ornée d'un rideau de dentelle. Manon l'avait laissé suffisamment ouvert pour épier ce qui se passait dans la rue. La venue de Clara ne devait pas lui avoir échappé. En revanche, elle n'aimait pas être trop visible à cause des Allemands, même si ces derniers ne se préoccupaient guère des agissements d'une personne de cet âge. Manon poursuivait ses œuvres de dentelle à une cadence moins soutenue en raison de sa vue faible. Elle refusait de sortir sur son perron pour travailler, la chaleur l'incommodant, et toujours par peur de croiser un Allemand. En constatant combien la vision de sa mère avait baissé, Gwen ne pouvait s'empêcher d'avoir peur pour elle-même car Manon accusait la dentelle d'être responsable de cet état. Quoi qu'il en fût, elle continuait à faire de l'irlande par plaisir de sentir la délicate matière entre ses doigts. Les temps n'étaient certes plus à la frivolité. Les machines mécaniques concurrençaient sévèrement le « fait main ». Des passionnées, telles Manon ou Gwen, s'acharnaient à maintenir la qualité. Toutefois, le fil de jadis faisait défaut et celui qui l'avait remplacé ne possédait pas les mêmes vertus. Et le crochet de Manon s'étant cassé dernièrement, elle avait dû faire appel à son gendre, armé de son fer à souder, pour le réparer. Si la vieille dame se refusait à frayer avec les Allemands, Gwen n'hésitait pas en revanche à leur vendre des gants en dentelle qu'elle avait teints avec un produit dont usait Hubert pour ses filets de pêche, la tannée. Celle-ci était connue pour disparaître au premier lavage. Sachant que les gants en question étaient destinés à une femme vivant en Allemagne, la mère de Clara se disait qu'elle ne risquait pas grand-chose à participer de cette manière à l'effort de guerre.

– Bonjour Manon, comment vas-tu ?

Clara avait toujours appelé sa grand-mère par son prénom. Elle l'avait d'ailleurs peu connue jusqu'à son retour à Cancale au début de l'Occupation. Si Manon était âgée, il y avait cependant quelque chose en elle qui imposait le respect à en juger par l'autorité qui émanait de toute sa personne. Clara l'étudia avec discrétion ; mêmes cheveux roux qu'elle, parsemés de mèches grises, mêmes yeux de ce vert singulier, mais des mains déformées, veinées et tachées chez Manon, des mains de dentellière... Clara et Morgane n'avaient pas hérité de ce don de leurs aïeux. À cet instant, la jeune femme le regretta. Comme elle venait d'entamer un nouveau chapitre de sa vie, ce sentiment ne dura pas.

Manon posa son ouvrage et massa ses doigts endoloris. Ses yeux rougis se braquèrent sur sa petite-fille avec intérêt. Aussi bien l'aspect de ses mains que de son regard démontrait combien le travail qui était le sien endommageait sa santé. Clara savait que sa grand-mère ne supporterait pas l'oisiveté, signe avant-coureur de la mort selon elle.

– Je vais bien, Clara. Merci de ta visite, j'ai justement besoin d'une pause.

Elle se leva afin de préparer à la jeune femme un ersatz de café. Elle savait que la cadette aimait ce breuvage, alors que l'aînée appréciait une boisson plus forte.

– Quoi de neuf ?

Manon ne sortait plus. La présence des Allemands lui était devenue intolérable, et ils étaient partout maintenant. On ne pouvait feindre de ne pas les voir car ils avançaient du pas qui avait fondé leur triste renommée, la voix puissante, l'accent guttural, tous ces traits grossiers qui les caractérisaient. « Drôle de peuple, songeait Manon. Je ne les ai jamais aimés. » Elle se souvenait de clientes allemandes, riches et dénuées de la moindre distinction. Parfois, elle avait mal au cœur de leur vendre de la dentelle, comme si elles ne méritaient pas de posséder un ouvrage d'irlande. C'était comme si elle voyait tout son délicat travail réduit à néant ou, plus prosaïquement, comme si on donnait des perles aux cochons.

– Rien de spécial... Enfin, si. (Clara ne put s'empêcher de vérifier que personne ne s'était arrêté dans la rue, assez près de leur porte pour surprendre la conversation.) Sur le front de l'Est, c'est la pagaille. Les Allemands sont appelés en renfort et meurent comme des mouches.

– Comment sais-tu cela ? demanda Manon en apportant le liquide fumant dans une tasse ébréchée.

– Tout le monde le sait, rétorqua la jeune femme en haussant les épaules, craignant d'avoir été imprudente.

Sa grand-mère vivait trop isolée pour être en mesure de soupçonner quelque chose.

– Tu crois que cela va s'arranger ?

– Je ne sais pas, soupira la jeune femme, découragée tout à coup. Après tout, nous sommes à la fin de l'été 43... Déjà trois ans que nous vivons sous leur joug.

– Trois ans, répéta la vieille dame d'un air hébété.

Clara la regarda en portant le café à ses lèvres, grimaçant en l'avalant bien qu'elle sût qu'elle ne pouvait espérer mieux que ce goût bizarre dont elle n'arrivait pas à se passer car il comblait en partie le manque de caféine. Elle songea combien les apparences pouvaient être trompeuses. Sa grand-mère paraissait encore solide, néanmoins elle végétait, repliée sur elle-même, et se comportait soudain comme une enfant qui découvre la vie. Trois ans d'Occupation, d'humiliation, de renoncement, dont elle semblait seulement aujourd'hui prendre la mesure.

Manon vacilla sur sa chaise. Inquiète, Clara reposa sa tasse sur la table avec brusquerie. Des gouttes de café parsemèrent la nappe à carreaux rouges et blancs tandis qu'elle se penchait vers la vieille dame.

– Ça va ?

– Un léger étourdissement, murmura-t-elle.

– Tu devrais te reposer un peu, suggéra Clara, sceptique.

– C'est ma tension qui me joue des tours.

Visiblement remise de son indisposition, Manon parut réfléchir puis prendre une décision brutale. Sa voix s'était raffermie quand elle déclara, faisant sursauter sa petite-fille :

– Ma tension ou plus grave, mais peu importe. Je suis assez âgée pour mourir, cela ne me fait pas peur. Mais avant, il faut que j'évoque la malé... non, je n'emploierai pas ce mot ridicule, corrigea-t-elle, se parlant à elle-même. Disons plutôt : des secrets de famille.

Clara se mordit les lèvres. Elle avait peur que Manon ne fît une allusion à son viol. La grand-mère avait d'autres soucis en tête. Elle souhaitait raconter l'histoire entremêlée des Guyader, des Kerrien et des Le Guen. Parce que, en dépit des doutes et du rejet qui avaient été les siens quand Nicolette avait abordé le sujet, la vieille dame ne voulait pas disparaître avant d'avoir perpétué la tradition en confessant, tel un leg, le récit qui, de Dairine à Gwen, s'était transmis de génération de femmes en génération de femmes.

« Et maintenant, qu'est-ce que je fais de tout cela ? » se demandait Clara en rentrant chez elle, après plusieurs heures passées à écouter sa grand-mère et à lui poser des questions, sans qu'elle se dérobât une seule fois, augmentant le sentiment de malaise qui l'oppressait, jusqu'à la révélation finale. « Qu'est-ce que je fais de ce lourd héritage ? » s'interrogea à nouveau la jeune femme, au bord des larmes. Elle éprouvait trop de désarroi pour regagner son foyer et affronter le regard inquisiteur de sa mère, sans compter que le courage lui manquait pour s'occuper de Chloé. En fait, elle n'avait qu'une envie : retourner à Saint-Malo et parler à Valérien, sachant combien cette attitude était insensée. Elle perdrait toute crédibilité dans la Résistance si elle laissait les émotions et les problèmes personnels la dominer. Tant pis si, à cette minute,

Valérien lui semblait le meilleur interlocuteur, le seul réceptacle au trop-plein de sentiments contradictoires qui la submergeaient comme les vagues, dont elle percevait le murmure, sur la plage de Cancale toute proche. Il lui fallait retrouver son flegme. Avait-elle jamais été flegmatique à l'exemple de sa sœur ? Avant son viol, elle n'était déjà pas douée pour la sérénité. Quoi qu'elle entreprît, elle se sentait toujours gagnée par un certain inaboutissement et beaucoup de doutes.

En poussant la porte de la longère, sa détresse était à son paroxysme. C'est pourquoi, en découvrant cet ami de Valérien, membre aussi du réseau, elle demeura pétrifiée. Il était assis sur une chaise, le visage renversé en arrière. Gwen épongeait les plaies de son front avec un linge imbibé d'alcool. Il sursauta et bondit sur ses pieds, aussitôt en alerte. Reconnaissant Clara, il s'assit à nouveau. La jeune femme comprit qu'il était épuisé.

– Que se passe-t-il ? s'écria-t-elle en refermant vite la porte par réflexe.

Pourtant, elle n'était pas vraiment soucieuse. Après la confession de Manon, il lui semblait qu'il se passerait pas mal de temps avant qu'un événement d'envergure survînt. Elle avait cherché la compagnie de sa grand-mère, toute joyeuse après son baiser échangé avec Valérien, elle y avait récolté un secret impossible à occulter, à oublier. À présent, elle tombait sur Gaston Brécaud. Le cœur lourd et l'esprit en déroute, elle ne parvenait pas encore à lier cette rencontre improbable avec une tragédie qui aurait eu lieu à quelque quinze kilomètres de Cancale.

– Les blessures sont superficielles, répondit Gwen à la place de Gaston.

Clara regarda tour à tour l'expression concentrée de sa mère et le regard égaré du résistant. Peu à peu, la peur s'insinuait en elle au point qu'elle n'osait plus poser de questions, se contentant de dévisager le jeune homme qui était le meilleur ami de Valérien.

Celui-ci dévida son histoire à voix basse, choisissant de faire confiance à Gwen puisqu'elle ne l'avait pas encore dénoncé, alors qu'elle aurait pu profiter de sa faiblesse pour le trahir. Quelqu'un venait pourtant de les livrer à la Gestapo. À peine Clara était-elle partie depuis un quart d'heure que celle-ci faisait irruption dans l'imprimerie où elle tomba sur Alfred Constant en train de dupliquer les tracts que la jeune femme avait apportés. Pris en flagrant délit, il n'avait aucune chance de nier. La Milice avait d'ailleurs emporté ce qui constituait des preuves irréfutables. La malchance s'était acharnée car Valérien, absent au moment de l'arrestation, avait pénétré dans la salle où l'on menottait son père. Il avait été aussitôt fait prisonnier à son tour. Gaston, qui était allé dans la cave s'approvisionner en encre quelques minutes plus tôt, avait réussi à s'enfuir par un soupirail que les résistants avaient agrandi afin, justement, qu'il constituât une issue de secours en pareil cas.

Sur le trottoir, il s'était trouvé face à deux gendarmes français qui n'avaient pas hésité à tirer, d'où ses blessures au front. Il avait réussi à devancer puis à fuir ses poursuivants. Ne sachant où se réfugier, il avait choisi de se rendre à Cancale, chez Clara, au moyen d'un vélo volé dans une ruelle. Quelqu'un devait le soigner, quoique ce fût surtout la volonté de prévenir la jeune femme qui l'avait guidé. La Gestapo tenterait par tous les moyens de faire parler les deux hommes. Nul n'était à l'abri d'un aveu sous la douleur. Clara, Gaston et d'autres étaient en danger. Valérien et son père ignoraient cependant l'identité de la plupart des résistants qu'ils côtoyaient pour éviter qu'ils les révèlent à la police sous la torture.

Anéantie, Clara gardait le silence. Elle réalisait que Valérien avait été emmené dans les sous-sols de sinistre réputation ;

l'on s'y livrait à des actes de barbarie sur des humains, hommes et femmes, un endroit d'où il risquait de ne jamais revenir. Après avoir connu le bonheur, elle s'enfonçait dans un tel désespoir que les forces lui manquèrent et qu'elle chancela. Gwen se précipita vers elle, la força à s'asseoir et lui servit un verre d'eau fraîche. Les joues de Clara reprirent un peu de couleur ; du récit de Gaston, elle tirait la conclusion que son existence était terminée. Elle ne pourrait jamais survivre à une telle perte. Chloé en personne serait impuissante à la ramener à la vie.

Constatant la détresse de sa fille et la fragilité de Gaston, Gwen, bien que furieuse à l'idée que Clara fût entrée dans la Résistance, les mettant tous en danger, se décida à prendre les choses en main. L'heure n'était pas aux reproches mais à l'action afin de soustraire ces deux êtres à la sauvagerie de la Gestapo. Elle s'efforça de réfléchir, sans céder à la panique car le temps pressait.

– Le bateau ! s'exclama-t-elle.

Dépassée, Clara la regarda sans comprendre. Plus expérimenté, Gaston saisit l'idée. Une expression de gratitude se peignit sur ses traits exténués.

– Celui de votre mari ?

– Oui. Je doute que les Allemands vous cherchent là-bas. D'autant plus qu'Hubert pourrait faire mine d'aller pêcher.

– À cette heure ?

– Non, demain matin. Vous y passerez la nuit. Dès l'aube, mon mari feindra de prendre la mer comme d'habitude, sauf qu'il ne préviendra pas les mousses. Il l'a déjà fait et ces derniers ne soupçonneront rien. Si vos amis parlent, si la Gestapo pénètre dans cette maison, vous serez déjà loin.

Certes, la solution était bonne ; à long terme, elle constituerait aussi une menace car quelqu'un finirait bien par remarquer que l'embarcation ne revenait pas au port.

– Je suis bien consciente que c'est du provisoire, convint Gwen. Peut-être se tairont-ils ? demanda-t-elle avec espoir.

Un lourd silence suivit, brisé par Gaston :

– Alfred, c'est possible, en homme aguerri qu'il est. Quant à Valérien...

Cette réflexion sortit Clara de sa torpeur.

– Valérien n'est pas un lâche !

Il la considéra avec pitié.

– De quel droit l'accuserais-je de lâcheté ? J'ignore si je ne serais pas le premier à parler si on me martyrisait.

La jeune femme se mit soudain à sangloter.

– Arrêtez, je vous en supplie !

Gaston hésita puis se lança :

– Désolé de devoir encore vous bouleverser... Parmi les miliciens français, il y avait un très très jeune garçon, un certain Gabriel Le Guen... Quelqu'un a prononcé son nom, je ne sais plus à quel propos, et cela m'a frappé car j'ai pensé à cette famille de notables à Cancale... Il y a un lien entre ce Gabriel et eux ?

Clara frissonna de dégoût tandis que Gwen s'évertuait à ne rien laisser paraître de ses sentiments. Aucune ne répondit, ce qui sembla étrange à Gaston. Néanmoins, Clara et lui devaient trouver une cachette et la clé de cette énigme pouvait attendre. Il garderait cependant le nom de cet homme dans sa mémoire. S'il en réchappait, il se vengerait des collabos et ce Gabriel figurerait en premier sur sa liste. De la porte entrebâillée de la cave, il l'avait vu sourire en donnant le premier coup dans le ventre de Valérien. Cela, il ne l'avouerait jamais à Clara.

Les adieux

Au tout début de 1944, Gabriel, sa mère et ses grands-parents commencèrent à vivre dans la peur. Environ un an après l'arrivée des Allemands, ils avaient fait en sorte de se lier à eux en espérant en tirer profit. L'ennemi – comme tout le monde l'appelait – était là pour longtemps, sans doute pour toujours ; il valait mieux être avec lui que contre lui et profiter des largesses que la collaboration offrait. Les Cancalais n'en revinrent pas car le père de Nelson Le Guen était décédé dans les tranchées, frappé par une balle tirée par ces Allemands que son petit-fils idolâtrait à présent. Les tentatives d'explication, les amorces de reproches, s'écrasaient contre le visage suffisant du fils Le Guen qui paradait dans une Delahaye flambant neuve, fumait de gros cigares, arborait des vêtements de prix – tout un opportunisme criard qui correspondait si peu à la simplicité de ses ancêtres. On se souvenait de Sophie comme d'une femme instable mais pleine de bonté avant que la démence ne prît possession d'elle. Le singulier Nelson, qui effrayait les enfants et dont l'aspect et les manières n'incitaient pas à la camaraderie, trouvait aussi grâce aux yeux des villageois en comparaison avec son « salaud » de fils, ainsi qu'on le qualifiait, sans oser le défier ouvertement. Ses provocations ulcéraient. Il y en avait pour insinuer qu'elles se paieraient une fois les Allemands mis hors d'état de nuire et rentrés vaincus dans leur patrie exsangue. L'espoir d'un retournement de situation s'emparait de tous les cœurs. Les pertes allemandes étaient terrifiantes sur le front de l'Est. Les Américains ne tarderaient pas à intervenir. Le pays serait enfin libéré. Ceux qui l'avaient trahi allaient enfin payer : Gabriel, Madeleine et ses parents seraient en première ligne. Ils le savaient.

Le sommeil de Madeleine était perturbé. Des cauchemars le traversaient, dans lesquels elle se voyait livrée à la vindicte populaire, jetée nue dans la rue, son corps meurtri par les coups, sa peau maculée de crachats, sous les lazzis et les paroles vengeresses… après tout, ce dont elle s'était rendue coupable… Le frappement léger contre la porte, annonçant la servante avec le plateau du petit déjeuner, aussi copieux qu'avant guerre, l'arrachait à son calvaire. La lumière du jour chassait les ombres et le pressentiment de sa propre fin. Son pouvoir était intact. Aujourd'hui, le colonel Aschenbrenner dînait à sa table. Il avait promis de lui apporter un château margaux de 1920, pillé dans les caves d'une chartreuse dans le Médoc.

Longtemps, elle s'était sentie invincible. Elle comprenait soudain que sa vie, si différente qu'elle eût pu être de celle de ses contemporains depuis quatre ans, avait été une vitrine pour autrui. Au cas où un vent dévaforable se mettait à souffler, elle serait emportée comme si une tornade la soulevait de terre, tant elle avait commis d'imprudences. Pour quels motifs avait-elle agi en somme ? Pas par idéologie, elle devait s'avouer que la suprématie prônée par les Aryens lui avait semblé maintes fois odieuse. Pas davantage parce que quelque chose l'y obligeait, à l'exemple de ces journalistes qui se devaient de faire l'apologie du sacre allemand dans les pages de la revue qui les employait. Certes, Madeleine redoutait la venue au pouvoir des communistes ; elle n'était toutefois pas assez au fait de la politique pour que cette peur entrât dans sa décision de collaborer. Elle ne professait pas non plus l'antisémitisme alors qu'elle n'avait guère de sympathie pour les juifs. Non, aucune de ces causes ne pouvait expliquer qu'elle eût choisi le camp qui, à présent, paraissait en proie à la tourmente. Alors, l'appât du gain ? L'espoir d'une promotion dans la hiérarchie sociale ? Sans doute. Le domaine du Tremblay aurait périclité sans son intervention. La réparation du toit, l'entretien des jardins, comment aurait-elle pu payer tous ces frais si elle ne s'était pas comportée sans états d'âme ? La dénonciation d'un juif lui faisait gagner mille francs, chiffre triplé si elle livrait le nom d'un communiste ou d'un gaulliste. Les derniers en date, Alfred et Valérien Constant, lui permettraient de nouveaux travaux, au sein du manoir de ses parents. Sans compter que Gabriel avait ainsi gravi les échelons de la préfecture à un âge où d'autres étudiaient encore sur les bancs de la faculté. Son fils ne brillait pas par son intelligence, elle en avait fait l'amère expérience. Grâce aux Allemands, il se voyait gratifié d'un poste aux revenus confortables et aux responsabilités correspondant à ses qualités professionnelles, sous le titre peu compromettant d'« intermédiaire d'un bureau d'achat ». Du moins l'avait-elle vu ainsi jusqu'à ce que les Allemands eux-mêmes eussent évoqué les prémices d'une déconfiture. Que deviendrait Gabriel si la France était libérée ? Devait-elle s'exiler, se faire oublier, avec son fils et ses parents, avant qu'ils fussent tous recherchés, attrapés et jugés pour collaboration ? Comment réunir sa fortune et où partir ? Les États-Unis s'apprêtaient à entrer dans le conflit. Madeleine n'avait aucune envie de vivre sur une terre inhospitalière comme celle du Brésil ou de la Chine. Elle était prisonnière.

Alors qu'elle se torturait à essayer de trouver une solution, Gabriel entra dans le bureau où elle travaillait. Grand et un peu dégingandé, il ressemblait à son père avec son regard fiévreux et son teint maladif. Il se mit à rire en voyant sa mère penchée sur des papiers qu'elle faisait mine de consulter. Un petit rire sec et haineux auquel Madeleine s'était accoutumée, s'il lui semblait toujours survenir mal à propos. Elle n'avait pas été étonnée outre mesure que son fils évoluât de cette manière ; l'atavisme jouait un rôle primordial dans son aspect et sa nature, or il n'avait pas hérité des gênes des Carvec. Madeleine tremblait au souvenir de Nelson et de Sophie. Il ne faisait plus aucun doute que cette dernière avait mis fin à ses jours, après des années de folie. Quant à feu son mari, après trop peu de temps de félicité conjugale, Madeleine avait vite compris qu'il souffrait aussi d'un dérèglement mental. Se pouvait-il que son unique enfant en fût également la proie ? Il était encore jeune et le diagnostic pouvait être hasardeux, tant que le mal, tapi dans son être, ne s'était pas déclaré.

Elle lui sourit en réponse à son rire sardonique dont elle ignorait la raison. Depuis plusieurs mois, son comportement avait changé. La première manifestation de cette métamorphose résidait dans ce rire singulier qui surgissait quand on s'y attendait le moins et qui mettait les gens dans l'embarras.

– Je suis en train de vérifier les comptes, dit-elle en montrant le cahier sur le cuir terni du bureau.

– Pas de problème ?

– Non, les revenus sont florissants.

« Et pour cause », songea-t-elle avec amertume.

Réagirait-elle avec ce sentiment de regret si les Allemands n'étaient pas dans une situation périlleuse ? Assurément, non. Donc, inutile de se croire dévorée par le remords alors qu'elle appréhendait en réalité de perdre sa position privilégiée, de devoir faire face à une justice qui ne lui trouverait aucune excuse et ne l'épargnerait pas.

– J'ai terminé, déclara-t-elle en refermant le cahier d'un geste nerveux. Tu déjeunes ici ?

– Non, je dois me rendre à Saint-Malo avec Roderich.

Gabriel avait tellement d'amis dans le camp adverse que Madeleine ne les connaissait pas tous.

– Ah ! fit-elle, déçue.

– Tu sais, Valérien a parlé, dit soudain Gabriel en observant la réaction de sa mère.

Celle-ci sentit son cœur battre à se rompre.

– Je ne tiens pas à connaître les détails.

– Toi, tout ce qui t'intéresse, c'est l'argent ! Figure-toi qu'il y a plus drôle parfois… Laisse-moi t'expliquer : Valérien a donc parlé sous la torture. Tu aurais vu le carnage ! Du sang partout… Bref, il a livré le nom de ses acolytes et, tiens-toi bien, parmi eux il y a la fille Forget !

– Morgane ?

– Non, Clara. Surprenant que cette godiche soit assez courageuse pour entrer dans la Résistance… J'y aurais vu plutôt sa sœur, comme toi.

Madeleine, qui s'était levée, serrait le bord de son bureau de ses mains aux jointures blanches. Elle se retenait pour ne pas tomber.

– Elle a été faite prisonnière ?

– Non, répondit le jeune homme avec une moue désappointée. Elle a disparu. Ils sont en train d'interroger la mère et la grand-mère.

– Mon Dieu ! s'écria Madeleine.

– Tu es bien émotive, remarqua Gabriel, étonné de voir sa mère dans cet état, alors que lui jubilait.

– Nous avons toujours eu des liens particuliers avec les Forget, enfin les Guyader…

– Ah oui ? Et lesquels, s'il te plaît ?

Madeleine se rendit compte qu'elle avait trop parlé. Elle demanda à son fils de la laisser car elle avait encore à faire.

– Je croyais que tu avais fini, protesta-t-il.

– Je viens de te demander de te retirer !

Étonné par son ton autoritaire, Gabriel haussa les épaules et quitta la pièce.

Madeleine se rassit avec lenteur, dégoulinant de sueur, le cœur battant la chamade. Après quelques minutes de calme, elle ouvrit un tiroir de son pupitre au moyen d'une clé et en sortit un carnet noir qu'elle contempla longuement.

– Qu'avons-nous fait ? chuchota-t-elle enfin.

Seuls les murs entendirent sa plainte.

Le carnet noir n'avait pas sa place au sein de ce lieu. Le devoir de Madeleine consistait à le rendre au domaine du Tremblay.

Liesse. Peur. Joie mêlée de tristesse. Tous les sentiments s'exprimaient en ce jour de Libération. Les enfants, surtout, se montraient euphoriques. Les bonbons qu'ils récoltaient de la part des soldats suffisaient à leur bonheur, et aussi cette ambiance de kermesse qui les rendait surexcités. Morgane, la petite Chloé dans les bras, laissait éclater sa joie. Elle s'emparait avec promptitude des cigarettes que les Américains lui tendaient. Elle avait aussi récupéré un coupon de toile d'un parachute dans lequel elle se confectionnerait un foulard. À ses côtés, Gwen était plus réservée. Sans nouvelles de Clara depuis des mois, elle espérait que la fin de l'Occupation signerait son retour des camps où la Milice l'avait envoyée avec des milliers d'autres – Gwen ignorait encore qu'il fallait compter en millions. Le bateau, dans lequel elle avait trouvé refuge avec Gaston, avait été intercepté par des gardes-côtes, puis ils avaient été tous les deux livrés à la Gestapo.

Au cœur de l'été, la Bretagne voyait enfin les Allemands fuir. Avant la pénétration des Alliés, il y avait eu des combats, des bombardements, des ponts qui avaient sauté, les premières représailles… Comme elle l'avait tant redouté, Madeleine avait été traînée dans la rue, le crâne tondu, sous les lazzis d'une multitude qui criait vengeance. Sa mère, en raison de son âge et de son sexe, avait été épargnée. Son père croupissait déjà dans un cachot. Quant à Gabriel, il demeurait introuvable. Comble de l'ironie, Madeleine était accusée d'avoir couché avec des Allemands alors qu'elle n'aurait jamais laissé l'un d'entre eux la toucher. Si le soulagement et la gaieté régnaient, le chaos était flagrant comme en toute période de transition. Les Américains étaient regardés avec bienveillance et un peu de méfiance. Certains craignaient le retour des Allemands, d'autres s'énervaient déjà de constater que la victoire leur échappait et revenait à ces hommes si jeunes qui semblaient faire tourner la tête des Françaises. Dans l'esprit des libérateurs, il était clair que la femme française était légère. Les regards concupiscents se posaient sur la grâce d'une jambe, la rondeur d'une poitrine, d'autant plus que l'accueil encourageait les audaces.

Le défilé de militaires américains s'éloignait dans la rue principale de Cancale, en direction d'autres villes à libérer. Morgane se sentit soudain perdue. Elle avait de la peine pour ses parents, elle s'inquiétait pour sa sœur. Elle était aussi très étonnée du réconfort que lui procurait la présence de Chloé. Jamais elle n'aurait pensé s'attacher autant à cette enfant. Au début, elle avait considéré le bébé avec réserve, persuadée qu'il allait entraver sa liberté. Gwen s'en occupait et Morgane intervenait parfois pour le câliner, même si elle répugnait à accomplir des tâches ingrates telles que laver ses couches ou le calmer quand il pleurait. Sa licence en poche, apte à enseigner à présent qu'elle avait renoncé à la recherche, elle était revenue dans sa famille quelques mois, indécise quant à son avenir. Alors, Chloé lui était devenue de plus en plus familière et proche. Elle se surprit plusieurs fois à éprouver un vif élan d'amour envers le petit être privé de mère et de père. Manon était morte durant l'hiver 1944 d'un arrêt du cœur, pendant son sommeil. Gwen vieillissait. Qui se chargerait de Chloé quand elle déclinerait, sinon sa tante ? Morgane espérait que sa sœur reviendrait, mais l'existence des camps et les terribles conditions de vie qui y régnaient n'étaient plus un secret pour personne. La jeune femme craignait que la fragile Clara ne résistât pas à un tel traitement, pire, aux sévices qu'on y pratiquait et dont les journaux commençaient à se faire l'écho. Gwen avait déclaré à sa fille qu'elle se rendrait bientôt à Paris afin de partir en quête de sa cadette. Des trains provenant d'Allemagne et d'Autriche allaient déverser leur flot de malheureux prisonniers et elle espérait trouver Clara parmi les rescapés.

Morgane se rapprocha de sa mère et s'empara de son bras qu'elle serra en un geste de tendresse. Chloé tourna un visage souriant vers sa grand-mère. Elle tendit une main malicieuse pour se saisir d'une mèche de ses cheveux ; Gwen n'avait pas perdu l'habitude de discipliner sa chevelure, comme on le faisait à son époque, et l'enfant échoua dans sa tentative.

– Maman, j'aimerais t'accompagner à Paris…

– Qui va garder Chloé ? Tu sais bien qu'on ne peut pas faire confiance à ton père…

– Nous l'emmènerons.

– N'est-ce pas dangereux ? demanda Gwen.

– La guerre est finie, maman. Et plus tard, nous pourrons dire à Chloé qu'elle a participé aux recherches concernant sa mère.

– Et si notre Clara était…

– Tais-toi ! l'interrompit Morgane avec de la violence dans la voix. Ma sœur est vivante, je le sens.

Gwen accepta. Elles reprirent le chemin de la longère. La foule, si animée les heures précédentes, semblait à présent morose, presque pétrifiée. Personne n'avait été épargné durant ces années d'occupation. Le chagrin et la douleur revenaient tandis que disparaissaient à l'horizon les derniers véhicules américains…

Épilogue

CHLOÉ
1980

Un bien inespéré

Son seizième jour en Bretagne s'achevait et Chloé Forget n'avait toujours pas eu le moindre coup de cœur pour une maison. À l'approche du village, elle se mit à rétrograder avec l'énervement qui la gagnait quand elle songeait que le temps pressait, que rien ne la tentait encore, que la réticence exprimée par son entourage quand elle avait annoncé ses projets n'allait pas tarder à devenir contagieuse et à la faire revenir à Paris, accompagnée d'un sentiment d'échec. Certes, la saison n'était pas favorable à la décision d'acheter une demeure dans l'Ille-et-Vilaine. Elle l'avait choisie afin de faire face aux inconvénients d'un hiver en Bretagne.

Il n'était pas encore 17 heures, la nuit tombait déjà. Dans les rues de Cancale, des silhouettes pressées bataillaient contre le vent pour avancer. Chloé conduisait les yeux rivés sur son pare-brise balayé par les essuie-glaces qui fonctionnaient à plein régime, de même que le chauffage. La brume s'attardait depuis le matin, s'ouvrant pour livrer passage à un piéton qui ressemblait à un fantôme dans ce paysage à la limite du surnaturel. Depuis ces deux semaines, la toute-puissance des éléments lui avait semblé évidente. Elle ne s'intéressait guère au ciel d'ordinaire, vivant seule dans un petit appartement sous les toits, au sein d'un quartier cossu, travaillant dans un magasin de vêtements chics, occupant ses week-ends à des sorties avec ses amis. Après une rupture amoureuse très douloureuse, Chloé avait connu une période difficile avec la découverte d'un cancer du sein qu'elle avait heureusement surmonté. À presque quarante ans, elle avait fini par être licenciée de la boutique dite « branchée » qui ne correspondait plus à sa maturité. La ville l'étouffait, elle avait besoin de changer d'existence après toutes ces épreuves. L'idée de renouer avec ses racines bretonnes lui était apparue comme une certitude, presque une délivrance. Grâce à la vente de son appartement parisien, elle possédait assez d'argent pour envisager l'achat d'une vaste demeure sur la Côte d'Émeraude dans laquelle elle comptait ouvrir une maison d'hôtes. Cinq chambres et une table d'hôtes, pour elle qui adorait cuisiner, seraient suffisantes pour lui permettre de vivre sans excès de fantaisie. Elle aspirait à une certaine forme de tranquillité, à un retour à la nature comme beaucoup d'urbains. Ce travail, à temps complet à la belle saison, ne lui laisserait pas le loisir de s'ennuyer tout en lui octroyant une qualité de vie qu'elle n'avait jamais eue à Paris, même si l'aspect culturel de la capitale lui manquerait. Toutefois, Cancale n'était pas si loin qu'elle ne pût se rendre à Paris, quand l'envie s'emparerait d'elle de replonger dans son effervescence.

Encore fallait-il qu'elle trouvât la maison de ses rêves. Elle en était bien loin au bout de toutes ces heures passées en visites avec les agents immobiliers de la région qui ne voulaient pas avouer leur impuissance à la satisfaire et songeaient à leur commission à chaque nouvelle déception. Chloé ne possédait pas assez de fortune pour s'offrir l'espace sans les travaux, néanmoins ces derniers l'effrayaient quand elle constatait que certains édifices qu'on lui présentait dans leur jus ressemblaient à des ruines. Lorsqu'elle calculait la somme nécessaire à leur réhabilitation, celle-ci lui paraissait exorbitante. Et les maisons qui lui plaisaient telles qu'elles étaient se révélaient de toute façon bien trop chères pour son budget ; la jeune femme avait l'impression d'être dans une impasse.

Il y avait des mouettes sur le muret face à *L'Hôtel du Port de la Houle* où Chloé était descendue. La vue de ces oiseaux si familiers aux gens du cru lui remonta étrangement le moral. Elle avait bien surmonté une rupture après cinq ans de vie commune, puis dans la foulée un cancer ; un problème de finances ne pouvait donc avoir raison de son courage. Son impatience était la preuve qu'elle réagissait encore comme une Parisienne, les provinciaux prenant davantage de temps pour conclure une affaire, refusant de vivre dans ce tourbillon d'activités incessantes qui avait été le sien jusqu'au repos imposé par la maladie.

Si les touristes affluaient aux beaux jours, augmentant d'une façon spectaculaire la population, ils étaient inexistants en cette période précédant Noël. Le village avait pourtant fait des efforts pour parer ses rues et les façades de ses maisons de décorations scintillantes. Il faudrait attendre les vacances scolaires pour voir revenir quelques téméraires.

Chloé se souvenait surtout des longues journées ensoleillées mais parfois fraîches sur les immenses plages sauvages où, en dépit du flot de vacanciers, chacun bénéficiait d'intimité, au contraire de celles du Sud. Sable doux, mer lumineuse, sous un ciel changeant à cause des marées, paraissant sans limites à ses yeux d'enfant. À l'époque, elle était peu sensible à l'architecture bretonne qu'elle chérissait à présent : chapelles, fermes, moulins, phares, mégalithes, ou encore manoirs comme celui qu'elle cherchait aujourd'hui, n'avaient que peu d'intérêt pour la petite fille qui leur préférait les jeux sur la plage et les baignades. De même, elle détestait les huîtres ; elle ne passait pas deux jours sans en déguster à présent. À cet instant, elle était loin de ces étés de jadis. Cela faisait plusieurs soirs qu'elle se rendait dans un petit restaurant dont l'accueil la rassurait, elle qui était seule, afin de savourer des huîtres accompagnées de pain, de beurre et d'un verre de muscadet ; rien de mieux pour remonter le moral !

Comme elle pénétrait en frissonnant dans le vestibule de l'hôtel, la propriétaire déboula d'une porte située sous l'escalier, suivie par son chien, un westie nommé Dolmen. Chloé appréciait la gentillesse de Cornélia Castel. Elle lui avait confié la raison de sa venue et ses recherches infructueuses. Cornélia avait promis que, si elle entendait parler d'une maison à vendre qui correspondait aux critères de sa cliente, elle lui en ferait part. En la voyant se ruer sur elle telle la bourrasque qui s'engouffrait dans le hall, Chloé espéra que c'était le cas, qu'elle avait un bien à lui proposer.

– Bonne journée ? demanda Cornélia, formule de politesse dont elle n'attendit même pas la réponse, enchaînant avec excitation : J'ai connaissance d'un manoir à acheter !

Son ton exprimait la satisfaction comme si le compromis de vente était prêt, cependant Chloé avait été confrontée à trop de déceptions pour y céder.

– Où exactement ?

– À quelques kilomètres de Cancale.

– Vous en connaissez le prix ?

– Quatre cent mille francs, annonça Cornélia d'une voix triomphante.

– Pour cette somme, c'est d'une ruine que je vais hériter !

La jeune femme se rendit compte qu'elle répondait à la générosité de son hôtesse par de l'ingratitude. Penaude, elle s'empressa de changer de ton :

– Merci, Cornélia… C'est peut-être le bien miraculeux que j'attends…

Elles avaient décidé de s'appeler par leur prénom.

– Miraculeux, c'est le mot, approuva son interlocutrice. Car il n'y a pas tant de travaux que cela.

Chloé prêta une oreille plus attentive aux renseignements de la propriétaire de l'hôtel. Se pouvait-il que… Cependant, la demeure se situait sans doute à proximité d'une porcherie, d'une déchetterie ou de l'autoroute.

– Les vendeurs sont pressés ?… hasarda-t-elle, pleine d'espoir.

Chloé avait ôté son manteau et avait suivi Cornélia dans le salon réservé aux hôtes où toutes les deux s'étaient installées sur un canapé, Dolmen ayant sauté sur les genoux de sa maîtresse.

– Je ne sais pas, avoua Cornélia, évasive. En fait, il vaut mieux pour eux qu'ils ne le soient pas car il est possible que la vente se fasse attendre.

– Que voulez-vous dire ?

Sans répondre, Cornélia s'enquit :

– Êtes-vous superstitieuse, Chloé ?

– Non, affirma aussitôt la jeune femme, très surprise.

– Eh bien, ce manoir peut être à vous et à un prix moindre que les quatre cent mille francs exigés.

Chloé se mit à rire.

– Est-ce à dire qu'il va me falloir vivre au milieu de fantômes ou quelque chose comme cela ? Je sais les Bretons épris de mystères et de légendes…

– Ne vous moquez pas, la coupa Cornélia d'un ton grave. Le domaine du Tremblay n'est pas un endroit comme les autres.

– Le domaine du Tremblay, répéta Chloé, pensive. Ce nom ne m'est pas inconnu… Une histoire de collaboration durant la dernière guerre, non ?

– Dépêchez-vous de le visiter, le plus tôt sera le mieux, déclara Cornélia, apparemment peu désireuse de s'étendre sur les excès, de part et d'autre, du conflit. C'est la bonne époque, les Parisiens sont absents.

– Que voulez-vous dire ?

Cornélia se leva en entendant la porte du vestibule s'ouvrir.

– Pas un autochtone n'achètera ce domaine mais il peut intéresser une personne comme vous ou quelqu'un qui souhaite une résidence secondaire. Il est en vente à l'agence du Port.

Perplexe, Chloé laissa son hôtesse travailler. Elle consulta sa montre afin de vérifier qu'il n'était pas trop tard pour appeler l'agence : pas encore 18 heures alors que la nuit noire semblait déjà inviter à regagner son lit... Elle se posta à la fenêtre, admira une seconde les formes des bateaux qui perçaient l'obscurité grâce à l'éclairage public puis fit le numéro de l'agence grâce au téléphone de l'hôtel. Elle avait déjà eu affaire à Corentin Arthaud, l'homme qui lui répondit. Il lui avait fait visiter différents lieux qui avaient éveillé sa curiosité, hélas, tous trop onéreux pour ses finances. Elle lui parla du domaine du Tremblay et il parut surpris, vaguement vexé même.

– Les nouvelles vont vite !

– Je l'ai appris par ma logeuse.

Chloé se demanda aussitôt si elle avait bien fait de dévoiler ses sources ; il semblait y avoir tant de mystères autour de cette vente... La dernière chose dont elle avait besoin était de contrarier l'agent immobilier.

– J'aimerais le visiter le plus vite possible.

– Très bien, je vais me mettre en relation avec le propriétaire et essayer de vous avoir un rendez-vous pour demain. Je vous tiens au courant.

La jeune femme aurait aimé en savoir davantage ; quelque chose la retint, comme si ce n'était pas dans son intérêt de se montrer trop curieuse. Elle verrait bien sur place. Elle jeta un œil vers le comptoir de l'entrée où Cornélia écrivait sur son cahier de réservation face à un couple. Ce dernier partit vite et Chloé fut heureuse de voir revenir son hôtesse. Outre le fait qu'elle l'appréciait, elle apprenait plein de choses sur la région par son intermédiaire. Ce soir, elle brûlait d'en savoir davantage sur ce fameux domaine.

Cornélia Castel tenait ce modeste hôtel depuis trente ans. Veuve, elle avait continué à accueillir une clientèle fidèle. La septuagénaire avait avoué à Chloé qu'elle n'envisageait pas la retraite de sitôt, ce mot évoquant pour elle une sorte de petite mort. Elle était née à Cancale, elle y mourrait, et elle espérait que la fin la surprendrait sur son lieu de travail. Comprenant que sa mère ne renoncerait jamais à son activité, sa fille unique, Sandrine, avait acheté une crêperie en ville. Mère et fille s'entraidaient en se recommandant mutuellement, et les affaires tournaient bien.

Au moment d'avouer qu'elle avait pour projet d'ouvrir une maison d'hôtes, Chloé s'était sentie très gênée. Après tout, elle allait concurrencer Cornélia puisque toutes les deux offraient un hébergement rivalisant sous bien des aspects. Elle avait donc plaidé en bafouillant que l'un et l'autre ne s'adressaient pas à la même clientèle.

Cornélia l'avait rassurée dans un grand éclat de rire.

– Il y a de la place pour tout le monde ici ! Et puis, tu ne seras pas au centre de Cancale. Mes clients n'aiment pas la campagne, que veux-tu...

Son hôtesse reprit sa place sur le canapé. Sans se décourager, Dolmen quémanda à nouveau ses genoux. Il se faisait vieux et Cornélia consentit à le soulever afin d'épargner son arrière-train.

Le téléphone sonna, faisant se redresser la tête dépitée du chien. L'agent immobilier confirmait le rendez-vous pour demain matin, 11 heures. Satisfaite, Chloé raccrocha et se pelotonna sur un fauteuil en souriant.

– Merci pour tout. J'ai hâte de découvrir la merveille.

– Attendez de la voir avant de l'appeler « merveille ».

– Pouvez-vous m'en dire plus ?

Cornélia hésita ; elle croyait tout connaître du passé mouvementé du domaine, or elle se fourvoyait. Devait-elle pour autant révéler tout ce qu'elle savait au risque d'effrayer la jeune femme ? Elle doutait qu'elle se laissât influencer par ces histoires d'un autre âge qui lui sembleraient sans doute extravagantes. Cornélia était trop bavarde pour laisser passer une telle occasion de renseigner celle qu'elle considérait presque comme sa protégée à force de la côtoyer au quotidien depuis seize jours, à une période de l'année durant laquelle l'hôtel était aux trois quarts vide.

Pourtant, au moment de commencer, Cornélia se ravisa comme si quelque chose de plus fort que sa propension aux papotages lui fermait la bouche. Et c'était fort rare chez elle !

– Ma petite, attendez de vous forger une opinion par vous-même. Alors, qu'elle soit positive ou négative, je vous promets de vous parler du domaine du Tremblay...

Parc et manoir avaient été laissés à l'abandon depuis des années. L'ensemble se révélait toutefois plus présentable que les épaves au prix défiant toute concurrence présentées par les agences jusque-là ; aussi la première impression de Chloé fut-elle bonne. Ne disait-on pas que c'était essentiel dans le choix d'une maison ? Sans éprouver pour autant un coup de foudre, car elle attendait de voir l'intérieur, la jeune femme était d'ores et déjà sous le charme du jardin, des dépendances et de la façade du Tremblay. Restait à ce que le cœur de la demeure la séduisît aussi.

Le ciel était bleu, à peine tourmenté par quelques cumulus dans le lointain. Une lumière blonde tombait sur le manoir qui se dressait face à Chloé dans toute sa splendeur passée. Elle imaginait des jeunes filles dévalant les marches du perron en riant, l'ombrelle à la main pour protéger leur teint sans défaut du même soleil qui brillait aujourd'hui sur le granit. Elle avait tout à coup l'impression étrange d'une transmission, d'un relais, d'une passation. Pourtant, cette demeure n'était pas celle de sa famille. Elle appartenait encore à cet homme qui ouvrait la porte principale et venait à leur rencontre en souriant. Chloé se demanda si ce sourire était sincère ou factice, s'il était contraint de vendre un bien cher ou s'il se débarrassait sans états d'âme d'une habitation trop difficile à entretenir. Le propriétaire était un homme d'environ trente ans, au regard fiévreux et pénétrant. Quand il tendit la main à Chloé en se présentant, elle sentit ses yeux la sonder avec une curiosité qu'il ne cherchait même pas à dissimuler.

– Anthony Le Guen, enchanté.

– Chloé Forget...

Il les précéda dans le hall mais, après quelques mots échangés avec Corentin, il prit le parti de se retirer afin de lui laisser visiter les lieux en toute tranquillité.

– Prenez votre temps. Ensuite, nous boirons un verre dans le salon et vous me poserez toutes les questions que vous désirez.

Chloé hocha la tête, ravie par son attitude discrète. Combien de propriétaires lui avaient gâché la visite en surveillant ses faits et gestes comme s'ils redoutaient qu'elle ne dérobât un bibelot ou en ne cessant de parler à tort et à travers, l'empêchant de se concentrer. Corentin aussi se replia ; c'était pour une tout autre raison, même s'il avait compris avec le temps que sa cliente préférait être seule ; il avait une envie irrésistible de fumer et il s'engagea dans une allée du parc pour combler son manque, sans trop se faire remarquer.

La jeune femme observa chaque pièce avec minutie. Elle était conquise. Certes, des travaux seraient utiles, toutefois les éléments anciens avaient tous été conservés, tommettes, parquet, cheminées, poutres, même une antique cuisinière

Lacanche en état de marche et plusieurs baignoires à pattes de lion. Elle voyait déjà tout le potentiel de cette demeure qui possédait l'espace suffisant pour devenir une confortable maison d'hôtes, sans compter l'avantage de sa proximité avec Cancale et son prix peu élevé qui d'ailleurs l'étonnait. Aussi se montrait-elle très attentive, de peur de tomber sur un vice caché qui expliquerait peut-être cette expertise si faible.

Dans la voiture, avant de parvenir à destination, elle avait fait part de ses doutes à Corentin qui s'était montré rassurant :

– M. Le Guen vient de divorcer, il n'a pas d'héritier et aucun de ses proches ne tient à s'installer ici.

– C'est donc une maison de famille ?

– Oui, depuis le XIXe siècle.

Cette réflexion prenait tout son sens à présent qu'elle se faufilait entre les meubles massifs d'époque qui alourdissaient l'atmosphère si poétique des lieux. Les dimensions grandioses de la cuisine lui arrachèrent en revanche un cri de plaisir car elle avait besoin d'une pièce fonctionnelle afin de préparer les repas de sa table d'hôtes. Consciente de s'abandonner à une joie trop démonstrative, Chloé ne laissa pas transparaître son enthousiasme quand elle rejoignit Corentin qui avait fini de fumer. Elle désirait faire une proposition un peu en dessous du prix affiché afin de conserver le maximum d'argent pour aménager l'endroit à sa guise.

Comme le propriétaire n'était pas encore visible, Corentin s'inclina vers sa cliente d'un air de conspirateur :

– Alors, qu'en dites-vous ?

– J'avoue que cela me tente… Combien vous m'avez dit, la superficie ?

– Trois cents pour la maison et deux hectares pour le jardin.

– Hum… C'est tellement formidable que je me dis qu'il y a un loup quelque part, déclara la jeune femme en considérant son interlocuteur avec soupçon.

Elle était certaine qu'il lui cachait quelque chose. Avec un soupir de vaincu, l'agent immobilier consentit à avouer.

– Si vous ne l'apprenez pas par moi, vous l'apprendrez par quelqu'un d'autre, alors autant vous le dire maintenant : le domaine du Tremblay n'a pas très bonne réputation.

– C'est ce qu'a aussi sous-entendu Cornélia Castel.

– Vous savez, nous sommes en Bretagne, région où les légendes ont la vie dure ! se hâta de plaisanter le jeune homme par crainte de perdre une bonne affaire.

– Vous y croyez, vous ?

Il ne s'attendait pas à cette question et mit quelques secondes à y répondre :

– Bien sûr que non !

Chloé fit la moue ; elle avait la sensation très nette que, bien au contraire, Corentin Arthaud était pétri de contradictions et convaincu que l'endroit où ils se trouvaient portait malheur. Tous ces mystères constituaient un facteur qu'elle ne pouvait pas ignorer et elle était résolue à les connaître avant de s'engager dans une nouvelle vie.

Des étrangers, des inconnus occupaient les deux longères qui avaient été les logis de l'arrière-arrière-grand-mère, de la grand-mère et de la mère de Chloé. Cette dernière tentait de chasser les vagues d'émotion qui la traversaient car elle ne voulait pas se donner en spectacle. Elle avait vécu là durant seize ans avant de monter à Paris, ne rentrant en Bretagne que pour les vacances.

Clara n'était jamais revenue du camp où les Allemands l'avaient envoyée. Les recherches de Gwen et de Morgane s'étaient révélées vaines. Aucun corps n'avait été retrouvé. Une compagne d'infortune de Clara, survivante au sein d'un monde qu'elle ne reconnaissait pas et qui la regardait avec frayeur, presque avec agressivité, tant les Français souhaitaient oublier cette période peu glorieuse de leur histoire, s'était un jour présentée à la porte de Gwen pour lui parler de Clara. « Si vous le désirez vraiment », avait-elle ajouté, sachant que son témoignage ne serait pas facile pour cette mère. Gwen l'avait fait entrer, l'avait écoutée... La visiteuse était repartie plusieurs heures plus tard. Gwen était restée quelques jours sans sortir de chez elle, inquiétant son entourage. Elle n'avait rien livré des paroles de la rescapée, ni à son mari qui avait ignoré jusqu'à sa venue, ni à Morgane qui vivait au loin, ni à Chloé quand elle avait été en âge de comprendre. Elle avait tout gardé pour elle jusqu'à sa mort en 1960 d'une crise cardiaque, comme Manon. Hubert avait vécu cinq ans avant de s'éteindre à son tour d'un cancer du foie.

Morgane avait fait le voyage de Louisiane à chaque fois. En 1945, elle avait appartenu à la communauté de ces femmes ayant succombé aux charmes des libérateurs. Elle s'était exilée de l'autre côté de l'Atlantique où elle avait épousé le fils unique d'une famille de planteurs de coton de La Nouvelle-Orléans. S'estimant privilégiée, elle avait annoncé à Chloé qu'elle renonçait à l'héritage à son profit. La vie de Chloé était déjà à Paris et elle n'avait pas les moyens d'entretenir plusieurs maisons. Elle avait choisi de vendre puis de placer l'argent, approuvée par Morgane qui n'était pas attachée au passé et qui trouvait que trop de drames avaient frappé les Guyader, les Kerrien puis les Forget à Cancale. Cette dernière avait tourné définitivement la page, même si elle regrettait parfois de n'avoir pas eu la carrière dont elle avait tant rêvé. Femme au foyer, mère de trois enfants, elle était l'exemple type de l'Américaine du Sud, vouée au bien-être de sa famille.

Chloé contemplait toujours les longères, éloignées de quelques centaines de mètres les unes des autres. Le sang lui battait aux tempes, ses mains tremblaient. Des souvenirs enfouis revenaient la hanter comme cette fois où elle avait surpris une violente discussion entre sa tante et sa grand-mère au sujet du mariage et du départ de la première. Gwen n'avait jamais accepté ni l'un ni l'autre. Les Américains avaient certes libéré l'Europe, elle leur en était reconnaissante, sans jamais avoir eu envie que l'un d'entre eux devînt son gendre et éloignât sa fille de sa patrie. Déjà désespérée par la disparition de Clara, Gwen ne pouvait supporter l'idée qu'un océan la séparât du seul enfant qui lui restait. Morgane ne s'était pas laissée attendrir, évidemment, et Gwen avait refusé de la suivre aux États-Unis, comme elle le lui avait proposé sans conviction. Morgane était partie avec un sentiment de culpabilité qui ne l'avait jamais quittée, même aujourd'hui : n'avait-elle pas promis à sa sœur défunte de veiller sur Chloé ? Elle avait donc cru bon de demander à Gwen si elle pouvait emmener sa nièce en Amérique ; sa mère lui avait opposé une si virulente colère, expression de son désarroi et de sa peur, qu'elle n'avait pas insisté, lui laissant l'enfant par compassion.

Gwen avait donc reporté sur Chloé tout l'amour qu'elle ne pouvait plus donner à quiconque. Parfois pesante, cette affection avait cependant permis à la petite fille de grandir sans connaître les affres des orphelines. Dotée d'un fort tempérament comme sa tante, elle ne professait pas un attachement particulier à sa région natale et rêvait d'une carrière à Paris dans le milieu de la mode. Guère douée à l'école qu'elle avait quittée tôt pour travailler dans une boutique de vêtements à Dinan, elle était en revanche maligne et courageuse, ce qui lui avait valu de s'acclimater très vite à la vie trépidante de la capitale. Jamais Chloé n'avait avoué à ses grands-parents la nature des moyens qui lui avaient permis d'obtenir une place de vendeuse confirmée dans une boutique en vogue du Marais. Non qu'elle se fût mal conduite, elle avait simplement, selon ses vues, profité de la vie, et s'était constitué un réseau, seule ressource pour arriver à ses fins quand on était, comme elle, dépourvue de diplôme.

Tout était différent à présent, après les épreuves subies. À l'aube de la quarantaine, elle savait que son épanouissement passerait par une autre satisfaction que la vente d'une robe de soirée à une jeune starlette californienne ou sa présence à un cocktail prestigieux. L'argent de son héritage et de la vente de son appartement lui permettait d'acquérir le domaine du Tremblay. Elle aurait été bien stupide d'accorder de l'importance à une rumeur de malédiction. D'ailleurs, elle n'en avait jamais entendu parler durant sa jeunesse ; on disait juste que Gabriel, le père de l'actuel propriétaire, avait collaboré avec l'ennemi durant la guerre. Il avait fini par être assassiné et la gendarmerie n'avait pas fait de zèle pour retrouver les coupables, pas davantage qu'Anthony qui n'ignorait pas le passé trouble de son père. Presque tout le monde s'accordait pour dire qu'Anthony n'était pas responsable des agissements de son géniteur, ainsi que de ceux de sa grand-mère, réfugiée et morte de la fièvre jaune en Amérique du Sud suite au scandale de la Libération ; pas plus que de ceux de ses arrière-grands-parents morts depuis plusieurs années. Son arrière-grand-père avait fini son existence interné dans un camp pour actes de collaboration. Chloé songeait que toutes ces histoires étaient à l'origine de la mauvaise réputation qu'on prêtait au domaine. Tant mieux, cela expliquait aussi son prix abordable. Elle ne laisserait pas passer sa chance.

Cornélia leva sa coupe de champagne d'un air triomphant, déjà un peu grise car ce n'était pas la première qu'elle consommait depuis le début de la soirée.

– À ta nouvelle vie au Tremblay !

– Je vais te faire concurrence, comment peux-tu te réjouir ?

– Le concept de la maison d'hôtes est bien différent de celui de l'hôtel. Il existe une clientèle pour les deux, déclara Cornélia pour rassurer une nouvelle fois Chloé.

Comme elles étaient seules dans la pension, désertée en ce début d'année, Cornélia avait mis de la musique. Michel Berger chantait sa « Groupie du pianiste ». Dans l'enthousiasme qui suivait la signature, les pensées de Chloé devenaient celles d'une adolescente après une boum durant laquelle elle aurait échangé un baiser avec le garçon de ses rêves. Elle était toutefois attentive à la quantité d'alcool absorbé par sa compagne dont les joues devenaient aussi cramoisies que les braises au sein de la cheminée.

Ce fut dans le but de détourner Cornélia du champagne qu'elle dirigea la conversation vers un autre sujet qui l'intéressait aussi :

– Tu as bien connu ma famille ?

– Bien sûr ! s'exclama Cornélia en souriant, les yeux dans le vague, perdue dans des souvenirs qui semblaient lui procurer du plaisir, comme souvent les personnes d'un certain âge quand elles bénéficiaient d'un auditoire complaisant.

Puis, tout aussitôt, son visage traduisit la compassion.

– Ta pauvre, pauvre maman… Elle n'est jamais revenue des camps, la malheureuse !

Chloé songea que Cornélia se serait exprimée d'une façon moins emphatique si elle n'avait pas été sous l'emprise de l'alcool. Justement, le moment était idéal pour comprendre certaines choses qui, de tout temps, avaient échappé à la jeune femme, parce que les siens avaient disparu, étaient au loin ou se refusaient à parler. Elle ne dit donc mot, laissant Cornélia poursuivre ce qui ressemblait à un monologue :

– C'est drôle que tu sois devenue la propriétaire de ce domaine, c'est comme une revanche, non ? Quand on sait que Gabriel Le Guen, le père d'Anthony, a sans doute été responsable de bien des morts dans la région, et probablement de celle de ta mère ? Personne n'a jamais pu le prouver. La justice a suivi son cours toute seule, nul besoin d'un procès, les anciens maquisards ont su retrouver le traître. Évidemment, Anthony n'y est pour rien, il a souffert d'avoir un père collabo et assassin de surcroît. D'autant plus que sa mère, une modeste couturière, est morte quand il avait vingt ans. Presque personne ne lui a tenu rigueur de cette honteuse hérédité... Mais bon... Si on veut être honnête, il faut avouer que ses traits rappelaient cruellement son père à tous les Cancalais... Alors, on ne peut pas dire qu'ils le portaient dans leur cœur. Et même sans le vouloir vraiment, ils l'ont quelque peu tenu éloigné de la vie communale. Le déclin du domaine... est en partie de leur faute aussi. Anthony a toujours eu du mal à trouver des gens désireux de lui acheter ses récoltes. Le fils du collabo, tu comprends ? C'est ainsi que les autres enfants le désignaient à l'école. Il retenait ses larmes, il faisait le brave, mais ses prétendus camarades voyaient bien que cela le bouleversait et ils continuaient... J'en suis malade, rien que d'y penser.

Cornélia interrompit son discours. Derrière les vitres du salon, la plainte lugubre du vent semblait le prolongement de ses aveux. Chloé ne pensait plus du tout à surveiller sa dose d'alcool, elle ne réagit pas quand son hôtesse se servit une nouvelle coupe. Le souvenir de sa mère hantait ses pensées. Elle était devenue livide. Si elle savait que Gabriel, Madeleine et ses grands-parents avaient été proches des Allemands, jamais elle n'avait fait le lien entre leurs agissements et la fin, sans doute atroce, de Clara Forget. Elle redoutait d'entendre la suite, tout en le voulant de toutes ses forces. Craignant que Cornélia renonçât à poursuivre, elle se taisait pour l'inciter à continuer. L'ambiance de la soirée avait si radicalement changé que Chloé avait soudain senti toute sa joie l'abandonner, tel un manteau qui lui glisserait des épaules, la laissant démunie face au froid cinglant de l'hiver breton.

Quand le regard de Cornélia croisa le sien, elle crut que la propriétaire des lieux allait comprendre son erreur et cesser son bavardage. Elle semblait possédée par son récit comme si ses ramifications la touchaient avec la même acuité que sa locataire.

– J'ai bien connu Gwen, un peu moins ta mère et ta tante, et pour cause… Morgane était un peu spéciale. Elle donnait l'impression de prendre tout le monde de haut. C'est vrai qu'elle était belle et intelligente. Sa sœur était si dissemblable ! Discrète, timide. Elle n'a jamais compté parmi mes fréquentations. En revanche, j'achetais souvent de la dentelle à Gwen et c'est ainsi qu'elle est devenue une amie, malgré la différence d'âge. Les femmes s'entraidaient beaucoup à l'époque, bien plus que de nos jours. Au tout début de l'ouverture de l'hôtel, en 1950, elle n'a pas hésité à garder ma fille quand j'avais trop de travail. Dix ans plus tard, lors de son décès, j'ai été l'une des premières à me recueillir près de son corps, en l'absence de Morgane. Je me souviens qu'Hubert était perdu, il ne cessait pas de ranger la maison, décrétant que sa femme ne supporterait jamais un tel désordre. Et puis, il était aussi très perturbé parce que les derniers mots de Gwen, quand l'attaque l'a terrassée alors qu'il était à ses côtés, lui demeuraient impénétrables. À moi aussi d'ailleurs car il me les a répétés, quêtant une explication. Elle a dit très exactement : « Le carnet noir doit se trouver au domaine, il faut aller le chercher et le rapporter chez nous. » À nos oreilles, le domaine évoquait le Tremblay. Ni lui ni moi n'avions jamais entendu parler d'un carnet noir, et l'énigme n'a pas été résolue, si du moins c'en était une. Gwen délirait peut-être…

– Le carnet noir… répéta Chloé, songeuse.

Un frisson parcourut sa peau. Au son de la voix de la jeune femme, Cornélia se leva, manquant renverser sa coupe de champagne encore à moitié pleine. Elle se dirigea vers l'âtre dans lequel elle se mit à tisonner les braises sans un mot. Chloé se ressaisit. Elle se demandait si sa compagne agissait ainsi parce qu'elle avait cru que ses tremblements étaient dus au feu défectueux ou pour se donner une contenance. À sa grande confusion, Chloé se rendit compte qu'elle n'avait qu'une envie : enivrer Cornélia afin qu'elle lui livrât tout ce qu'elle savait de sa famille. Celle-ci semblait à présent avoir l'esprit plus clair à cause de l'effet produit par l'interruption de Chloé.

– Je vais laisser mourir ce feu, il est temps d'aller se coucher, non ? demanda-t-elle en jetant un regard à sa montre. 2 heures du matin ! Cela fait bien longtemps que je n'ai pas veillé si tard... Merci pour ta présence, Chloé. Après tout, tu avais certainement mieux à faire que de passer ta soirée avec moi... (Elle hésita, ce qui arrêta les protestations sur les lèvres de son interlocutrice.) Je crains d'avoir abusé de l'alcool et d'avoir proféré pas mal de bêtises...

– Non, pas du tout ! s'exclama la jeune femme en rougissant. Moi aussi, j'ai trop bu.

– Eh bien, dans ce cas, le champagne te rend silencieuse.

Chloé se sentait mal à l'aise. Elle fut soulagée de gagner sa chambre après avoir remercié son hôtesse pour le dîner. Elle était sûre de ne pas réussir à s'endormir après les révélations sibyllines et le mystère non élucidé qui avaient été soulevés par Cornélia mais, à peine la tête sur l'oreiller, elle sombra dans un profond sommeil, sans aucun cauchemar.

La matinée était bien entamée quand elle en émergea. Chloé sourit à son reflet, guère flatteur après les excès de la nuit, dans le miroir de la salle de bains. « Eh bien, ma vieille, ton occupation du jour est toute trouvée : chercher le carnet noir, s'il existe ! »

Comme elle marchait dans la rue, une pluie fine la pénétra malgré la protection de son manteau Kenzo, qu'elle adorait et qui convenait si mal au climat de Bretagne. L'hôtel ne bénéficiait pas d'un parking et elle avait garé sa voiture sur le port. Près de la capitainerie, la jeune femme croisa Corentin, revêtu d'un imperméable dont les pans s'envolaient sous l'assaut du vent. Maintenant que son achat avait abouti et en dépit de la confession nocturne pour le moins troublante de Cornélia, elle se sentait à la fois apaisée et très motivée. C'est pourquoi elle prit conscience, pour la première fois depuis leur première rencontre, que l'agent immobilier était séduisant, surtout avec les cheveux ébouriffés par les bourrasques et la peau luisante de gouttes d'eau ! Il essayait de lui tendre la main tout en maintenant son parapluie ouvert. Chloé lui fit signe de renoncer en riant et il lui indiqua la porte d'un café à deux pas. Elle hocha la tête, malgré son impatience de fouiller son nouveau domaine de fond en comble, se disant que ce sentiment ne devait plus avoir cours dans sa vie provinciale. Ici, les gens prenaient le temps de se poser, et elle désirait les imiter.

Le brouhaha et la chaleur du troquet l'abasourdirent un peu, surtout qu'un début de migraine, dont elle connaissait l'origine, s'insinuait sous son crâne. Corentin lui avoua qu'il avait un rendez-vous ; il n'avait pu résister au plaisir de savoir si elle se plaisait au Tremblay. Ils s'installèrent à une table, à l'écart des autres consommateurs, et commandèrent des espressos.

– Vous savez, je n'ai pas encore vraiment emménagé, avoua Chloé. À vrai dire, je compte quitter l'hôtel dans deux jours. Je m'apprêtais justement à aller faire le tour du propriétaire, ajouta-t-elle avec une fierté qui lui parut un peu naïve.

Corentin lui avait toujours donné l'impression de lui cacher quelque chose au sujet du manoir. Sans réfléchir, elle lui lança :

– Connaissez-vous l'existence d'un carnet noir ?

Son étonnement ne parut pas feint.

– Non. Vous voulez dire dans le domaine ?

Chloé se sentit ridicule. Dans l'incapacité de s'expliquer sans se trahir, elle changea vite de conversation :

– Oubliez ma question... Je suis contente de vous voir car vous pourrez peut-être m'aider à trouver de bons artisans pour restaurer le Tremblay.

– J'en connais plein ! Et ils ne sont pas débordés en cette période, vous pourrez obtenir plus vite satisfaction qu'en saison, quand les Parisiens sont de retour dans leurs résidences secondaires.

Chloé se sentit plus sûre d'elle.

– La maison est habitable. Comme je compte ouvrir des chambres d'hôtes, il faut qu'elle soit aussi aux normes de sécurité. Cela signifie un gros chantier concernant la plomberie et l'électricité dans un premier temps. Le toit est en assez bon état. Je dois faire poser des doubles vitrages dans un souci d'économie d'énergie... Après, je m'occuperai des peintures moi-même. Et au printemps, du parc...

Ils burent leur espresso sans tarder, Corentin s'excusant de ne pouvoir prolonger la conversation. Il promit de l'appeler afin de lui fournir une liste d'artisans locaux sérieux, puis ils se quittèrent sur le trottoir où l'humidité et le froid n'avaient fait que croître. Chloé courut jusqu'à sa voiture qu'elle manœuvra avec efficacité au sein de Cancale, habituée à une conduite bien plus sportive à Paris. Elle fila sur la départementale en direction de « chez elle ».

Les pièces avaient été vidées d'une partie de leur mobilier par Anthony Le Guen qui s'était retiré à Saint-Malo où il comptait rebondir en achetant un commerce. Elles parurent donc à Chloé d'autant plus immenses quand elle les enveloppa d'un regard presque amoureux. Rien de plus grisant que d'imaginer ce qu'elle allait concevoir à partir de ce décor brut ! Sa préoccupation immédiate, retrouver le carnet, lui sembla soudain bien anodine, et elle passa des heures à parcourir le manoir en tous sens, souriant, battant des mains comme une gamine, imaginant les futurs plans de son installation. Elle avait l'impression d'un espace gigantesque dont elle mettrait des semaines à connaître les moindres recoins. L'heure du déjeuner était déjà bien dépassée quand elle poussa la porte du grenier. Dans son excitation, elle ne sentait pas la faim. Manger la forcerait à retourner à Cancale et elle ne voulait pas encore quitter ce lieu magique. Sous les combles, l'ancien propriétaire avait laissé quelques meubles et objets sans valeur. Chloé avisa un rocking-chair en rotin, des jardinières ébréchées, quelques piles de magazines des années cinquante, autant de poussière et de toiles d'araignées qu'un tel espace pouvait en contenir.

Si Chloé avait eu un objet à cacher, elle aurait choisi cet endroit. Aussi résolut-elle de ne pas redescendre avant d'avoir exploré le grenier. Méthodiquement, elle se mit à chercher partout où quelqu'un aurait pu avoir l'idée de dissimuler ce que Cornélia avait appelé « le carnet noir », expression qui n'était pas étrangère à l'enthousiasme de Chloé pour cette quête bien improbable. Elle se voyait comme une enfant à la recherche d'un trésor.

Elle perdit beaucoup de temps car la moindre découverte ralentissait son enquête. Elle s'intéressa à de vieux outils, parcourut les articles des *Marie France* d'antan avec amusement, admira les quelques draps anciens et monogrammés qu'Anthony avait délaissés, songeant qu'elle pourrait en faire bon usage dans ses chambres d'hôtes… En revanche, pas la moindre trace du carnet ; l'heure avançait, son estomac gargouillait à présent. Indécise, elle embrassa la pièce dans son ensemble et réfléchit. Puis elle monta sur un tabouret et entreprit de passer la main entre les poutres. Si cette investigation échouait, elle retournerait à Cancale acheter de quoi manger. Elle aurait dû être plus prévoyante et venir ce matin avec un en-cas qui ne l'aurait pas obligée à reprendre sa voiture.

Quand la jeune femme sentit quelque chose au bout de ses doigts qui tâtonnaient et se couvraient d'une couche de particules noires dont elle préférait ignorer l'origine, elle retint un cri. Avec précaution, elle tira à elle ce qui lui apparut comme étant un carnet… noir. Sa stupéfaction fut à la hauteur de sa frayeur. Elle comprit qu'elle n'avait jamais vraiment cru à cette histoire. À la vue du mystérieux et hypothétique cahier, un flot d'émotions l'envahissait : surprise, excitation, ainsi que peur au seuil de la révélation.

La couverture était épaisse, les pages jaunies, pourvues d'une marge délimitée par une fine ligne rouge, l'encre noire. L'écriture d'écolière racontait une histoire, celle d'une partie de sa vie comme en témoignait le titre : *Journal intime de Dairine O'Shea, 1849.* Chloé tourna les pages, toutes utilisées jusqu'à la moitié du recueil. La jeune femme s'interdit de lire la fin par respect pour celle qui avait rédigé ce texte destiné à être lu selon les règles établies. Chloé n'ignorait pas que cette Dairine était son ancêtre irlandaise, elle connaissait le passé de sa famille, du moins dans les grandes lignes. Morgane, qui le tenait de Gwen, le lui avait transmis.

Le ciel était si sombre lorsque Chloé voulut commencer sa lecture qu'elle dut se placer sous la clarté diffusée par un chien-assis afin de parvenir à déchiffrer le texte. Le temps était au diapason de l'acte qu'elle s'apprêtait à accomplir. Il régnait dans le grenier une atmosphère lugubre que la jeune femme aurait pu considérer avec ironie, si elle n'avait pas été aussi impressionnée. Le manoir émettait toutes sortes de bruits inhabituels pour une Parisienne : craquement des murs, courses de bestioles sur le toit, hurlement du vent contre les vitres qui semblaient soudain bien fragiles, quelque chose qui cognait en un lieu inconnu, peut-être un volet mal attaché par elle à son arrivée, murmure des trembles tout près de l'habitation.

Plusieurs choix s'offraient à elle : ouvrir le carnet et le lire, renoncer à en prendre connaissance et le remettre dans sa cachette, le détruire sans plus y prêter attention… Cette dernière option était naturellement exclue. Chloé ne parviendrait pas à résister à sa curiosité. Pour quelle raison aurait-elle agi ainsi ? Une voix lui soufflait que c'était toutefois la solution la plus raisonnable. Sans l'écouter, elle rouvrit le cahier à la première page, effleurant avec délicatesse le papier si fin sous ses doigts qu'elle craignait qu'il se réduisît en poussière comme un parchemin. Elle entama sa lecture en anglais, malgré la traduction française qui suivait. Très vite, elle se prit de passion pour le récit. Quand elle l'acheva, une boule s'était formée dans sa poitrine. Elle avait l'impression que quelqu'un appuyait très fort dessus. En fait, elle s'aperçut qu'elle avait du mal à respirer.

C'est drôle, l'impression que j'ai eue que le domaine me serait maléfique s'est vite enfuie. « Eh ben, ma fille, que je me suis dit, tu en as des intuitions bizarres ! » Et je n'y ai plus pensé jusqu'à ce que ça recommence, en pire. C'était il y a quelques jours. Du coup, j'ai décidé d'écrire ce journal au cas où il m'arrive quelque chose. Ça peut paraître étrange, là encore, mais je suis si seule, loin de ma famille, dans un pays qui n'est pas le mien, et c'est le seul recours que j'ai trouvé pour protéger ma petite fille.

Ma petite fille s'appelle Nicolette, elle est née depuis quatre semaines, et je l'ai mise en nourrice, à une quinzaine de kilomètres du Tremblay, près de Saint-Malo. Personne ne le sait, c'est mon secret. J'ai décidé de cacher ma grossesse quand j'ai vu que mon ventre ne grossissait pas. Au début, ça m'a fait peur pour le bébé, j'ai cru qu'il était mort là-dedans, puis il m'a donné des coups de pied, et j'ai été rassurée. À coup sûr, il était bien vivant !

Mais il faut que je commence par le début. Le début, c'est les premières semaines au Tremblay, après que j'ai cru être arrivée dans un endroit du diable. J'étais désorientée mais ma maîtresse a tout de suite compris que je souffrais du mal du pays. Elle s'est montrée bien compréhensive pour une patronne, de surcroît anglaise. Elle m'a présentée au personnel et m'a mise sous la protection de la gouvernante, Louise Sublet, qui a toujours été juste envers moi. C'est elle qui a fait mon apprentissage : tout ce que j'ai su sur les tâches qui m'incombaient, c'est grâce à elle. Broder ne m'a pas été difficile, en fait c'était presque un réconfort, un travail qui me rappelait ma patrie et ma famille. Par contre, j'ai dû aussi devenir une sorte de dame de compagnie d'Abigail Le Guen. C'est ce que j'aurais dû être, en effet, c'est pour ça qu'on m'avait fait voyager sur un bateau, mais j'ai vite compris que Mme Abigail allait me trouver… comment dire ? un peu rustique, oui, c'est cela, rustique. Par exemple, elle voulait que je lui fasse la lecture, le soir, après dîner, ou pendant l'heure du thé à laquelle elle n'avait pas renoncé, bien qu'elle m'ait expliqué que les Français et le thé ça passait pas toujours, surtout les Bretons qui lui préféraient les alcools forts (je suis de leur avis !). Bref, j'ai fait comme elle m'a demandé, j'ai lu, mais elle m'a vite interrompue. Jusqu'à ce jour, j'étais fière de savoir lire mais il est évident qu'il y a quelque chose qui ne va pas dans ma façon de lire à voix haute, car ma patronne a eu l'air surprise et déçue. Elle ne m'a jamais reparlé de lire après cette scène, sans m'expliquer pourquoi, et bien entendu j'ai pas osé lui poser la question.

Parmi les employées, en dehors de Louise, il y avait une fille de mon âge, Sylvie, avec qui j'ai sympathisé. Elle était fiancée à un valet de ferme, le beau Rodolphe. Elle logeait dans une petite chambre, sous les combles, comme moi, et nous

nous retrouvions souvent après notre journée, à bavarder, un coup chez l'une, un coup chez l'autre. Et puis, naturellement, il y avait M. Frédéric, le mari de Mme Abigail. Lui aussi était séduisant. Il a posé de drôles d'yeux sur moi la première fois qu'il m'a vue, mais tout me semblait bizarre au domaine à cette époque. Le fiancé de Sylvie, il m'a observée également d'une manière pas normale, mais je lui ai rendu un regard si courroucé qu'il a dû se soumettre et baisser les yeux, ce que j'ai pas pu faire évidemment avec le patron. Sylvie m'a dit que j'étais très belle avec mes cheveux roux et mes yeux verts. Elle est si maigrichonne et fade, la pauvre, je ne comprends pas que Rodolphe l'ait choisie.

Au bout de quelques semaines, Melinda est repartie en Irlande avec une lettre de moi pour ma famille. Ça a été un peu dur, même si Melinda ne s'occupait plus de moi comme elle en avait pris l'habitude avant. On sentait encore plus l'écart entre nous au château.

Il s'est passé plusieurs mois et je sentais qu'on était très satisfait de mon travail de dentellière. Madame Abigail s'extasiait sur mes ouvrages et ses relations m'en commandaient plein, je croulais sous la couture, la broderie, je ne faisais plus que ça. Je n'ai jamais été la dame de compagnie de Mme Abigail, mais j'ai été certainement la meilleure couturière qu'elle ait jamais eue.

Et voilà que je sentais que quelque chose ne tournait pas rond, plusieurs choses, devrais-je dire. Moi, j'étais de plus en plus attirée par Rodolphe, bien que je me sois défendue de ce sentiment à cause de Sylvie. Et en même temps, je trouvais inquiétante l'attitude du maître à mon égard.

Ça a commencé par des regards insistants, comme je l'ai dit. J'étais déjà mal à l'aise à ce moment-là, si bien que j'ai interrogé, mine de rien, Sylvie sur le patron, pour savoir s'il avait l'habitude de mal se conduire avec ses employées. Elle m'a assuré que non. Je ne savais pas si je devais être soulagée.

Peut-être pas car cela signifiait qu'il n'y avait qu'avec moi qu'il était comme ça, et ça n'avait rien de rassurant. D'un autre côté, s'il n'était pas un libertin, je pouvais être tranquillisée car je ne m'estimais pas assez intéressante pour attirer un homme aussi prestigieux. Bref, j'étais déroutée. Là-dessus, Rodolphe commence à me courtiser ouvertement. J'ai protesté qu'il était promis à Sylvie, mais il m'a répondu d'un air malheureux que, depuis mon arrivée, ses sentiments envers sa fiancée avaient changé car il était tombé amoureux de moi. Je redoutais de l'être aussi de lui, ce que je me suis bien gardée de lui avouer, car il aurait pu en profiter. J'étais dans un tel état que j'ai dû recommencer deux fois un ouvrage de broderie après cet échange.

J'ai pas pu écrire pendant plusieurs jours, trop de travail. Les choses ne se sont pas arrangées, M. Frédéric me fait de plus en plus peur. Je cache ce carnet entre deux poutres de ma chambre quand je m'absente, c'est-à-dire toute la journée puisque je commence tôt et finis tard mon service. Ce serait une catastrophe s'il tombait dessus et je le crois capable de fouiller ma chambre. Je devrais être flattée d'inspirer un tel désir, mais c'est un désir que je ne partage pas, c'est aussi celui du riche pour le pauvre, du puissant pour le faible, et tout cela me terrorise. Dans ma prochaine lettre à Melinda, je suis résolue cette fois-ci à la supplier de rentrer en Irlande. Je sais que c'est dommage parce que mes gages aident bien ma famille, mais je n'en peux plus. Comment je vais être accueillie là-bas avec un bébé ? C'est ma hantise. Mon père va me tuer. Où que je me tourne, je ne trouve que désolation et danger.

Nicolette est ce que j'ai de plus cher au monde, mais elle est le fruit d'un amour coupable. Non seulement, j'ai fauté sans être mariée mais encore avec un homme fiancé à une amie : double forfait. J'étais tellement paniquée quand j'ai compris que j'étais prise que j'ai tout avoué sur-le-champ à Rodolphe qui, ce jour-là, m'a promis de m'épouser. Quelques semaines plus tard, il était introuvable. Pas difficile de comprendre qu'il avait filé. Sylvie a cru en être la plus touchée mais, sachant que ma situation ne me permettait plus de regarder l'avenir avec sérénité, j'étais de loin la plus bouleversée, même si j'ai dû le dissimuler. À cette occasion, j'ai appris que Rodolphe travaillait ici depuis seulement un an, qu'il était d'un village près de Bordeaux, qu'il n'avait pas d'attaches dans la région, hormis Sylvie, du moins c'est ainsi que tout le monde voyait les choses jusqu'à sa fuite. On en a déduit qu'il avait peur de s'engager. Sylvie était restée chaste. En cela, elle a été plus maligne. J'aurais dû me méfier d'un Français. Ça s'est passé si vite, une fois seulement, je ne me rappelle même plus comment j'ai succombé. J'ai ressenti une grande chaleur dans le bas-ventre et, l'instant d'après, j'étais couchée sur la paille. J'ai bien essayé de protester mais il ne m'a pas écoutée. Ou c'était trop tard, je ne sais même plus. Et je suis tombée enceinte après ça, alors que d'autres attendent des années en vain, même si elles sont passées devant monsieur le curé. Ma seule consolation, c'est que Rodolphe soit catholique.

Pour couronner le tout, M. Frédéric s'est déclaré. C'est d'ailleurs un grand mot pour exprimer une envie. C'est le maître et je ne suis qu'un caprice pour lui, même s'il affirme m'aimer à la folie, c'est l'expression qu'il a employée. Je suis stupéfaite par tout le mal qu'il se donne. L'expérience avec Rodolphe m'a fait devenir méfiante, plus jamais je ne ferai confiance à un homme.

Il n'était pas question pour moi de faire appel à une faiseuse d'anges, tout mon être se révoltait à cette idée. Déjà que concevoir un enfant dans ces circonstances était un péché, si je devais commettre un meurtre maintenant ! Mon idée, constatant que la grossesse ne se voyait pas, était d'accoucher secrètement puis de laisser le bébé à un orphelinat. Ça me semblait la meilleure solution pour moi mais aussi pour lui. Il serait vite adopté, du moins je l'espérais. Mais ça ne s'est pas passé comme ça et c'est aussi bien. La nourrice, Mme Anne Guyader, s'occupe bien de ma Nicolette. Je sais qu'elle vient de perdre une petite fille juste après la naissance, ses seins sont gorgés de lait dont mon bébé est friand. Elle a bien voulu prétendre qu'il s'agissait de son enfant en attendant que je puisse la ramener en Irlande. Je ne m'attendais pas à tant de coopération de sa part. Pas de doute, les femmes s'entraident dans la campagne française.

Le journal s'arrêtait là. Chloé en aurait pleuré de frustration. Elle tourna quelques pages au hasard mais elles étaient vides de cette écriture enfantine qui avait appartenu à Dairine O'Shea. Et puis, soudain, la jeune femme tomba sur ces quelques mots tracés d'une main énergique :

Frédéric Le Guen a tué ma mère parce qu'elle se refusait à lui. Qu'il soit maudit, ainsi que tous ses descendants…
Nicolette Guyader.

Chloé porta une main à ses lèvres, retenant un cri horrifié. La violence de cette phrase, rédigée par son arrière-arrière-grand-mère, l'atteignait de plein fouet. Pour se calmer, elle songea que Nicolette appartenait à une autre époque, durant laquelle il était fréquent d'invoquer ainsi les mauvais esprits. À peine se remettait-elle du choc de la prédiction que le carnet lui réservait une autre surprise. Une dizaine de pages plus loin, des lignes apparaissaient à nouveau. Chloé déchiffra le nom qui s'affichait dessous. Cependant, même si elle ne l'avait pas fait, elle en aurait déduit que Nicolette ne pouvait pas être l'auteur de ce passage. Cette écriture-là était propre à une personne éduquée, appartenant à la bonne société. La lecture du patronyme le lui confirma. L'encre était violette et non pas noire, les lettres possédaient une certaine élégance, apanage de ceux qui ont pu étudier. Ce qu'elles expliquaient troubla tellement Chloé qu'elle les contempla plusieurs minutes, sans réagir, jusqu'à ce que, peu à peu, la lumière se fît en elle :

La famille Le Guen n'a rien à voir avec l'assassinat de Dairine O'Shea. Le temps a passé, les preuves manquent. Le fait que son corps, non identifié, ait été retrouvé dans le domaine du Tremblay désigne Frédéric Le Guen comme coupable, mais il n'en est rien. C'est Anne Guyader, la nourrice, qui a tué Dairine et qui a gardé l'enfant, trop heureuse de compenser la perte du sien. Parce qu'elle savait qu'elle ne pourrait jamais être à nouveau mère, cette femme a assassiné Dairine afin de garder le bébé. Cette histoire m'a été narrée par feu mon mari qui la tenait de son père, lui-même l'ayant reçu en héritage, si je puis dire, par son propre père. Comme la réputation des Le Guen n'a jamais été affectée par la rumeur, ils ont choisi de la passer sous silence. Nicolette Kerrien sait très bien ce qu'il en est. Elle n'est en aucun cas une Le Guen, mais la fille biologique d'un valet de ferme et la fille adoptive d'une voleuse, doublée d'une meurtrière. Si elle devait nous poursuivre à jamais de son absurde malédiction, je souhaite que la vérité éclate enfin pour le salut de ma famille.

Madeleine Le Guen.

Un coup de tonnerre ébranla le toit et les murs du manoir. Chloé fit un bond en avant. Elle se rendit compte qu'elle était terrifiée, sur le point même de se trouver mal à cause de la révélation du cahier et des conséquences de son estomac vide. L'obscurité gagnait peu à peu les combles. Jetant un œil vers les chiens-assis, la jeune femme réalisa que la tempête se déchaînait au-dessus du Tremblay. Conduire la voiture pour acheter de quoi se sustenter à Cancale équivalait à prendre un risque. Même si le trajet était court, dans quel état trouverait-elle la route ? Mais elle se sentait si faible… Un éclair illumina le grenier, suivi d'une explosion qui sembla faire trembler les fondations mêmes du manoir. Sans relâche, la pluie tombait, produisant un bruit continu sur le toit en ardoises qui avait paru sain à Chloé, jusqu'à ce qu'elle affrontât le premier vrai orage breton depuis son retour.

Le froid glaçait sa peau. Il n'y avait pas de chauffage ici. Combien de temps était-elle restée immobile à lire ? Elle n'avait pas eu conscience du temps passé, tant elle s'était passionnée pour le recueil. Le conservant en main, elle se leva, ankylosée, et quitta le grenier. Dans les pièces principales de la maison, elle avait pris soin de mettre les radiateurs en marche, et la différence de température la réconforta un peu. N'en restait pas moins que la violence de la bourrasque la retenait loin de toute nourriture. À moins que les placards de la cuisine ne recèlent quelques conserves ? Elle se dirigea vers cette pièce, le carnet toujours avec elle. Un à un, les meubles campagnards livrèrent leurs étagères vides. Découragée, Chloé s'affala sur une chaise en contemplant le journal intime de Dairine.

Tandis que la tempête faisait rage à l'extérieur, la jeune femme pensa à Anne Guyader. Elle était décédée trop jeune pour connaître Manon et Loïc, mais elle avait élevé Nicolette avec amour. N'ayant jamais été mise au courant de la prétendue malédiction qui frappait depuis plusieurs générations ses aïeux et les Le Guen, Chloé se demanda comment ce carnet avait pu être en possession de Nicolette puis de Madeleine, la grand-mère d'Anthony. Morgane pouvait-elle l'aider ? Était-elle dans le secret de toutes ces manigances ? Était-ce judicieux de la troubler avec tout cela alors qu'elle avançait en âge et vivait si loin ? Ne valait-il pas mieux laisser les morts et leurs mystères en paix, ne pas ressusciter le passé, surtout à l'aube d'une vie nouvelle ? À part elle et Anthony, tous les deux célibataires sans enfants, il ne restait plus personne pour accorder de l'intérêt à ces fragments du passé. Morgane n'avait jamais eu de goût pour la nostalgie, même à plus de soixante ans. Ses enfants étaient nés à La Nouvelle-Orléans. De telles fables susciteraient chez eux la condescendance amusée avec laquelle les Américains regardaient la vieille Europe. Si nul ne souhaitait faire revivre ce passé rempli de ténèbres et si peu glorieux pour les Guyader, Chloé devait oublier l'existence du carnet et reprendre sa vie là où elle l'avait laissée quelques heures plus tôt.

Comme pour l'inciter à suivre cette voie, le téléphone sonna. C'était Corentin qui lui donna la liste de plusieurs artisans de la région qu'elle ne put noter, faute d'avoir pris le nécessaire avec elle. Il en profita pour l'inviter à dîner au restaurant, ce soir si elle était libre. Après une seconde d'hésitation, Chloé accepta. En raccrochant, elle espéra que son comportement n'avait pas paru singulier à l'agent immobilier, comme si l'appel de ce dernier avait tiré la jeune femme d'un profond sommeil. La réalité la rattrapait et elle avait du mal à émerger.

Le manoir à restaurer, Corentin qu'elle appréciait... Chloé comprit qu'elle devait se tourner vers l'avenir. Et réduire en cendres ce carnet noir qui dénonçait un crime. Justice ne pouvait plus être rendue. Tous ceux qui connaissaient cette histoire n'étaient plus de ce monde, à l'exception de Morgane. Si Anthony en avait été avisé, il n'aurait pas quitté le domaine sans emporter le cahier. Et si Morgane avait désiré rétablir la vérité, elle aurait parlé à sa nièce depuis longtemps.

Tout indiquait à Chloé qu'il était préférable de détruire la seule preuve existante de l'infamie d'Anne Guyader, celle qui leur avait donné son nom en faisant en sorte que celui d'O'Shea disparût à jamais.

Chloé avait passé une excellente soirée en compagnie de Corentin qui l'avait emmenée dans le restaurant de poissons d'un ami, sur le port de Cancale. Le dîner et la conversation lui avaient permis de décompresser après la découverte du carnet et sa résolution de le brûler, ce qu'elle avait fait dans la cheminée du salon, juste avant de partir. Elle rentrait à présent chez elle en voiture, sous un ciel apaisé. Il faisait presque moins sombre que durant l'après-midi. Les phares balayaient la route mais une lueur orangée semblait naître de l'horizon, comme si l'aube pointait à minuit. Mal à l'aise, Chloé appuya sur l'accélérateur. Corentin avait voulu venir la chercher et la raccompagner mais elle avait protesté qu'elle ne risquait rien. L'idée de l'éconduire gentiment sur le seuil du manoir la gênait, il avait dû le comprendre et n'avait pas insisté. Elle l'aimait bien et ce sentiment devait être réciproque puisqu'il lui avait proposé d'aller au cinéma ce week-end. Il ne fallait pas qu'elle s'engageât trop vite dans une nouvelle histoire. Elle avait besoin de temps et de paix après les épreuves de ces dernières années.

Au bout de quelques mètres, la lueur devint une vive lumière du côté du Tremblay. La peur de Chloé resurgit. Elle conduisait trop vite pour rejoindre le domaine et elle comprenait que l'aurore était encore loin. Elle avait brûlé le cahier dans une cheminée qui aurait peut-être eu besoin d'un ramonage au préalable… Était-elle partie en laissant les braises se consumer, sans songer à empêcher la flambée de reprendre vie avec de l'eau, ainsi qu'on le lui avait toujours appris ? La pensée de la malédiction lui traversa furtivement l'esprit. Une descendante des Guyader, se rendre maîtresse du domaine du Tremblay ? Impensable pour les lieux où s'était déroulée la tragédie. Et Chloé sut ce qu'elle allait trouver en lieu et place de ce qui avait été un si fascinant domaine…

Table des matières

Prologue (1845-1849) 13

En Irlande 15

Manon (1903-1914) 31

De la dentelle 33
Médecine d'antan 51
Une enfant non désirée 69
Pauvres et nantis 85

Gwen (1914-1918) 105

L'énigme de Cancale 107
Du sang et des larmes 121
La malédiction révélée 137

Morgane (1920-1939) 153

Un mariage breton 155
Le carnet noir 167

L'agression 181
La fatalité 201

Clara (1939-1945) 215

C'est une fille ! 217
Résister 237
Les adieux 251

Épilogue : Chloé (1980) 259

Un bien inespéré 261

Chez le même éditeur

Sagas familiales et destins singuliers sont au cœur des romans De Borée. Découvrez-les sans plus attendre.

ANGLADE Jean
Le Chien du seigneur
Les Fables

ARCES (D') Amicie
Les Noces blanches

AUDIDIER Robert
Le Voyage de Pierre Angibaud
Les Sentiers de traverse
Les Trois Frères

AUDOUX Marguerite
Marie-Claire suivi de
L'Atelier de Marie-Claire

AUJOULAT Noël
Le Village perdu

BARDOT Thierry
Le Hameau des Tailles
Les Mauvaises Herbes
Les Méprises
Les Noces chagrines

BARRAL René
L'Enfant secret de la Borie
La Colère des drailles
Ombres et lumières de Costebelle

BÉLARD Paul
La Ferme aux écrevisses
Moissons d'enfance

BÉNÉ Robert
Clémence, une vie ailleurs
La Belle Marguerite
Le Trésor d'Alpaïde

BENOÎT Michel
Le Soleil de la Vallée noire
Les Moissons de sang

BERTHÈS Colette
La Mémoire des chemins
Les Amants de Borde Rouge

BERTHOD Michel
Le Temps des hirondelles

BOBÈCHE Adrien
Au vent des brandes
La Fille de la meunière
Les Confitures du haut de l'armoire

BONTE Pierre
*Bonjour la France**
*Bonjour la France***

BORMANN Christian
Les Coulées douces

BOUCHARDY Christian
La Trace mystérieuse
Le Fugitif de la Saint-Jean

BOUCHET Maurice
L'Inconnu de Roche Rouge
La Fille du pertuis
La Font de l'Ours
Là où disparaît le torrent
Le Chêne foudroyé
Les Souliers ferrés

BOUDOU Josette
La Maison d'école
La Nuit des abeilles
La Ronde des saisons
Les Chemins de toile
Les Craies de couleur
Les Feux de Bois-Colombes
Marie, fille des montagnes

BOURRET Johan
La Diablesse
Quand les loups rôdent

BOUSSUGE Micheline
Le Bois de Bis

BRIAND Charles
Le Foulard de l'aviateur

BUICHE Jean-Pierre
Une petite âme

CANAUD Jacques
Le Temps des maquis

CAPPEAU Marie Nicole
Chantemerle
Désacœur
Un château de famille

CASTELAIN Anne-Marie
La Dentellière de la brume
La Promesse
Le Passant de l'été
Les Raisins du pardon

CAVALIÉ Roger
Le Vieux Cartable

CHALAYER Maurice
La Terre de la discorde
La Tourmente
Le Secret de Jean
Les Promesses du haut pays

CHARMASSON Guy
La Basse Terre de Julia
La Main du maître
Le Sorcier de la combe
Noblesse de paille

COGNÉRAS François
Compagnon du rail
Les Enfants des hautes terres

COLLIN Yvon
Journal d'un instituteur de campagne
L'Écorce amère

CORDOUAN Manuel
Les Amants d'Alger

CORNAILLE Didier
La Photo de classe
Les Indignés de Montservier

COSEM Michel
Justine et les loups
Le Bois des demoiselles

COSMOS Jean
La Dictée

CROIZIER Jean-Pierre
La Bonne Providence

DEBRIFFE Martial
La Fleur de l'ombre
Le Secret de la Villa Marianne
Le Serment de la Saint-Jean
Les Peyrie

DELAGE Alain
Les Secrets de Fontvives

DELOMME Martine
Un été d'ombre et de lumière

DESFORGES Jean-Louis
Pierre des montagnes

DUCLOZ Albert
Julie bon pain
Le Violon d'or
Les Jacinthes sauvages
Une étrange récolte

DUHAMEAU Jacques
Le Vent du Peyradoux

DUPORGE Bernard
La Cabane du berger
Les Amants de la lagune

DUPUY Daniel
Fontcouverte
Le Mystère Fontbrune
Les Quatre Jeudis

ÉCOLE-BOIVIN Catherine
L'Enfant-Loup de Blanche

FABRE Jean-Luc
Le Colporteur des âmes
Les Semeurs d'espérance
Une neige de juillet

FAINDT Roger
Bleuvent

FRONTENAC Yvette
Les Années chantepleure
Les Années châtaignes
Éléonore

GALLOIS Christiane
La Clairière aux genêts
Nanou, les doigts pleins d'encre

GAMARRA Pierre
L'Empreinte de l'ours
Les Coqs de minuit suivi de
Rosalie Brousse

GAY Marie-Claude
Faustine et le bel amour
Le Secret des Solignac
Le Vallon des sources

GIBERT Sylvie
Derrière les portes
Fleurs Bleues
La Grange au secret

GIMBERT Yveline
L'Ombre des chênes
La Méprise
Le Crépuscule du loup
Le Retour de Rose

GLATT Gérard
Le Destin de Louise
Le Temps de l'oubli

GONZALÈS Daniel
La Demoiselle du port
Le Chemin des amandiers
Le Temps des cigales

GOURÉVITCH Jean-Paul
Villa Maldoror

JAILLER Isabelle
Louise, loin du pays

JEANJEAN Roland
L'Aven de la Dame noire

JUBIEN Aurélie
Un jour d'octobre

JUDENNE Roger
Le Silence des rives
Les Terres brunes
Louison la douce
Une vie de dimanche

LABORIE Christian
L'Appel des Drailles
L'Arbre d'or
Le Brouillard de l'aube
Le Saut-du-Loup
Le Secret des Terres Blanches
Les Bonheurs de Céline
Les Drailles oubliées
Les Hauts de Bellecoste
Les Sarments de la colère
Terres noires

LACOMBE Michel
La Bonne École
La Vagabonde de Saint-Ours
Le Domaine des Rochettes
Les Brûlots de paille

LAFONTAINE Jacques
Les Jours de gloire

LAOUENAN Roger
Le Pain bleu
Le Repaire du papillon

LAVARENNE Michelle
La Belle Vie d'Anna
Le Rossignol des Tuilières

LEBERT Karine
Le Secret d'Emma
Les Mystères de Camille
Les Sortilèges du Tremblay
Loin de Margaux
Nina et ses sœurs

LEDOUX Ivan
La Guerre des marrons

LEMAIRE Philippe
Compagnons de fortune
Gus
La Belle Absente
La Soureillade
Le Chemin de poussière

MALROUX Antonin
Le Soleil de Monédière

MÉRAUX Philippe
Le Chasse-pendule

MERCADIÉ Louis
L'Enfant du buron

MERCIER Louis
Les Contes de Jean-Pierre en pays roannais

MOSCA Lyliane
La Dame de Champbrise
La Fille de la Buissonnière
Les Amants du moulin
Les Gens de Laborde
Un parfum de trahison

MOUCHEL Jean
La Bonne Fortune de Sébastien

NAVARRO Christine
L'Échappée belle
L'Éventail d'ivoire
La Chevelure d'ébène

PALET (DE) Marie
Amandine
Céline, une vie toute simple
Le Village retrouvé
Les Brumes du causse
Les Femmes de Cardabelle
Mademoiselle Fine
Sidonie des Bastides
Un chemin de rocailles

PECOU Raymond
Allée des Alyscamps

PÉRILHON Jean
Les Racines de mai

PICCINO Sylviane
Les Sabots de peine

PINCE Jacques
L'Ombre du chai
La Colline aux framboises
La Vengeance de Bogis
Le Dernier des Bourdignot
Les Blouses grises

PLAIT Annie
Les Longues Saisons

PLUCHARD Mireille
La Tresse d'or
Le Mas de la Sarrasine
Le Petit Bâtard
Les Diamants noirs
Les Sentes buissonnières

PUIJALON Bernadette
Des monts de tempête
L'Heure de l'alouette
Le Loup d'Orcival

RIBES Georges
Les Gens de la vallée

ROCHE Florence
Des monts de Résistance
L'Héritage maudit
L'Honneur des Bories
Le Dernier des Orsini
La Trahison des Combes
Les Hautes Terres

ROSSET Jean
L'Aube de la liberté
La Limousine d'Hautecombe
Les Derniers Porteurs de terre

ROYER Roger
L'Envol du Choucas
L'Or de Justin
La Colline des Maures
La Colombière

La Dame de la Callune
Le Médecin de Maurevers

SABOURIN Pierre
La Terre des Coteaux
Le Boulanger de Saint-Laurent
Les Fiancés de Saint-Laurent

SAND George
François le Champi
Jean de la Roche
La Mare au diable
La Ville noire
Le Compagnon du Tour de France *
Le Compagnon du Tour de France **
Le Marquis de Villemer
Le Péché de monsieur Antoine *
Le Péché de monsieur Antoine **
Les Contes d'une grand-mère *
Les Contes d'une grand-mère **

SOYEZ Jean-Marc
Julia
La Ramandeuse
La Vigne à Saint-Romain
Les Galoches de Julia

TAMAIN Louis
L'Encre violette
L'Énigme de Fontary
Le Miroir aux alouettes
Le Renard
Le Temps de l'école
Médecin de campagne

TEMPÈRE Jean
Les Sirènes du lac

TESSIER Colette
Les Carnets noirs

THOULON-LANGUET Michèle
Maria du bout du monde

TOUATI Claude-Rose
et Lucien-Guy
La Ronde du destin
Le Cahier bleu
Les Ombres de la palombière
Quand le vent s'apaisera...
Une maison dans les herbes

VAISSIÈRE Marie-Louise
Les Carnets
de Marie-Louise Vaissière
Marie, fille de cocagne

VALADE Corine
Le Printemps d'Aurélien

VÉDRINES Jean-Pierre
Marie des vignes
Soleil de femmes
Un jour d'orage

VERRIER Michel
La Ferme des Pitaval
La Maison au bout du chemin

VINCENT Claude
Le Pain de lune
Les Roses de l'hiver

PEFC
PEFC/10-31-2008

Imprimé en U.E.
Dépôt légal : octobre 2013
ISBN : 978-2-8129-1027-2
ISSN : 1769-1788